若夜迷阵

未名苏苏

上海文化出版社

献给女性

序

近些时日，重读了威廉·曼彻斯特的《光荣与梦想》。其中对"二战"前后美国女性的描绘与现世也有着欢快的呼应，故与苏苏分享了，借机也与大家分享。

——要在诱惑男人方面取得成功，自己就必须十分媚人。

——为了达到这种幸福的境界，各种年龄的女人都毫不吝惜地购买服装、化妆品，以及制造商声称能诱人强奸的奇妙香水。自从 1939 年以来，一般女人的身材都缩小了三四号。她现在不量体购衣服，而是选中喜爱的衣服，然后节食减重，去适应这件衣服。

——同样受欢迎的还有"克莱罗"的一条新广告："既然我只有一度人生，何不做一个金发美人？"

——卡尔·德格勒写道：实际情况是"整个美国社会，包括妇女在内，对于男女平权思想全都避之唯恐不及"。

——不少女生离开学校去担任仆役工作来资助留在大学里的丈夫：这种作法被称为取得"P.H.T."学位（Putting Husband Through——使丈夫完成学业）。

——女人一般会选择婚姻而放弃工作，61% 的女性认为妻子不应该拆看丈夫的信件，即使信封尚弥散着香水味，娇柔的字迹也明显是出自女人之手。当被问及"妻子通奸是否比丈夫通奸更应受到谴责时"，80% 的女性会回答："是的，当然是。"

大家都说：结婚是二次投胎。

这是事实，也是现实。

但是，假如社会以此定理限定了每位女性的生存半径，而使其失去无比美好的生命之花盛开的多样性，那是多么地让人扼腕叹息，并浓重地伤感。

太平盛世，中产阶层发展如日中天之时，本以为当是女性获得更多独立存续力，并发挥其在灵性、创造力、美学领悟方面优势的大好时光。然而，事实上所能见识到的情形，却是女性获得稳定生活的途径变得愈加狭隘。

带着良好的教育、美丽的妆容、姣好的身材来到社会谋生之始，女性不必大费周折，便可通过与占据更多社会资源的异性结合，以获得比自力更生来得容易得多的物质资源，从而获得更多的闲暇与自我笃定感。

安全、攀比，或者说"比你嫁得好"成为微观社会主题。多样性问题，则通过"跨境旅行""新置资产""娃""下午茶""米其林三星""美颜"等途径进行统一回复。这样的"多样性"，但凡有了壳的表象，却失去了真实的美感。为了这壳的表象，有的人选择了二次投胎，有的投胎不成功，便绞尽脑汁，拼其全力也要拼装出一个壳。朋友圈于是成为社会意识形态的大展销会。

女性与男性在规训社会中本就扮演着不同的角色。从社会规训的目标上，也需要根据生理性分门别类地给予两性不同的定位与表演方式。

每个时代必然弥散着社会、经济发展不同阶段中社会训导引发的生态现象。婚外恋、法外实质婚姻等现象随经济发展后加速呈现，视频主播行业也快速衍生开去，女性对待整形、微整形的热情度越发高涨，以致出现大量难以分别的非同胞"孪生"。

在二十世纪后五十年中，婚外恋、浓妆艳抹、公开呈现个人隐私生活、整形都曾不为人所接受，对这些情形，大众公开地指指点点、反对指责甚至漫骂孤立都曾经是常态。随着时间的推演，社会层级进一步分化与固化，女性对以上种种的接受度不断提升。由此，也更易获得良好的男性伴侣，包括简便地获取更多社会、经济资源。

这是苏苏的第六本小说作品。她笔下的女性，结合起来看，其实也是一部社会生态的进化史：从《我只是忘了忘记你》中执着天真的苏扬，为真爱放弃现世安稳，任性到不顾一切；到《遇见，在最忧伤的年华》中四位命运迥异的"代孕"女子，因社会权力结构与阶层差异，纷纷得非所愿，唯有信仰爱者得到了奇迹；而《一望破城》中未成年的苏梦非，与一个成年男人自然地结缘、相爱，在一场充满了不自由的感情征途中最终通过时间守候了圆满；再到《把最好的自己留给对的人》中为谋求世俗成功而走捷径的第三者的反思；以及《云上摆渡人》中迫于传统观念的压力，生存在巨大结婚焦虑中的苏文幻。苏苏在探讨的始终是女性在情感、性、生育、生存、生命追求与社会责任中的抉择与担当。

本书中，打破情感类小说的一般规律，苏苏执意创作了一部只有两个"女一号"的故事作品。小说描绘了两个从小保持高度联系却身世来源截然不同的女性好友各自不同的生活、恋爱、生育经历，以借此探索女性的自我识别与使命。这在其创作经历中是一种新的尝试，更是一种突破。

女性在社会中的位置维持着长期的动态稳定，这是由生物性导致的，也借由社会规训而维持在很小的偏离度之中。这是女性的现状，是旁人眼中女性的现状，也是人类社会必然的侥幸。

然而，任何时代的女性都有权利振臂呼喊出属于自己的声响，寻求自身在容貌、体态及物质财富之外被人识别的美好，不因观众太少而被所谓羞耻挡下。

女性多样性存在的美学价值可以超脱于其生物性规训教条而被独立赏鉴及自我赏鉴。

世俗观念只是一双眼睛，它不可能触及最本真的心灵。

那个人
未名苏夫
丙申于沪

目　录

若有此生在

1

女孩李若迷出生于一九八一年三月的上海，一个月光清凉、春风微寒的夜晚。就在她出生的那一天，她的父亲出了工伤，被工厂的车床截掉了右手的两根手指头。于是，李若迷来到这世上的头一刻，是被一双裹着纱布的残缺的手抱住的。

若迷原先的名字叫若男。李若男，这是祖父起的名字。

若迷的父亲也懂得这名字不妥，但他不敢得罪老父，只好在妻子面前兜兜转转、支支吾吾，一副难为情的模样。

若迷的母亲不给丈夫留情面，笑着说："你爹娘想要孙子？跟政府去讲呀。"若迷的父亲不吭声了。当时计划生育政策已经出台，生二胎要被罚款、撤公职、取消津贴，一般人家承担不起。

母亲一出月子就去把女儿的名字给改了，改成了李若迷。为此她撬公婆的抽屉，偷户口簿，还跟派出所的户籍警求了老半天。

当她终于拿回改好名字、盖了公章的户口簿之后，她对着襁褓里的婴儿微笑了，"哼，还若男呢，什么狗屁名字。若迷啊，咱这辈子就我行我素，做谜一样的女子，照样不输给男人。"

谁也未料到，母亲这句带些负气的呓语，竟成了若迷此后一生的写照。

回到那个洒满月光的初春之夜，在这座城市的另一家妇产医院，女孩童伟慧也呱呱坠地。

同年同月同日，两个女孩几乎同时出生。冥冥之中，她们的一生似乎有着某种神秘的关联。

这两个同年同月同日出生的女孩，她们的家也在同一社区，分别位于一条街的两头。

然而，这仅仅数百米的距离，隔开的却是两番截然不同的天地。

若迷的家，是老式里弄房子。一条狭窄的弄堂两旁是密集的旧平房。平房里的居民们用着木制马桶，烧着煤球炉子，几户人家合用一间卫生状况堪虞的简陋厨房。一代又一代的蟑螂老鼠在这些厨房的碗柜、夹板、下水道里又吃又住。各家留之无用弃之可惜的废旧物品成年累月地堆满公共走廊。各户的起居空间逼仄紧密，仅一墙之隔或一帘之隔，两口子吵个架斗个嘴马上整条弄堂都知道。二十世纪九十年代末至二十一世纪初，这里的住户被分批迁至郊区。平房拆了，原地盖了高耸入云的商品房和大型购物广场。

而伟慧的家，在一栋红砖白墙的老公寓楼里。公寓楼共有十层，建于一九二八年，由俄商协隆洋行设计，为简约英式公寓楼。楼内装饰极其西化，钢窗、钢门、柳安地板、壁炉、水汀、煤卫齐全，有回旋楼梯，有外国造的电梯。二十世纪七十年代以前，这栋楼曾是沪西地区的至高点；如今，则是市政府重点保护的历史建筑。在九十年代末的拆迁潮中，整条街几乎被夷为平地。只有它，依旧耸立，毫发无损。再后来，它的周围建起了一座高过一座的摩登大厦，它便由至高点沦为了至低点，但那份经典的历史韵味使其保有了自身的优雅。

伟慧的家位于大楼的第五层，是一套独立的三居室公寓，装修简练，却十分精致，各种设施一应俱全，还有两个朝南的大阳台。房子是伟慧的祖父祖母留下的，祖父祖母都曾是沪上有名的大学教授。事实上，伟慧的父亲母亲也都是大学教师。伟慧出自书香门第。

与之相比，若迷的家境就普通得多。若迷出身市井弄堂。她的父母都是工厂的基层职工，在九十年代的下岗潮中又先后失业，生活略为艰辛。但数年后，若迷的父母离异，若迷母亲改嫁并下海经商，赚了大钱，那又都是后话了。

那是一九八一年，改革开放后的第三个年头。上海，这座中国最大的现代化城市正经历着翻天覆地的变化。

八十年代出生的孩子，在多年之后被人们称为"八零后"。

"八零后"，是中国第一次以法限制生育后出生的第一代人，即第一代独生子女。他们是被时代打上烙印的一代人，是被贴上无数标签的一代人，也是亲历并见证改革开放后几十年中国巨变的一代人。

身为"八零后"的李若迷和童伟慧，从降生世上的那一刻起，就身不由己亦无可回避地，被卷入到时代与命运的大潮中去了。

而她们的经历、她们的情感、她们的思想，既是这时代的一份缩影，又是作为女性个体所呈现的两个独特样本。

2

一九八七年九月，李若迷和童伟慧到了入学年龄。他们上了同一所社区小学，只是两人并不在同一个班级。

童伟慧所在的那个班级是全年级唯一一个重点班。

重点班，是那年头的新兴产物，只有通过选拔、天资聪慧、具备特长的学生才能进入。当然，也有不少家庭条件优渥的孩子被父母送礼走后门塞进来。总之，一群六七岁的孩子，忽然分出等级。

从一年级开始，"重点班童伟慧"这个词就经常在若迷耳边响起。不仅因为童伟慧每次考试都拿年级第一，更因为童伟慧是全校闻名的小才女，琴棋书画样样精通，德智体美全面发展，是天之骄女、学校的骄傲。总之说到童伟慧其人，全校师生没有不知道的。

若迷至今记得自己第一次见到伟慧的情形。那是在二年级下学期某个周一的升旗仪式上。每逢周一的升旗仪式，教务处都会从全校学生里选出一名学生担任升旗手、两名学生担任护旗手。那个星期的升旗手就是童伟慧，而护旗手之一，就是李若迷。

担任升旗手是很大的荣誉，必须品学兼优、有突出的成绩，得到老师的赏识与推荐。而护旗手，虽也是个荣誉，却差了那么一截。从数量上就能看出来，升旗手只有一名，而护旗手有两名。升旗手负责升国旗，而护旗手只是站在一旁当陪衬。

升旗的时候，若迷站在一旁看着伟慧，心里一点不服气都没有。

当时的伟慧还不认得若迷，但若迷已经认得伟慧。这样一个全校闻名的优等生，其大名天天被老师们挂在嘴边用以鞭策其他学生。若迷在这天终于近距离亲眼见到真人，心中唯有更添一层叹服。伟慧不仅功课好、品德优，还长得这般清爽漂亮、磊落大方。

八岁的女孩子，已经懂得什么是美、什么是人才。

从小学到初中，两个女孩一直在同一所社区学校读书。伟慧一直做着优等生；而若迷，一直默默无闻。

她们一直没在同一个班级，并不相识。而伟慧的荣誉，若迷一直听到：童伟慧评上市级三好学生了；童伟慧作文竞赛得奖了；童伟慧的书法作品拿到市里去展出了，等等等等。

初一那年，两人在少年宫参加钢琴辅导，跟的是同一个老师，却被分在不同的学时。

伟慧的钢琴弹得极好，常被点名表演。而若迷，弹来弹去就是那几首入门曲。伟慧是自己求上进，并且目标明确：要考国际证书。而若迷，是在母亲的要求下，不得不练，态度自然不同。

若迷常对母亲说，没条件学什么琴，家里摆个钢琴都没地儿转身了。但母亲坚持，这是门面。若迷总算依母亲的意思学了个初级。

若迷不是个文静的女孩子。比起弹钢琴，她更喜欢跑步、打球，跟弄堂里的孩子一起爬树、捉虫、玩黄沙。母亲总说她，不像个女孩子，当心以后嫁不出去。

从七岁到十五岁，稚童长成花季少女。

伟慧一直是若迷心目中最欣赏的同龄人。很多女生不喜欢接近成绩好的女生，觉得对方的优秀会带来一种压力。可若迷恰相反，她对于美好的人与事有着一种与生俱来的鉴赏力和靠近的渴望。

只是伟慧性格内向，不善交际，并不认得若迷。长期以来，她就专心做着她的乖乖女、好学生，因此难免显得有些孤傲。

一些女生论断伟慧，说她心高气傲，眼里从来没有别人。可若迷觉得，伟慧不是这样的人。高处不胜寒，伟慧当然也渴望朋友。

初三报志愿，若迷听说成绩拔尖的伟慧早早就直升了本校高中。但以若迷自己的成绩，直升是不可能的了，只有参加中考。

初中最后一学期，若迷发奋用功，成绩比往日迅速提高，终于通过中考也考取了本校的高中。

若迷母亲甚感欣慰，四处跟人说："谁讲女孩子到了高中成绩就不如男孩子了？看看我们家若迷，越读上去越比男孩子强。"

若迷笑笑不语。女孩智力不输男孩，这是没错。但只有她自己明白，考学校无关乎智力，只关乎毅力。是光芒四射的童伟慧给了她目标与前进的动力，帮她考上了理想学校，尽管伟慧自己从不知道。

3

高中入学，若迷惊喜地发现，她和伟慧分在了同一班级。

八月，高一新生参加入学军训。站军姿时，伟慧忽然晕倒。教官看着这个安静纤瘦的女生，批评她太娇气，让她休息一下就归队。若迷却见伟慧脸色苍白，满额冷汗，二话不说背她去医务室。

原来伟慧到生理期了，痛经。医生说，再在烈日下站五分钟人就该休克了，又说现在好些个教官都是兵痞子，训练起来没轻没重。

伟慧留在医务室输液静养。若迷却因擅自离队，回去后被教官罚做五十个俯卧撑，还要写检讨。这事全年级都传开了。

两个女孩就此认识了，成了好朋友，接着又发现，她们的生日竟是同一天，因此学号也是相连的，排座位时又成了同桌。两人都感到十分惊喜。

伟慧说："有你这样的朋友真好，早点认识你就好了。"

若迷微笑，心想：我很早很早以前就认识你了。她什么都没说，只在心里隐隐觉得，她和童伟慧之间，是有某种关联的。

伟慧是典型的温柔乖女孩，读书用功，成绩很好。

入学摸底考，伟慧考了全班第一，作文尤其写得漂亮。班主任让伟慧做班长，伟慧却坦言自己性格不够外向，恐无法胜任。班主任见她果真腼腆，便不勉强，让活泼敏锐的若迷当了班长。

伟慧每天一放学就早早回家。若迷笑她："门门功课都满分了，还要回去进修什么？准备将来考哈佛么？"

伟慧认真回答："不会啦，父母哪舍得我走那么远，一定会报本市大学的。早回去是为了早点做完功课，然后练钢琴。"

伟慧说她要考钢琴十级，还要参加某某国际钢琴大赛。

若迷笑嘻嘻，"考出十级有什么用？能吃还是能穿？"

伟慧还是认真回答："爸妈说，这是女孩子必要的修养。"

"女孩子必要的修养，就跟嫁妆差不多意思吧？不是这样说吗——文凭就是女人的嫁妆。"若迷还是一副嘻嘻哈哈的调侃态度。

若迷一直没告诉伟慧，初一那年她和她曾在少年宫的钢琴小组见过面。两人是差不多时间学的琴，如今水平却差了一大截。

若迷总是调侃自己，说自己没有音乐天赋，又说练钢琴也不必练成熟练工，只需偶尔有兴致弹上一曲《献给爱丽丝》，愉悦自己，愉悦旁人，也就够啦。练到十级？实在是浪费时间啊。

若迷的时间很宝贵，十六岁这样的青春都不够她挥霍的。

她既是班长，又是学生会干部，课余有开不完的会、参加不完的活动。她加入了文学社、诗歌协会，作品经常在校刊上发表。她精力充沛，性格爽朗，还常和男生混在一起打篮球。

若迷的学习成绩只是中游水平，但她兴趣爱好广泛，阅读量大。她的兴趣爱好又和其他同龄孩子大相径庭。上世纪九十年代中期，大批港台歌星、体育明星如雨后春笋般出现，街头巷尾贴的都是明星海报。几乎每个孩子心中都有那么一两个崇拜的"偶像"，什么"小虎队""四大天王""足球金童"。"追星族"这个词就是那个年代的产物。可若迷对那些"天王""金童"都无甚兴趣。她痴迷于读书，专读文学和科学的经典著作，尤其对西方哲学兴趣浓厚。若说她也有"偶像"，她的偶像则是萨特和波伏娃。

高二的时候，若迷遭遇家庭变故，她的父母离婚了。

同学们背地里把故事传得有声有色——李若迷的妈妈搞破鞋，四十来岁了还跟小白脸嘎姘头^①，怀小毛头。

这类既色情又不道德的事都像自己有脚，会跑，事发的第一秒钟就弄得街头巷尾人尽皆知了。最后传到伟慧耳朵里的，是已被人们肮脏的想象力添油加醋地润色了好几遍的版本。

整条弄堂的小市民都在幸灾乐祸，忙不迭地拿街坊邻居的丑闻下饭。那些下了岗赋闲在家百无聊赖的大叔大婶端一碗稀饭、夹半根油条就能挨家挨户地把李家媳妇的丑事从头到尾讲一遍，又讲一遍。

同学们都在背后指指点点，当面讥笑的也不是没有。伟慧很为若迷担心，怕她从此抬不起头来，成绩一落千丈。

若迷却一直淡然处之，像是没这回事，照样主持她的学生会，打她的篮球，看她的书，成绩不退步反而还有提高。

伟慧一直小心翼翼只字不提，等事情过去很久才安慰若迷。若迷却说："我一直都很好。那些因为家庭变故就开始混街头的小孩，都是本来就不想学好的，父母离婚正好给他们找着借口了。"

伟慧说："你能这样想真是再好不过，我钦佩你。"

不过，母亲跟别的男人走了，还要生个比她小十七八岁的弟弟或妹妹，这种事也实在令人难堪。这话伟慧没说出口。

若迷却猜到伟慧在想什么。她说："其实，我还为我妈高兴呢。"

若迷说："我妈二十一岁嫁我爸，二十二岁生的我。他们是经人介绍，相亲认识的。那年代的婚姻，就跟牲口配种差不多，两人看看彼此的年龄、相貌、单位、住房、家庭成分之类，条件差不多匹配，就能凑一块儿过了。至于脾气性格、兴趣爱好、人生观、世界观、价值观什么的，谈都不谈。她和我爸之间没有爱情。"

若迷说话大胆，用词辛辣。伟慧暗暗唏嘘。

若迷又说："人没有爱情活得下去吗？当然活得下去。或许从世俗层面上看，没有爱情还能活得更平静、更踏实、更安全。但我妈能在四十岁的年纪体验到真爱和激情，我还是为她感到高兴。"

---

① 嘎姘头：上海地方俗语，意为"男女通奸"。

"伟慧，我是想了一夜才想通的。我们现在十七八岁，也许在我们看来，四十岁的女人就该完蛋了，什么情呀爱呀，都该没她们的份了。但等我们自己到了四十岁，我们就不这么想了。"

若迷对伟慧说出全部心里话，长舒一口气。不知为什么，她觉得伟慧一定能够理解她。或许也只有伟慧能够理解她。

伟慧静静沉思。若迷的话听上去有理，但又有哪里不对。退一万步说，一个女人丢下孩子不管总是不妥的吧？抛弃自己丈夫总是不道德的吧？更何况，普天下丈夫变心抛弃妻子的事情数不胜数，妻子做出这样的事倒是少之又少，也难怪被街坊邻里非议。

若迷又猜到伟慧心思，笑一笑道："我十七岁半了，即将成年。我母亲这一辈子为我做得已经够多了，以后我靠自己。"

"至于道德问题，波伏娃说过——女人注定是不道德的。我对此的理解是——因为道德是男人制定的。"

"女人的道德是什么？是待字闺中——等待和被禁闭；是贞洁——对自己的身体没有控制权和处置权；是贤妻良母——为丈夫和子女而活；是正派女人——压抑内心，放弃选择，放弃快乐。"

"女人注定是不道德的。因为一旦她们开始思考、梦想、远行、挑战、自由地呼吸、追逐快乐、为自己而活，她们就偏离了社会要求她们的角色，也偏离了男性对她们的理想。"

"更何况，道德在不同的时代，针对不同的人群，有不同的定义。"

"无论如何，我现在为我母亲感到高兴和骄傲。因为她勇敢地成全了她自己，主宰了她自己的人生。我想她现在是快乐的。"

若迷一口气说了那么多，让伟慧惊讶。伟慧对若迷逐渐显露出来的豁达与早慧很是佩服。她知道若迷读过很多很多的书，视野与同龄人早已不同。她也知道，换作自己，就算读了那么多的书，也还是没有勇气去表达这样先锋而独特的见解。

只是伟慧并不知道，她所钦佩的若迷，曾经也是她的崇拜者。

两个女孩性格截然不同，却成了无话不谈的好朋友。

她们留一样的长头发，梳一样的马尾辫，穿一样的白衬衫和格子校裙，走在路上的背影都会被认作是双胞胎。

校园文化节，班里出个英语话剧节目，伟慧扮演睡美人，若迷扮演女巫。她们的英语都说得很好，节目引起全校轰动。若迷的女巫亦正亦邪，生动感人，尤其出彩。从此，全校师生都认得她们。

她们因为关系要好，形影不离，又都长得好看，很快被同学们戏称为"两生花"。

容貌出众、学习又好的女生当然不乏人追。当面表白、暗塞情书的都大有人在。追伟慧的又比追若迷的要多一些。

但伟慧对谁也不心动。她说早恋分心，会影响功课。

她收到的那些情书多半都进了垃圾桶。还有不死心的男生反复送书信来骚扰，最终那些信全到了班主任的桌上。

伟慧从此有了个绰号叫"冷美人"，男生们都不敢再妄想。

反观若迷，热情开朗，渐渐成熟有风情，追的人越来越多。但她性格像假小子，大气豪爽不扭捏，你反倒不知她到底在意谁、喜欢谁。

一直到高三下半学期，十八岁的若迷才终于正式恋爱。那个幸运的小伙子是邻班班长，名叫张文清，是个帅气的大男孩。

两人一起温课，一起吃饭，一起去图书馆，周末一起看电影。

张文清每天放学后都送若迷回家。若迷坐在他自行车后架上，一路说笑、哼歌。金童玉女，满溢的青春，幸福张狂的样子。

自然，班主任很快发现他们早恋，找他们谈话。他们表面认错，答应中断交往，好好学习，恋情却转到了地下。

伟慧劝若迷："还有三个月就要高考了，别太痴迷于感情，前途要紧，好好用功复习才是真。"

若迷说："就是因为压力太大，所以才需要恋爱来调剂呀。"

伟慧叹息一声，无言以对。

不管怎样，张文清长得俊朗，成绩优异，又不似许多男生毛里毛躁长不大的样子，算是个不错的调剂对象吧。

就这样一直坚持到考前一个月，若迷才放下其他事务，一心一意复习功课，每天只睡四五个小时，有时背书兴起，能背个通宵。

这样临时抱佛脚竟也很有效果。高考时，若迷超常发挥，和伟慧一同考入上海最负盛名的复旦大学。

而若迷的男友张文清却因数学考试漏答半张试卷损失五十多分而落榜。好在张文清家里有条件，送他去加拿大念大学了。

命运有时就是这样偶然。半张空白卷，拆散了好好一对少年情侣。

张文清对若迷说："爸爸在搞投资移民，一家人都会过去，你要是愿意，以后来找我。"

若迷笑笑，只说："我们通电话。"

张文清走后，若迷一通电话也没给他打过。

伟慧不解，"就这样算了吗？就这样让他走掉了？"

若迷说："各人有各人的命运。分开，这只是平常的事情。"

"可是，这是宝贵的初恋呢，就这样结束了？就因为他漏答半张题？你们之间的感情就一笔勾销了？"伟慧十分不解。

若迷笑，半开玩笑地说："兴许人家是有意漏答呢。"

伟慧语塞，末了叹一口气，为若迷惋惜。

若迷这时说："每个人对其他人而言，都只是生命中的过客。我知道一切终将过去，所以把握当下，用力感受。至于结果，我不纠结。"

伟慧摇头叹道："恐怕我没办法这么潇洒。将来，我只有认定一个人了才和他恋爱。因为我害怕离别，我不要谈会分手的恋爱。"

若迷笑笑不语。伟慧单纯天真，心有执着，倒也未尝不好。

两个女孩坐在朵拉咖啡馆靠窗的火车座上，面对面絮絮聊着。

一整个下午，她们忆着过去，谈着当下，想着未来。

复古而文艺的卡座真像是从某列退休的绿皮火车上拆下来被放在这里的，似一个怀旧的童话。夕阳照过来，充满了迷离。

十八岁的夏天，就这样恍惚地过去了。

4

九月，伟慧和若迷一同到大学报到。两人都考进了中文系，同一个班级，同一个宿舍。她们都笑，缘分实在太好。

文科生功课不紧张，她们都想尝试恋爱。

伟慧比若迷更漂亮些，又是十足的淑女，自然有很多男生追。

但伟慧把他们都拒绝了。这方面她很固执，不是自己喜欢的人就绝不答应，连一起吃顿饭都不行。

若迷说："你这样怎么行啊？不多看几个怎么知道谁是适合你的？"

若迷常有这种一顿饭、一场电影、一堂讲座的约会，对象都是不同的男生。

同宿舍的其他女孩经常酸溜溜地发言：李若迷最喜欢搞暧昧。

若迷大大方方地承认："是呀，暧昧才是恋爱中最刺激、最让人心动的阶段呀。"

她说："在暧昧阶段，心里有点爱，又不能表现得太爱，必须保持进退自如。为什么呢？因为谁先示好，谁就输了。谁表现得更渴望这段关系，谁在关系中的权力就更小。暧昧阶段就是这样，虽然充满纠结，但这正是恋爱的有趣之处，你们说是不是？"

女孩们恍然大悟。看你今天和这个吃饭，明天和那个看电影，原来都是备胎。不过，这么多备胎，挑来挑去可累死了。

若迷笑答："备胎多才能挑出很爱你的，过滤掉不够爱你的呀。"

女孩们感觉受教，又要若迷多多指导。

若迷说："闲时来联系你的，不一定是真的在乎你，也许只拿你解个闷、填个空当；而忙时也来联系你的，看起来比较有诚意；但或闲或忙时都端架子的，就必须跟他再见了。姑娘们切记，架子应当女人端。凡遇男人端架子，避之则吉。"

女孩们都歆歆。

伟慧从书本上抬起头，对若迷说："你成情感专家了。"

若迷笑笑，轻声对伟慧说："那些其实都只是演习啦，不当真的。因为人对待感情的方式是需要学习和修炼的，也是需要慢慢摸索的。平时不演习，等到了实战的时候，就容易失手啦。"

演习？实战？伟慧听不懂。

"演习就是交往啦。"若迷说，"实战嘛，就是真正的恋爱，也有人喜欢用一个词——真爱。"

若迷的异性缘一直很好，难得的是，她的同性缘竟也不差。除了伟慧，其他女生也十分愿意和若迷交好，原因或许是她性格爽朗而大气，为人处世透着坦然与睿智。

另外，若迷在物质上非常大方。

举个例子，别的女生收到男生送的花，都巴巴地放在自己书桌上显摆；而若迷，收到花束的第一时间就跟宿舍里的女孩们分掉了，人人有份，每人桌上插几朵。平日里她买些零食水果也是见者有份。若有人赞美她的某件衣服、某样物品，哪怕只稍稍流露出欢喜之情，她也立刻就把东西送给那人。

伟慧曾问过若迷，为什么对任何东西都毫无留恋，哪怕是恋人赠送的礼物也毫不珍惜，转眼就可以送给别人。

若迷笑答，色即是空，空即是色，得到就是失去，失去就是得到。

伟慧自己也读佛经、读哲学，闲来恭抄《般若心经》，自然懂得：色即是空，空即是色；不生不灭，不垢不净，不增不减。只是她很少在生活中想起这些道理。而若迷并不读经抄经，却下意识地在生活中修行、在修行中生活，此等悟性让伟慧不由唏嘘。

也差不多是从这时起，两个女孩的内在关系有了微妙的变化。

出自书香门第、从小做优等生的伟慧，第一次在若迷面前有了些许自卑。她第一次觉得，率性而自在的若迷有一种特殊而无法模仿的美好。若将她自己比作中规中矩的城市花园，若迷就是神秘而深邃的大海、沙漠和黑暗森林，也是她内心渴望却并不知晓的另一个自我。

5

伟慧的情感经历一直空白，直到大一下半学期，她遇到年长她一岁的男生周家行。两人的相识经过很平常：有天中午，伟慧在食堂窗口打了饭，刷卡的时候发现饭卡里钱不够了。她一阵尴尬，正打算把饭退了，排在她身后的周家行默默地拿出自己的饭卡替她刷了。

家行开始追伟慧，追得热情如火，风度颇好。送花，送糖果，送她可爱的毛绒手套；写信，写情诗，为她画好看的素描半身像。

伟慧被打动了，怀揣一颗浪漫天真的心，投身于爱情。

两人都是初恋。家行是阳光温暖的上海男生，国际关系学院的学生会会长，身材高大，英姿勃勃，浓眉大眼，手指修长，指甲总剪得洁净整齐。他对伟慧细心体贴，呵护备至。伟慧十分陶醉。

若迷为好友高兴，时时为她出谋划策——去哪里约会、出门穿什么衣服、怎样打扮、跟男友聊些什么。

伟慧却不大需要这类建议。她与家行的恋爱谈得充满学生气：两人就在学生食堂吃饭，去校剧场看话剧，去图书馆上自习；春天校园里樱花开放，两人在樱花树下散步，一散就是两个小时。

若迷打趣他俩：这哪叫谈恋爱？分明像一对革命同志。

若迷心里还有话没说出来：连选修课都选一样的，胜似连体婴。

说他们像连体婴其实也不夸张。伟慧每天从早晨八点出门上课，到晚上九点下了晚自习回宿舍，大部分时间都和家行待在一起。

伟慧自己也有察觉，问若迷："我这样总粘着他是不是不好？"她脸上是甜蜜而害羞的笑，意思是就算不好她也不打算改了。

若迷却说："什么你粘着他啊，是他看你看得太牢。"

伟慧一愣，随即笑了。若迷总有不同的视角。

周家行的确是那种传统型的男生，很有点大男人的做派。他对伟慧照顾周到自然是没话说，接送到宿舍楼下，嘘寒问暖，饭堂里只剩一只鸡腿了，他必定省给她，自己嚼一根黄瓜就能下饭。

对女友这么护着惯着，自然就有底气提要求了：不要和别的男生单独吃饭；不要穿太短的裙子；不要没事一个人跑到校外乱逛。理由当然也很充分：社会很复杂，女孩子家要当心。

有次周末，伟慧和同班同学去校外聚餐，家行反复叮嘱：不许喝酒，吃完早些回宿舍。聚餐结束，大家相约去唱卡拉OK，伟慧挡不住同学们的热情鼓励，便也同去。自八点开始，家行就不停打电话来，敦促伟慧早些回宿舍。但聚会正热火朝天，伟慧融入了气氛，觉得开心，也不想单独早走。直到晚上十一点，大伙唱够了也闹够了，准备一起回学校，出来却看到周家行一脸愠怒地站在K歌厅门外，早已等得不耐烦。

伟慧是小鸟依人的软弱性格，自己先赔不是了："难得和同学出来玩，大家高兴嘛，就玩得久一点了嘛，别生气啦。"又说："和那么多同学在一起，不会有事的啦。"

家行沉下气，牵住伟慧的手说："我是不放心你啊。"

类似的情形有过几次之后，伟慧开始习惯听家行的话：少出门，按时回宿舍，不和不熟悉的人接触。

伟慧的世界就只剩家行一人，但她觉得这样很甜蜜。

若迷装作漫不经心地对伟慧说："喂，有男朋友都不理女朋友了。"

伟慧要赖地笑，"哪里有。李若迷永远是我的最爱。"

若迷说："不理女朋友也没关系啦，但别的男性朋友还是要交几个的啊，哪怕是蓝颜知己啊、男闺蜜啊，你总得接触别的异性吧。"

伟慧这下不说话了。这话若被家行听到可不是要闹翻了。

若迷看懂了伟慧的意思，于是问："就他了吗？不再看看了？"

"嗯，就是他了。"伟慧很肯定。

"他有什么不好吗？"隔了一会儿伟慧又怯怯地问若迷。

若迷嘿嘿一笑，轻描淡写地说："人挺好的，就是管头管脚的。"

"管我说明他在乎我啊。"伟慧说，顿了顿又说："我喜欢他管我。"

伟慧也喜欢管家行，常常看他的手机。有次她发现家行手机上有别的女生发来的暧昧短信，就非常生气，要家行彻底删除那个女生的联系方式，并发誓再也不和其往来。家行说，身正不怕影斜，我心里没别人，别人再怎么缠也没用。话虽这么说，他仍是听话地删掉那个女生的电话号码，并乖乖赌咒发誓，再不联络。

这是热恋中的男女才会做的事。那段时间，两人每天如胶似漆，睡前必要煲电话粥、发短信，一早醒来又互发信息问早安。

偶尔有些时候，家行没及时回信息，伟慧便恍恍惚惚，想东想西。

若迷说："晚回信息或不回信息都是再正常不过的事，哪怕是热恋中的人，也不能要求对方时时刻刻都严阵以待，专为自己而活啊。"

若迷又说："不要对一个人用情太深。如果你很用力地去爱他，你就是在毁坏你与他之间的关系。"

伟慧不解若迷的话，说："这怎么可能？我只怕自己爱他不够，也怕他爱我不够。用力爱对方，是积极建设关系，怎会是毁坏呢？"

若迷笑笑，说："那让时间告诉我们答案。"

6

临近大一暑假的时候，若迷的母亲来大学里看若迷，请若迷和伟慧一起吃饭。

若迷的母亲四十二岁，看上去却只有三十二岁，打扮得很时髦，身后还跟着个保姆，保姆带着个两岁多的男孩，男孩长得白净可爱，是若迷同母异父的弟弟。

面对此景，伟慧觉得尴尬，若迷却泰然自若。尽管距上次见面已有一年多了，若迷却跟母亲毫不生疏，还抱了抱自己的弟弟。

若迷母亲请两个女孩在学校最好的餐厅吃饭，点了一桌佳肴，席间一直关心她们：功课紧不紧？课程是否有意思？同学之间是否好相处？有没有遇见优秀的男孩子？钱够不够用？

伟慧很少说话。若迷则与母亲絮絮交谈，介绍大学生活。

饭吃得差不多的时候，若迷母亲拿出一个信封放在桌上。

若迷看了一眼，说："我钱够用，有两份家教在做呢。倒是你自己，正是用钱的时候。"

若迷母亲微笑，"拿着吧，家教什么的，可做可不做。有时间倒不如多读点书，或者外出旅行增长见识。投资自己才是长远打算。"母亲说着把信封捺在若迷手上，"去，买些好看的衣裳穿。若碰到优秀的男生，也不妨谈谈恋爱。女孩子二十来岁，正是好辰光，现在不打扮何时打扮？"

伟慧在一旁听呆了，她惊讶于若迷母女这种成人式的对话。反观她自己，也是二十来岁，回到家在母亲面前却还是个小孩子。

一顿饭吃完，若迷母亲就带着小儿子和保姆走了。她和第二任丈夫定居浙江台州，做建材生意，这些年很赚了些钱，算是下岗潮之后最先"下海"并且"奔小康"的一批人了。

母亲走后，若迷拿起信封，未打开，只摸摸那个厚度，就说："两万块。"打开一数，果然没错。伟慧暗叹，若迷如此老道。

在二零零零年，对于每月生活开销仅需几百元的大学一年级学生来说，两万元颇算得上一笔巨款。

若迷看着钱，有一瞬的出神。她想起幼时，家里条件不佳，父母省吃俭用。父亲单位发了纱手套，母亲就把它们拆成纱线，用棒针织线衫线裤给她过冬穿，虽然保暖效用不好，却是童年的温暖记忆。

后来经济好些了，纱线衣裤不穿了，母亲买来毛线，织正规的毛衣给她穿。第二年若是尺寸小了，或要换新样式，又不舍得再买新毛线，母亲就把旧毛衣拆了重新织。

若迷从小帮着母亲一起拆毛线、洗毛线、卷毛线，又看着母亲日夜劳作，把一团团毛线织成一件件毛衣，便懂得生活辛苦，一蔬一饭一件衣服，统统来之不易。

而现在，都没人织毛衣了，更不要说拆了旧毛衣再织新毛衣。现在衣服都是买现成的，每一季都有新款，供大于求。

是的，现在钱不稀奇了，而人与人的相处时间却变得珍贵。

若迷掂了掂手上的钱，无声地叹了口气，转而对伟慧说，有福同享，当即拽着伟慧一道去买衣服。

两个女孩去逛淮海路。若迷买了 T 恤、牛仔裤、真丝衬衫和粗绒毛衣，还有 Leggings①、皮靴和人字拖，全是不羁的混搭风格。

伟慧却只买规规矩矩的雪纺连身裙，还有规规矩矩的高跟皮鞋。

伟慧曾说，和家行在一起后只能穿高跟鞋了，因为家行身高一八三，而她自己只有一六五，她希望自己站在家行身边不要显得太矮。

若迷听了就笑，说："我才不要穿高跟鞋，十厘米的鞋跟对我而言就是踩高跷，七步之内必定跌跤。我喜欢自由自在地行走。"

若迷说着，从货架上拿起一双尖头细高跟皮鞋放在脚边比划，"你看你看，高跟鞋和缠足，不是五十步笑百步么？"

伟慧抿嘴笑笑，叫若迷不要上纲上线。

若迷却嘻嘻哈哈，继续上纲上线，"高跟鞋就是刑具，就是古代女人裹小脚，以及清朝女人的花盆底，到当今的变种。它的本质就是虐待女人的脚，去讨好男人的审美，顺便限制女人的行动。"

---

① Leggings：英语，"袜筒、紧身裤、打底裤"的统称。

伟慧也笑，"就算是这样。但，五十步为什么不能笑百步啊？"

若迷想了想，说："也是啊，五十步为什么不能笑百步？文明的进步不在一朝一夕。这种审美趣味到当今仍然大有市场，大概也有它的合理之处吧。"她说着，拿起一双细高跟凉鞋放到脚上试穿，发现确实玲珑美艳。

7

放了一个暑假回来，女孩们都变时髦了。经过这一年大学生活的洗礼，女生们渐渐褪去了中学生气息，开始拥有成熟女性的风貌。

那时流行扎耳洞，一整个宿舍的女孩都去扎了，哪怕耳垂发炎红肿，半夜疼得睡不着觉，也挡不住女孩们把各种廉价金属耳钉往耳洞里戴。伟慧胆小，想扎又不敢，拉若迷同去，若迷却不肯。

若迷不扎耳洞，不染头发，不纹身。她说她完全看不出这些事情有什么美的，纯粹虐待身体，像原始文明里的仪式。

她说，真正的美应是自然属性的，不需要靠这些形式去展现。

人各有志。伟慧没办法，只好跟隔壁宿舍的另一个女孩结伴去把耳洞扎了。她愿意响应这些普世的、大众化的审美号召。

若迷送伟慧一副小小的纯金耳钉，让她别戴那些廉价而劣质的，以免耳垂发炎。

伟慧有些不好意思，但还是开心地戴上了好友赠送的礼物。她觉得自己就像个小女人，而若迷，是女人中的男人。

伟慧知道若迷跟自己很不同，甚至跟绝大多数女生都很不同。

伟慧自己一直穿连衣裙和高跟鞋，是温柔婉约的淑女形象。而若迷，总是随意、随性，偏好略为中性的打扮。

但若迷天生有种魅惑力，皮肤白皙，五官漂亮，一头长发漆黑浓密，所以即便穿着中性风格的衬衫裤子，照样风情满溢。

若迷有很多男朋友，其中大部分介于男朋友和男性朋友之间。她曾向伟慧坦言，并非花心，只是觉得趁年轻应该多看看，多体验。

大二那年秋天，若迷认识了李东元，外国语学院西班牙语系的帅气男生，全校闻名的花花公子。这一次，若迷却前所未有地认真了。

伟慧是最先发现若迷心思的。

有天下午，东元发信息给若迷，问她晚上有没有空，请她看话剧。那天若迷一直和伟慧在一起温课，因为第二天有个考试，所以没注意手机的动静，等她看到信息的时候已是晚上九点。

九点，哪里的话剧都该演至尾声了。若迷对着信息呆呆地看了一会儿，关掉了手机屏幕。

她眼中的失落被伟慧捕捉到。伟慧说："给他打电话解释一下吧。"

谁知若迷却微笑，说："错过就错过了，不必再说什么。"

伟慧说："可他邀请你，你总得回复一下啊，说你看到这条消息已经晚了，不然他会以为你不想见他啊。"

若迷笑，"其实，就算我及时看到了，我也未必会去。"

伟慧不明白了，问："你不喜欢他吗？不想和他一起看话剧吗？"

若迷说："想啊，很想很想。但我顺应天意的安排。错过也是一种美。现在这样不也很好吗？"

她又说："恋爱是一门艺术。没有答复就是一种答复。"

伟慧摇摇头，觉得若迷太矫情，把事情弄得太复杂。两个人既然互相喜欢，就应该简简单单坦诚相待，何必玩那么多心眼。

但伟慧也知道若迷，要不是真的上心了，绝不会这样谨小慎微地玩心眼。她亲眼见过若迷如何轻松应付那些不重要的追求者们。

之后东元依旧来约若迷，若迷始终温和淡然地应对，并不是每一次受邀都会去赴约。她对伟慧说，再喜欢的男生都比不上读书重要。

若迷谈恋爱不妨碍学习，她再忙也会认真对待功课，读很多很多的课外书，这点伟慧是真心佩服的。反观有些女生，一谈恋爱就不想读书了，似乎就等着毕业嫁人算数。

李东元长得十分好看，高大英俊，神采奕奕，喜爱运动，身材健硕，加之性格开朗、有男子气概，在校园里也算是颠倒众生的人物。

伟慧见过东元之后，悄悄对若迷说："他还真是帅，真有气质。不得不承认，比周家行还帅。"

若迷笑笑，说："但他吸引我的不仅是外表。我喜欢他的人生观、他的处世态度、他待人接物的方式。我喜欢他的灵魂。"

伟慧问："喜欢到什么程度？"

若迷说："喜欢到一颗心微微发痛。"

伟慧叹息一声，说："那我真的太佩服你了。这么喜欢，却这么淡定，他来约你三次，你只答应一次。"

若迷微笑，又说了曾经说过的那句话："恋爱是一门艺术。"

8

伟慧和家行感情稳定，是校园里的模范情侣。

周家行成绩优异、作息规律，拥有这个年纪的男孩子少有的成熟稳重。伟慧最欣赏家行的一点就是他自制力强，从不沾电脑游戏。

同宿舍的女生们时有交流，最最痛恨男友的一点就是他们彻夜打游戏。他们口口声声爱女朋友，可一旦女友反对他们打游戏，他们马上更爱游戏了。究其原因还是不成熟，没长大，自控力差。

自己的心智还是小孩，又怎会照顾女朋友？伟慧庆幸自己找对了人。家行老成、懂事，不曾让她有过这类烦恼。

周末，伟慧和家行约若迷和东元一起吃饭，说是 double date①。若迷应允。可东元毕竟是大忙人，应酬太多，赶不过来。若迷便独自赴约。于是变成了三人约会。

席间，家行对伟慧照顾无微不至。若迷在旁边看着他们，一直微笑。她觉得家行像极了伟慧的父兄长辈。

晚餐结束后，若迷有觉悟，不当电灯泡，说有事要先走，祝伟慧和家行周末愉快，玩得开心。

伟慧却说："时间也不早了，我跟你一起回宿舍吧。"

若迷笑，"干嘛，才八点钟，这么好的夜晚回什么宿舍。"

---

① double date：英语，"两对男女一起参加的约会"。

家行这时说："早点回去也好，明早我来接你，一起去图书馆。"

伟慧与家行拉一拉手，算道过晚安，然后挽起若迷的胳膊一起往宿舍走。

走了一会儿，若迷笑说："你们还真是两小无猜，柏拉图到底啊。"

伟慧笑而不语。若迷看着她，马尾辫，白裙子，美得浑然天成无懈可击，真像个一不小心跌进凡尘的天使。

伟慧曾不止一次告诉过若迷，她有处女情结，认为女孩子最宝贵的东西应该留给自己的丈夫，婚前性行为是绝不可以的。

此时，见若迷微笑着若有所思，伟慧知道她在想什么，便主动讨论起来："其实，周家行也不急的，他也愿意等的。"

"自然。"若迷笑道："那神圣而美好的事情是值得等待的。"这句话是伟慧以前对她说的，她现在一字不差地背诵出来还给她。

伟慧噗嗤一下笑了，有点不好意思的样子。

若迷笑说："你们呀，把一件普通的事情看得那么隆重。"

伟慧也笑着，"咳，你就别试图说服我了。"

"谁要说服你呀。我只是觉得，你俩的想法跟时代有点脱节。"

"脱不脱节倒无所谓，还是看个人意愿吧。"伟慧说："就像吃荤吃素一样，纯属个人偏好。每个人喜欢的东西不同嘛。"

若迷想了想，说："不少有处女情结的男人都这么说，什么男人喜欢处女只是一种个人偏好。可这分明是一句谎言。"

"怎么是谎言呢？"伟慧不解，"这就是一个人偏好啊。人各有志嘛。要允许别人保留自己的志趣嘛。"

"那好。"若迷笑道："可以去问问有处女情结的男人，为何对处女有偏好？我想不出有哪个答案能不涉及对女性的歧视与物化。"

她又说："吃素也许是一种偏好，洗冷水澡也可以是一种偏好。可处女仅仅在第一次性爱中才有分别。若说喜欢处女是种个人偏好，恐怕需要每一次性爱都找处女才说得通，你说对吗？"

伟慧无言以对。似乎的确是这样。素食主义者一定是顿顿吃素。可她想了一会儿又说："但你不可否认，在许多男人眼中，就算处女并非择偶必要条件，但在择偶时却是一个加分项啊。"

"加分项？"若迷笑道，"可以去问问持有这种观点的男人，处女加的是什么分？处女是更聪明、更漂亮，还是更健康？而这些特质在她有了性经验之后是否就全部消失，不再属于她了？"

她又说："处女情结，不过是将女人视为男人的所属物，否定了女人作为人的存在。这是一种可悲而丑陋的雄性心态。"

伟慧想了想，叹了口气，道："我理解你说的。但，我们身在这个世俗社会中，是没有办法的。个人理念只对个人起作用，它无法改变历史和社会大局，无法影响集体意识。我们能做的只有顺应世俗，适应环境，学会在现有机制中找到最适合自己的生存方式。"

若迷沉默了，随后苦笑一下，无奈叹道："做女人真难。二十一二岁前，你会感受到舆论要求你必须是处女的压力。不少家长要求女儿在学校里不许谈恋爱。可到二十五六岁之后，你又会感受到舆论鄙视你还是处女的压力。什么剩女、老姑婆、老处女的帽子满天飞。最可笑的是，往往正是那些反对女儿在校园里谈恋爱的家长，却在你大学毕业的那一刻或毕业才不久的时候，就希望你有个好对象早早完成终身大事。你说矛盾不矛盾，可笑不可笑？"

伟慧笑了。若迷说的确是实情。

"所以你看，我们的文化开放给女性的自由区域多么狭窄。它要求你最好在二十一二岁到二十五六岁这个区间内初次进入性关系，并终生只能和这一个男人有性关系。若不然就有一箩筐难听话等着你。"

"总之，女人就要随时做好被评判、被审视、被辱骂的准备。女人有太多机会犯错，有太多罪名等着她。女人在这世上行走就如走钢丝。所以，管他呢。我的人生哲学是——我首先是一个人，其次才是一个女人。我和男人享有同样的人身权利。没有人可以以任何形式来控制我，不论是精神上还是肉体上。我对我自己的身体有处置权。我有权决定何时开始性行为、与谁发生性行为，就是这样。"

若迷说了那么多。伟慧听了，却一句话都说不出来，只能笑笑。她隐隐觉得若迷的话有道理，却又实在大胆。

若迷再做最后一次努力，她看着伟慧，说："亲爱的，你要知道：第一，我们女人和男人一样，拥有平等的理性和自由，我们对于身体支配的自由在不伤害其他人的基础上有着天然的正当性；第二，我们女人和男人一样，对性的需求也具有正当性。"

伟慧说："这些我能理解。只是，我的理性告诉我，我暂时不需要这样的自由。我是说，我觉得现在这样就挺好的，我也不觉得自己有那方面的需求。而且我觉得，一辈子只有一个男人，把第一次留到结婚以后，都挺美好的，不觉得是被什么人控制或者剥削啊。"

人的意识被文化所构建、所塑造，这潜移默化的影响，并非人自身能够觉察得到的，也并非一朝一夕可以改变。若迷不再说什么，沉默了一会儿，只轻轻说道："那么，你自己觉得开心就好了。"

伟慧点点头，心中暗自叹息：若迷啊若迷，我佩服你的勇气与见解。但在这些事情上，我真的无法跟从你。

9

伟慧知道若迷与东元有过性关系。

初次知道的时候，伟慧很惊讶，愣了半天就说出一句话："若迷你真大胆。"过了一会儿，她又说："你是真的很爱很爱李东元。"又过了一会儿，她又说："一个女人要有多爱一个男人，才肯在什么保障都没有的前提下把自己的身体给献出去啊。"

若迷骇笑，"谁把自己献出去？两人互相吸引，互相爱慕，自然就会走到这一步。抱着奉献的心态与人相处，恐怕难有好结果。"

伟慧说："道理归道理，可是东元真值得你这么做？性给女人带来的麻烦远多于给男人的麻烦。他真有那么吸引你吗？"

若迷笑了笑，似是而非地回答说："有些人吸引我们，是因为他们身上有我们所缺失的东西。"

伟慧说："是，比如家行的沉着稳重、家行的老练世故，都是我所缺乏又欣赏的。"

若迷说："也有些人，他们吸引我们是因为他们和我们极度相似。"

"哦？你和东元就是这样的吗？"

"也许是吧，我们观念相近，相处起来很舒服。"若迷说。

"就因为相处起来舒服，就可以认定对方是那个真命天子，就可以安心地和他有肌肤之亲了吗？"伟慧还是不解。

若迷笑，"有肌肤之亲也算不得大事吧？再说，你以为舒服是容易的吗？萨特说过，他人即是地狱。人与人的区别往往比人与青蛙的区别还大。与一个人能够相处得舒服，是难得的，值得珍惜。"

东元和若迷同岁，其父亲是北京人，母亲是上海人。东元出生在北京，读小学时随父亲的工作调度，来沪生活。

东元和若迷之间的感情似乎很平静，却又深沉热烈。

他们很少打电话发信息，有时几天都没有联系。

有一天晚上，若迷给东元发信息，问他今晚打算做什么。东元回复：不关心人类，只想你。

这是海子的诗，若迷看着手机屏幕微笑了。她想起年少时读海子的诗，读到"目击众神死亡的草原上野花一片"那种身心战栗灵魂出窍的感觉。这真是她爱的男人，有着和她相似的灵魂。

他们一起登山、旅行、潜水。他们去北方徒步，在野长城上露营，在星空下欢爱。他们在帐篷里彻夜聊天，回忆着八零年代的童年。

童年的上海，天蓝蓝的，苏州河臭臭的，自行车满街，公交电车有两条大辫子，月票只要两块钱，孩子们爱骑山地车上学，可以变速的那种。漫长的暑假，午后常有疾风暴雨，盐水棒冰五毛一根，娃娃雪糕八毛一根，星期二下午没有电视节目，八月末总有台风。

他们有着相似的童年记忆，却没有彼此的交集。他们热衷于一个回忆游戏：某年某月某日，我在某处，你在哪里？

有一天，伟慧在校园里见到李东元与一个漂亮的陌生女孩从餐厅出来。两人有说有笑，神态亲密。

伟慧大惊失色，立刻回来向若迷报告。

若迷听了伟慧的描述却很平静，只说："哦，我知道的，苏潜，外院法语系的系花，他们关系一直很好。"

伟慧无语了，呆了半晌说："什么叫关系一直很好？他们到底是什么关系？你和他又是什么关系？"

若迷说："男女朋友？好朋友？我不知道，也不想探究。"

"你不想探究？"伟慧愤然道："你和他明明在谈恋爱。"

"是吗？"若迷放下手中的书，微笑道："我和他只是在一起度过了一些美好时光，但我们从来没有说过要限制对方的自由，也从来没有说过对方除了爱自己不能再爱别的人。"

"我知道你又要说这些奇谈怪论。可从常理来看，你们就是在谈恋爱。他这样公然出轨，你也容忍？你再爱他也不必这样迁就他吧？你从前的傲气呢，都到哪里去了？"伟慧气愤不已。

若迷仍只微笑，说："不存在什么出轨的。我们本来也没有什么既定轨道。我和他之间没有约定，也没有任何权利义务关系。我们只是在适当的时间在一起，给予对方能量，彼此都觉得快乐。就是这样。"

"可是……"

"可是我们并不能剥夺对方的自由，即便我们彼此相爱。"

10

若迷后来告诉伟慧，她和东元已经讨论过这些问题。

她和东元之间，是类似于波伏娃与萨特的关系。他们是彼此最好的朋友、恋人、战友与伙伴。他们相互爱慕，不作欺骗，敞开心扉坦诚相见，同时给对方绝对的自由与空间，支持对方做一切想做的事。

伟慧觉得这种关系匪夷所思。

所谓的开放式恋爱关系，各自拥有其他情人和玩伴，这在伟慧的价值观里是无法接受的。当然，她知道自己说服不了若迷。

在若迷眼里，出不出轨那种事太小、太不入流、太不值一提了。那是小学生才会计较的事——你跟我好了，就不许再跟别人好了。李若迷才不会这么幼稚、这么小家子气呢。

时不时地，伟慧会在校园里见到东元与别的女生在一起，每次她都低头匆匆走过，装作没看见。她也不再将所见所闻告诉若迷。

东元在学校里是那种很受欢迎的男生，人长得高大帅气，性格又好。他的专业是西班牙语，但他除了应付上课与考试，并不十分专注于学业。他交友广泛，爱好众多，最大的兴趣在登山。他是学校登山协会的会长，一年总要出去几趟，都是冒险之旅。若迷很理解他，也很支持他。他曾登上过位居世界第五峰的马卡鲁峰和世界第三峰的干城章嘉峰，在民间登山群体中也很受人钦佩。

但伟慧对此的评价是：他就是想出风头罢了。

若迷知道伟慧不太喜欢东元，觉得他太野、太玩世不恭，不好打交道，或者说，伟慧不知道怎样跟东元这样的男生打交道。

若迷记得第一次带东元跟伟慧认识的场景。伟慧问东元："你是北京人吗？"因为东元的普通话说得很好，带一点京腔。

东元笑道："哈，我是周口店的。"

东元笑起来很坏，也很阳光。伟慧呆了一瞬，她不懂这两种相悖的气质是怎样糅合到同一个微笑里的。

她轻轻"哦"了一声，也不再问什么。

后来有一次，又是一起吃饭，东元说起自己和父母回北京探亲什么的。伟慧就奇怪，又问："那你是北京人吗？"

东元说："是啊，我们家是北京的。"

伟慧说："可你上次好像说你是周口店的。"

东元愣了一下，笑起来，"你还当真吗？周口店是猿人遗址。"

伟慧当即很窘。原来前一次东元不过是开玩笑。周口店遗址发现的北京猿人也叫北京人。伟慧觉得自己和东元这类男生根本不是一路人，根本就搭不上话。她连对方的幽默和调侃都听不懂。

从此伟慧在东元面前就不太说话。私下里她也会跟若迷说："李东元这样的男生根本就不好驾驭，也只有你能跟他打个平手。"

若迷就笑，"谁要驾驭谁啊？不过是萍水相逢，彼此多看了几眼，能一起走一段，就一起走一段。"

伟慧叹气，"你俩的道德观太前卫。"

若迷说："道德是变化着的，而人的本性自古以来都是差不多的。我们都觉得，人应当自在而诗意地活着。如果大部分人都觉得不遵循某种道德会更开心更舒服，那么需要反思的不是人，而是这种道德。"

道德是男人制定的。道德是变化着的。道德有时是伪善的。这是若迷一向的观点，伟慧知道。她问若迷："你爱他吗？"

若迷说："爱。"

伟慧又问："那他爱你吗？"

若迷说："爱。"

伟慧说："在我看来，爱就是两个人一对一在一起，给彼此承诺。"

若迷说："不，爱是让对方快乐，给对方自由。"

伟慧说："自由不是胡搞。"

若迷说："对，不是胡搞，但自由是体验更多的事物，获得更多经历，感受自我的存在。在某种意义上，我和东元才是真正相爱的。而彼此束缚，所谓一对一的关系，不过是一种自私的行为，将对方视为自己的私有财产，从而抹杀了对方作为人的体验权。"

伟慧又答不上来了。"体验权"这种词，书里都没读到过。

若迷又笑，"不过，你开心就好了。每个人想要的东西不一样。"

伟慧怔愣了一会儿，转到现实话题上来，说："没有婚姻保障，甚至连稳定的恋爱关系都没有，万一怀孕怎么办？"

"生下来啊。"若迷毫不犹豫。

"都不娶你的男人，你还为他生孩子？"

"谁说我为他生？我为我自己生啊。我爱他，就生一个他的孩子。我的孩子长大会变成他的样子。"

啊，李若迷的浪漫情怀。伟慧感叹。有时候她真弄不懂若迷，精明的世俗哲学她最懂，而不切实际的浪漫情怀又是她在亲身实践。

11

反观伟慧这边，和周家行恋情稳定，规规矩矩。两人平日里一起上课、去图书

若夜迷阵

馆，周末就看个电影，吃个西餐，逛个花市。家行经常送花给伟慧，伟慧不喜欢采摘的鲜花，家行就送盆花：报春花、茉莉花、风信子……渐渐地，伟慧的窗台上摆满了一盆盆色彩缤纷的花朵和绿植。宿舍里的姐妹都说他们这一对是古典恋人。

但有时他们也会为小事争吵。

所谓小事，多为家行忘记回短信啦、家行收到其他女生的暧昧短信啦，诸如此类。伟慧是个不会跟人脸红的人，但唯独对家行，有时会使点小性子，闹点小别扭。

大三那年国庆节，两人第一次有了一场大的争吵。

争吵的起因是家行要跟系学生会去外地社会实践，而所谓社会实践，其实就是一次考察旅行。

这是个集体活动，家行不便带伟慧同去。伟慧本不是不讲道理的人，但因为同去旅行的人里有个曾给家行发过暧昧短信的女生。为此伟慧不高兴了，要求家行要么不去，要么带她同去。

家行认为伟慧对他不信任，并且蛮不讲理；伟慧则认为家行冷酷，把旅行、享乐的重要性放在她之前，甚至把其他女生放在她之前。

很多年后，伟慧回想起这件事，才明白这件事中两人所流露出的想法和态度其实已为他们的将来埋下了一个注定的结局。

两人争执到不欢而散后，冷战了三天。这史无前例。

若迷不得不出面劝架，找家行谈。家行便向若迷抱怨，伟慧对他不够信任，并且太情绪化，情感上不能自立。

若迷说："你是否轻视她？"

家行答非所问："她就是太作、太依赖人。"

若迷说："你不正喜欢她依赖你吗？若她真的独立强大、不粘人，也许她就不那么爱你，你也不那么爱她了。"

"可是，凡事有度，她这般依赖我，有时让我觉得窒息。"家行似是无奈。

"可很多时候你也对她管头管脚，要她做你的依人小鸟。你们交往这么久了，伟慧现在的性格很大程度上是受你影响。"

家行一时答不上来，只是垂头叹气。

若迷虽然占到上风，把家行堵得没话了，回来她还是劝伟慧："你啊，真的要独立一点，不能把周家行作为获得幸福的唯一来源。"

伟慧低着头，小声地说："可我就是这样的性格啊，我就是专一、保守、粘人，他不是喜欢的嘛。"

若迷说："人都是这样啊，心情好也不忙的时候，都说自己乐于助人，能够包容，一旦自己应付不过来，谁还愿意搭理粘手的？"

伟慧叹气，又说："他到现在也没主动跟我说话。"

若迷说："与男人恋爱，不妨学一学男人的思维模式。男人也情绪化，但他们不会像女人这样肆意地表达和发泄，更多用工作、学习和冷处理转移，自然解决。"

可伟慧不服，"有问题就谈问题，为何要回避？我就是不接受他冷静、沉默的样子。什么冷处理，分明就是冷暴力。"

听伟慧这样讲，若迷倒不作声了。伟慧讲得又何尝不对？

男女吵架时，一般总是女人在提出问题，诉求解决。而男人总是沉默。沉默地生气，沉默地傲慢。貌似冷静、有教养，其实是消极回避、不愿负责的态度。

社会对女性的角色要求是"贤"与"柔"，所以她们的一切诉求都会被认为是"作"，是"挑起事端""缺乏理智""不懂事"。

再说家行觉得伟慧"缠人"这件事。

若迷想，男人都爱抱怨女人"缠人"。就连她自己，在情爱中谨慎克制，也就是为避免被扣上"缠人"的帽子。

可女人为何"缠人"？女人"缠人"的坏名声是怎么来的？

或许这正是男性潜意识里权力争战的策略之一：是男人希望女人被普遍认为"缠人"，这样他们才能稳占上风。

换句话说，男人希望女人依赖他们，同时又要抱怨。

先让女人依赖，等她们养成了习惯，再去挑剔她们，从此在关系中，男人就变得更有权力了。

如此看来，"永远不要依赖任何人"倒成了一条生存定理。

冷战在第四天结束。家行主动来找伟慧和解。在宿舍楼外看到家行的那一刻，伟慧表面平静，心里则差点哭出来。

家行态度改善，认了个错，伟慧便也顺势下台阶。两人言和。

实习事件的最终解决办法是：家行妥协，带伟慧同去。

旅行为期一周。十几人的团队，只有家行一人是带"家属"的。伟慧这时才发现，自己的确有些过分，后悔当初跟家行闹，因此她从旅行一开始就低调示弱，凡事都先气短一节。

再看那个曾经要跟家行搞暧昧的女生，人家大大方方嘻嘻哈哈，跟全队人打成一片，在家行面前自自然然，对伟慧也是亲亲热热。这样一来，伟慧更觉得自己显得小气、多疑、鬼祟了。

真是一次糟糕的体验。伟慧后悔不迭。

好在整个旅程中，家行对她一如既往地关怀体贴，也没再责怪她非要跟来、叫他难堪。伟慧便更加惭愧，发誓从今以后凡事都要听家行的话，再不可"作"、不可闹了。

12

从大三开始，东元就不住宿舍了，在学校附近租了公寓。若迷经常在东元的住处留宿，两人几乎是半同居的状态。

后来，在若迷的记忆中，大三大四那两年是她对感情最投入、最执着的时候。东元则是她这一生最亲最爱的人。即便后来两人没有在一起生活，她始终忘不了他的样貌、声音、他的举手投足、他多情的眼睛，还有他身上清淡的科隆水味道。若迷后来多次去德国旅行，每次都会买科隆水，一直随身携带使用，保留着那份最初的记忆。

那时，社会风气虽已开放，大学生有性行为也算不得大事，但像若迷和东元这般堂而皇之在校园内外双宿双栖还是会惹人非议。

只不过他们二人都是不管不顾的性格，不理会别人的眼光。尤其是东元，从来不与人争气或论理，别人说他什么他都一笑置之。看上去是极和善、极洒脱，风度没人比得过，但从另一个角度理解，这般大气无畏也是一种冷漠无情，更是一种极度的自我。

大四那年，春末夏初，伟慧在文化馆实习。有天中午，她收到若迷的短信，约她到常去的朵拉咖啡馆见面。

"你今天没课吗？"伟慧好奇。她知道若迷大二大三时参加了太多社团活动，差了不少学分没修够，所以到大四不得不选了很多课。

"有比上课更重要的事。"若迷回信。还附了一个笑脸。

什么事比上课更重要？是好事还是坏事？伟慧疑惑。她把信息又读了一遍，看着文字后面的那个笑脸，忽然有了不好的预感。

在朵拉咖啡馆的绿皮火车座上，若迷告诉伟慧，她怀孕了。

伟慧先是呆住，随即着急起来，怪若迷怎么如此不小心。

若迷倒很平静，说："其实，或许我是故意的。"

"什么？故意？故意什么？"

"故意放弃避孕啊。"若迷淡淡地说。

"你……可是……为什么啊？"伟慧太震惊，话不成句。

"为了纪念这段感情。"

"难道你们分手了吗？"伟慧诧异。

"不，我们深爱彼此。我只是怕，万一将来分开或无法一起生活，至少我还有一个他的孩子，我与他就有了无法割舍的关联。"

"天哪，你也太浪漫、太疯狂了。"伟慧惊呼，"可是……你同他商量过这件事吗？他会负责吗？"

若迷微笑起来，"女人真的爱一个男人的时候，不需要他负责，也不需要名分，就会愿意生他的孩子。"

"可是，如此重大的事情，你就自己这么草率地决定了？"伟慧说："孩子一生，你这辈子就定型了，就跟定他了。他若待你不好，不肯同你结婚，你怎么办？你太被动了。"伟慧十分为好友焦急，"你必须再慎重地考虑一下。至少，同你父亲或母亲商量一下。"

若迷微笑，"我已经二十二岁了，伟慧，我深知我所做的是此刻无可选择无可回避的一件事，也是我内心的意愿所在。我不会后悔。"

伟慧还想说什么，却说不出来了。若迷脸上是一副安泰温厚的表情。她为怀了这个孩子感到高兴。她叫她出来，是报喜的。

伟慧颓然靠入椅背，无言地发了一阵呆。她只在想：若迷为什么这么傻？为了一个难以驯服的男人，真的值得吗？

咖啡馆内很安静，只有她们两人。午后的阳光照进来。

伟慧忽然想说，还记得四年前的那个夏天吗？大学入学前，我与你在此对坐相谈。那时你还没有这样疯狂，那时未来还有无限可能。

现在，还是这样的午后，还是这样两杯咖啡，连夕阳的角度都是同样的。然而四年过去了，我们为什么会变成这样的大人？

但她什么都没说。时光匆匆，不可逆转。一切都是命运罢了。

"你在生我的气吗？伟慧。"她听到若迷怯怯问她。

她怔怔的，看着窗外，轻轻叹道："我所理解的爱情，不是燎原之火，而是，心底一捧恒久的微光。可以取暖，但不会被灼伤。"

若迷完全懂得伟慧在说什么。她回答："可是我，不畏燃烧，只怕不能至情至性。"

伟慧知道，劝不回若迷了。

她的至情至性带给她一个孩子。她大学还未毕业，就已经快要成为一个母亲。

伟慧让若迷告诉东元怀孕之事，与他商量对策，讨要担当。

若迷却说："此时不能去打扰他。他远在巴基斯坦，和他的登山队一起准备攀登乔戈里峰。"

伟慧说："真是胡闹。"

若迷什么都不说，默默承受压力。

一件在世俗价值观里看起来毫无收益的事情必然不为人所理解，她选择生下恋人的孩子，以及东元选择攀登险绝的山峰，都是一样。

晚上回到宿舍，若迷打开电脑，看到东元留在网络空间里的话：明天一早从伊斯兰堡出发。K2，等我来征服你。

呵，征服。他要征服的东西，比多数人所能想象的都要大得多。

若迷打开网页搜索乔戈里峰的资料。

乔戈里峰，海拔 8600 多米，高度仅次于珠穆朗玛峰，又名 K2。K2 被称为野蛮巨峰，攀登死亡率超过 27%，是登山界著名的高难度峰。最难的路程在山的肩部，登顶之前有一段三四百米的大陡坡，也是最危险的路段……

若迷纵然镇定，仍感到脊背阵阵发冷，汗毛竖起。攀登死亡率超过 27%……那些字眼叫她的心发抖。

她关掉网页，深深呼吸，努力微笑。她知道自己现在什么都做不了，只能在心中祈祷远方的爱人旅途平安。

那是他的梦想，是他选择的人生，她不能干涉。

她能决定的只有她自己的人生。

她决定生下腹中这个孩子。

这一夜，伟慧一直陪在若迷身边。

若迷让伟慧安心睡，自己假寐着，实则一夜无眠。

消息传来，东元成功登上乔戈里峰，安全返回驻地。但在他们之后去的一组韩国人，路绳用完了，冒险登顶，下山途中因为没有路绳保护，发生滑坠事故，有五人丧生。

几乎与死神擦肩而过。如此危险的游戏，东元是拿自己的生命在冒险，试图征服什么？证明什么？自我的存在？力量？勇气？

或许只是为了超越肉身的局限，获得真正的自由。

是的，自由。他最终想要的，不过是自由而已。

就像在爱情中，最好的状态是——我爱你，你是自由的，去你想去的地方，成为你想成为的人吧，去获得快乐吧；可总有那么多人的态度是——我爱你，所以你是我的，你要服从我、陪着我，成为我想要你成为的人，你要令我感到快乐、安全、满意。

世人对爱有着如此大的误解。这却是普遍的现实。

若迷没有将怀孕的事告诉东元。

毕业临近，忽有肺炎疫情在南方爆发，很快蔓延，祸及上海。

新闻播报的死亡人数每天都在上升，警戒区范围越来越大。学校不得不停课，隔离进出人员。此次疫情后来被世界卫生组织命名为SARS，即重症急性呼吸综合征，也称非典型性肺炎。

在停课隔离期间，宿舍里的女生都回家了，只有若迷一人留守。校园里冷冷清清，气氛严峻。小卖部关了，自习室关了，图书馆也闭馆了。好在食堂还开饭，但任何人去食堂打饭必须佩戴特殊口罩，接受体温检测。传言校内已有学生染病身亡，一时间人人自危。

这场传染病危机让若迷度过了一段幽闭沉思的日子。连续数周，她独居宿舍，见不到恋人，也见不到朋友。阴霾笼罩整个城市，公共场所都关闭了。她无处可去，无事可做，只身一人看着这个死亡随时会降临的世间，只有腹中的小小胚胎是她唯一的陪伴与安慰。

她日夜待在宿舍，靠书本度日。史书上写：一九一八年爆发的西班牙流感，在短短六个月内夺去了全球四千万人的生命，比持续了五十二个月的第一次世界大战的死亡人数还多。疫情蔓延全球，连阿拉斯加的爱斯基摩部落都难以幸免，一村一村的人死去。二十万美国人在一个月内死去。有人早上还正常，中午感染，晚上便死亡。

历史总在轮回重复。生命如此渺小脆弱。一个人的存在、他的梦想与作为、他的筹谋与建设、他的人生、他的喜怒，对他来说是那么重要，是全部的世界。但他，只不过是物种延续图谱中最微不足道的一个小小样本，瞬间就可以抹除，不再具有任何意义。

人，随时都可能死。

并且对这个世界的存在、对宇宙的进程，没有任何影响。

那人为什么还要活着？为什么还要执着地努力、顽抗、求生、繁衍，寻找一个又一个新的希望，创造一个又一个新的生命？

因为爱？因为对自由的渴求？

因为意义不在结果，而在生命过程的每一个瞬间？

这场特殊的际遇给了若迷一次心灵的洗礼。这段特殊的时间令她内心生出一股格外强壮的力量、一股信念——生命愈是脆弱，生存愈是艰难，她愈是要保护体内这个小小生命，带他来到人间。

不惧死亡地活着，不惧失去地拥有，不追问意义地去爱，爱每一个瞬间，爱每一个人，爱万物及这世间所有的馈赠。

一个月后，疫情得到了控制，不再有新增病例出现。

又过了两周，危机得以解除。校园恢复秩序。补课和补考都开始陆续进行。毕业季转眼就到来了。

可若迷怀孕的事却不知如何被系领导知道了。系领导知道的不光是她怀孕的事，还有更多关于她私生活的流言蜚语，据说影响很坏。

系里的一把手是个思想保守、作风雷厉的老头，放话出来，对这种事决不能姑息，不然师弟师妹们有样学样，个个荒淫腐朽，无心向学。老头说："国家培养你们，是叫你们做栋梁之材。发乎情止乎礼都做不到，配做什么复旦学子？凡急着卖俏行奸、配种下崽的，根本不必来求学，留在农村当媳妇就好了，到这岁数早下好一窝崽了。"

若迷知道是有人故意为难她，要杀一儆百，也知道老头的腐儒思想在他脑海中已盘踞了五六十年不可能改。她什么都不去挽回，既不为自己争辩，也不恳求，一言不发地领受了处分。

李若迷，因严重违纪，取消学位，不予毕业。

伟慧为这件事哭了，觉得若迷太可怜。她去求系里相熟的老师帮若迷一把，却也被骂了一顿退出来。

此后许多年，伟慧一直为这件事耿耿于怀，怪若迷太傻，怪她为这份感情、这个孩子付出太过惨重的代价。

而若迷，无论何时，提起此事，都仅付之一笑。学位、文凭，只是一种证明。如果你有更好的证明，又何需它们？

13

离开学校，若迷经历了最艰难的一段时光。

忽然间踏上社会，什么都要靠自己。租房子、搬家、养胎，全靠她自己。最重要的，她一时没有工作，也就没有经济来源。

母亲远在异地另有家庭，她不想去打扰；父亲一直没有再婚，常年独居，她也不愿再回那个家。身边能帮忙的，只有伟慧一人。但伟慧忙着找工作，天天投简历、面试、笔试，能帮的地方也很有限。

东元从巴基斯坦回来后，一直忙于毕业事务，然后找了一家矿业公司入职，因其所学是西班牙语专业，很快被派往墨西哥常驻。

若迷未来得及见他一面，他已经远赴美洲。不久听共同认识的朋友说起，他好像还有了新女友。

若迷有过一瞬的难过，但她控制着自己，不让这一切影响她的正常生活。想来这也不算什么，她与东元一向各忙各的，并没有什么约定或承诺。毕业那一阵各自兵荒马乱，自顾不暇。东元也不曾得知她怀了他的孩子，那么远赴异国寻找前途完全合情合理。

若迷打定主意过自己的生活。

待搬完家，一切安定，若迷回去看望父亲。

高中毕业那年，赶上拆迁，他们家被迁至西郊新盖的民居。

这种被称为"某某新村"的大片区六层建筑群在十年二十年后被称作"老公房"，意为公家的房子。当时商品房还未大面积建造出售，老百姓们交着廉价租金住着这些"某某新村"还是感觉满意的。

这种新村房子一般为一居室或两居室，一梯四户或六户，房型简单，居住面积不大，设施也十分简陋，自然不能同后来大批涌现的商品房相比。但对于住惯了旧式弄堂平房、倒惯了马桶、烧惯了煤球炉的人来说，单有抽水马桶和管道煤气这两点就足以称得上奢华。

若迷的父亲便在这套两居室公寓里独居了四年多。

因为家里条件有限，父亲又是独身，所以房子一直没装修。门窗都是原先毛坯房自带的铁框门窗，漆了一层斑斑驳驳的绿漆，绿得像邮筒。地板用最便宜的合成板随便铺了一铺，缝隙百出。墙壁也刷得马马虎虎。房间里家具摆得零零落落，两只沙发不配套，电视机还是那台看了十几年的金星十四寸。吃饭没有饭桌，一张茶几既当饭桌又当书桌。一幅挂历积满灰尘挂在墙上，日期还是两个月前的。

若迷大学四年没回过几次家，现在回来收拾自己的物品打算彻底搬走自立门户，眼看着这幅景象觉得心里难过。母亲的离去毕竟带给父亲创伤。但父亲的慵懒和不作为也确实逼得母亲不得不走。

没有是非。没有对错。只有对现实判断的分歧和对无望的忍受力的不同。一些伴侣注定要在岔路口分开。

若迷进自己屋子收拾东西。所谓她的屋子，就是一间几乎是毛坯房的房间，里面堆了大大小小十几个纸箱子，还有她以前弹的那架钢琴。钢琴上盖了一层厚厚的布罩子，上面落满了灰。若迷一阵心酸。当年母亲坚持买钢琴给她学，为此还和父亲大吵了几次，买钢琴几乎让他们倾家荡产。父亲一直不主张给她学琴。小时候每次钢琴课都是母亲带她去。钢琴老师的家离他们家有五站路，晚上没有公交车，零下几度的天，她坐在母亲的自行车后架上，母亲迎着冰冷的风一下一下踩着自行车踏板。现在母亲远走高飞了，她也要离家，并且暂时没有能力把钢琴搬走。而起先反对买钢琴的父亲倒不得不和这台落满灰尘的钢琴共居一室，日夜相对，长长久久。

"你的东西，我都没动过。"父亲的声音在身后响起。

"嗯？……哦……"若迷回过神来，止住了回忆。

她打开那些纸箱。箱子里都是些她儿时的衣服、书籍、画报、玩具等旧物。她挑了些许有纪念意义的，打算带走。

父亲站在门口跟她说话。他象征性地问了问她毕业后住哪儿，找了什么工作，工资多少，之后便不再关心，只顾倒自己的苦水。

父亲下岗后一直没有正经工作。当年工伤得了些补贴，加上原来的储蓄，被他拿来当本金炒股。早年行情好还小赚了些，这一年遭遇熊市，他的几只股票纷纷大跌被深套。现在连香烟也只能抽抽阿诗玛了，父亲说。接着他又开始抱怨若迷母亲抛弃他们父女俩："伊现在做生意发财了也不念旧。"这些老生常谈听得若迷心里毛里毛躁。

若迷收拾完东西想一走了之，忽又看到父亲残缺的手。这双残缺的手现在什么都干不了了，也只能抽抽烟，炒炒股了。父亲一辈子就这样了，若迷心痛地想。她拿出身上仅有的两千块钱，塞给父亲。她说现在刚毕业，自顾不暇，等将来有条件了再补贴他。又叮嘱他，股票小玩玩，用来解闷可以，但毕竟是赌博，不要当正经事来做。靠双手劳动得来的财富才不会一夜之间溜走。说到"双手"二字，若迷心里又格愣了一下，但脸上没有显露出来。

父亲却在后面喜滋滋地说："哪里是赌博，看 K 线是技术活，分析行情也要动脑子的。"父亲拿了钱很开心，又开始喋喋不休讲股票。

若迷不要听，找了个理由匆匆离开。

二十一世纪了，到处是一夜暴富和一夜暴穷的故事，天天有人为股票涨跌而发疯而跳楼。若迷对这种虚幻的富与穷不感兴趣。

父亲从头到尾也没发现若迷怀有身孕。

夜夜心自还

1

若迷独立支撑生活，接了写剧本的工作。非常辛苦，倾尽心血，却只拿一点点钱，还没有署名权，就是做枪手。

但没有办法。她纵有才华，却是个新手，没有名气。并且她没有文凭，没有人承认她。她只有自己出苦力，下苦工。

交稿日期紧迫，若迷关起门来，写得昏天黑地。

腹中孩子是她唯一的陪伴。

那天夜里，她照例坐在电脑前，写得困倦，忽觉腹中孩儿动了一下。初次胎动，她激动得几乎流泪，却无人分享这一喜悦。

她给伟慧发去消息：孩子动了。第一次感觉到生命的神奇。一个身体，两个生命。我爱的人，他的一部分在我体内延续。

伟慧第二天来看若迷。

伟慧至此心情还是复杂的。她不能理解若迷的痴情做法。伟慧自觉还有情怀，不算世俗中的精明之人，可即便用她的标准来看，若迷的所作所为仍是非常不明智、非常吃亏的。

伟慧气呼呼地问："他现在知道了吗？知道他快当爹了吗？"

若迷说："我没有特意通知他。不过我们有一些共同的朋友，也许他会有所耳闻。"

"有所耳闻？"伟慧不平，"这是他的孩子、他的责任，你就让他用'有所耳闻'这样的方式来处理？太便宜他了。"

若迷说："他有他的生活，我有我的生活。彼此不干扰、不破坏、不束缚，是我们相处的原则。你也别太担心了。我最近忙着，所以跟他联系得少。等过段时间安定下来，我会与他谈一次的。"

若迷的语气是如此镇定、平和。她似乎心满意足，毫无怨言。

当事人都这般淡然，旁人又干着什么急。伟慧叹了口气。

愣了一会儿，她问若迷："你会想他吗？"

若迷答："会，有时会疯狂地想念，午夜梦回，都会流泪。有时又好像什么事都没有，那感觉很遥远，淡淡的，像一场美好的梦。"

"可是，如果我爱的人这样对我，我会恨他的。"伟慧说。

若迷笑起来，"恨他他也不知道。"

"不，我会让他知道。给他发信息打电话，用尽力气骚扰他。"

"让他不得安宁吗？"

"对，就是要他不得安宁！要让他知道，我多么爱他，他的离开造成了多大的伤害！"

若迷笑着摇头，"这世上因爱生恨的事情太多了，我不喜欢。"

"可你有你的权益，你得让他知道，你为他付出了什么。"

若迷还是摇头，说："我不再相信表达，因为表达其实只对自己有意义。例如，你对他说，我爱你，或者我恨你，感受是你自己给自己的。就好像，删掉一个人的社交账户，并不是因为你不喜欢他了，而只是为了让自己不再惦记他是否会发来信息，这也只是你一个人的事情。杜绝自我表达，是一种自处的进化，与他人无关。"

伟慧叹气，"我头脑太简单，不懂你的宏论。"

若迷微笑，"那也无妨。来，你摸摸看，他又在动了。"

若迷拉起伟慧的手，放在自己的腹部。

过了片刻，伟慧惊呼："啊，真的，真的动了一下。"她激动地掩住嘴，看向若迷，又看看她隆起的腹部。里面真的有另一个生命。会是另一个李东元吗？还是另一个小若迷呢？

两女子相视而笑。

一个新生命的孕育过程，叫她们无限惊奇，无限感慨。

2

辛劳数月后，若迷拿到第一个剧本的稿费，才五万块。但她知足了。五万块够她缴一年房租了。

她请伟慧出来吃饭，九个月的大肚子，马上要生产，身边没有一个男人。但她神采奕奕，非常开朗愉快。

伟慧问她现实问题：准生证怎么办出来？孩子户口怎么上？

若迷耸耸肩，说："交罚款呗。"

"那得交多少钱啊？钱都交了罚款，你和孩子吃什么？你这情况特殊，确实是第一次生育，只是孩子的父亲不在身边无法结婚而已，就不能再想想别的办法，通融一下？"伟慧抛出一连串问题。

若迷笑了，"办法嘛，要有总是有的。"

伟慧想了想，说："对了，我听说，可以找个不相干的男人来假结婚，只要对方也没有生育过，就可以过关。"

若迷嘻嘻一笑，"是啊，付他费用，让他假扮孩子父亲，叫孩子获得合法身份，事后再与他离婚，多么简单。"

伟慧见若迷说得嘻哈调皮，也不知她是真是假。

伟慧说："我有一个同事，要生二胎，但夫妻俩都非独生子女，嫌罚款太重，便去美国生。费用是花了好几十万，路途上也折腾，但毕竟小孩拿美国护照。你倒也可以参考这项做法。"

若迷笑道："我可没钱去美国生。再者我也不稀罕美国护照，我觉得中国护照顶好了，上海户口尤其好。"

伟慧见若迷这般轻松豁达，料她定已将事情办妥，便不再多问。

饭菜上来，若迷招呼伟慧多吃，自己亦大快朵颐。她说自己现在胃口极好，顿顿吃得下一头牛。

伟慧骇笑，劝若迷节制一点，胎儿太大生起来痛苦。

若迷满不在乎，照样吃得欢畅。但这样吃法，也不见她比怀孕前胖多少。若迷指着肚子，笑着解释："肉全长这只小的身上啦。"

见若迷如此健康、如此放松，伟慧放下心来。

没有料到，吃过这顿饭，若迷当天晚上就生了。

伟慧得到消息，第二天一早赶去医院。

她赶到时，若迷刚被推出产房，正躺在床上休息，身边一个亲人都没有，只有个护工在喂她喝粥。

伟慧眼圈红了，"好歹也跟你妈说一声，让她来照顾你。"

若迷笑笑，"何必劳动他人。等我出了月子，抱孩子去看她。"

伟慧看出若迷此刻极其虚弱，眼圈红了又红，"你就是太要强。"

"这不是要强。这是人必需的生存能力。"若迷微笑。

伟慧点点头，又问："孩子呢？"

若迷说孩子被护士抱去打针了。

伟慧问，是男是女。若迷说，是男孩。

伟慧看得出，若迷满心欢喜。这个刚当上母亲的人，孩子是她的至宝，是她的全世界。伟慧为她高兴。又怯怯问她："痛不痛？"

若迷苦笑一下，"等你自己挨过了，就知道了。"

"那……一定是很痛的了？"

"不说也罢。"

孩子打完针被抱了回来。伟慧兴奋地说要抱。

护士把襁褓递给她。她小心翼翼地接过来，眼睛一看住孩子的小脸蛋就再离不开了。新生儿皮肤通红，瘦瘦小小，不像奶粉广告里的孩子那般白胖活泼，但伟慧还是欢喜得双目湿润，微微哽咽。她从前不知自己会这么喜欢孩子。

"生命真是太伟大，太奇妙了。"她激动地感慨，"你看他，长得多像你呀。"她小心翼翼地把孩子抱在胸前，看看孩子，又看看若迷，"对了，小家伙的名字取好了吗？"

"取好了，叫李悦农。"

"李悦农，好名字。随父姓吗？"

"随母姓。"

伟慧看向若迷，两人相视一笑。

孩子哭闹了。伟慧把他放回若迷身边吃奶，又替若迷掖好被子。她说："真羡慕你，已经有了儿子。这也确是好大一份责任。我都不敢去想，自己有一天当了母亲，从此该有多操心。"

若迷笑说："这一天很快就会来的，你可做好心理准备。"

三天后，若迷出院，请了一个月子保姆在家料理服侍。

伟慧几乎天天去陪她，带去奶粉尿布、营养补品。刚毕业都没什么钱，伟慧便跟父母借了一些钱，资助若迷。

若迷说："待我渡过这一段，你的钱我双倍还你。"

伟慧说："谁要你还！还我就是不把我当姐妹。"

孩子双满月，若迷就不再请保姆。自己带，辛苦得很，每天只睡四五个小时，睁开眼就有稿子要写、饭要做，家务堆积如山，还得给孩子哺乳、洗澡、换尿布，周末抱着孩子去超市大采购。

伟慧依旧隔三差五拎着大包小包去看若迷。

若迷说："你自己省一点吧，也是在准备结婚的人了，买这么贵的东西给我做什么？"

伟慧笑，"别得意，以后我生孩子了你不也得买来送我？"

"想得美呢。你是有老公的人，我才不为你操心。"

两人都笑，然后又一起沉默了。她们想到了同一件事情。

片刻后，伟慧小心翼翼地问："和李东元联系过没有？"

若迷说："暂时还没有。"又说："等时机成熟，我会跟他联络。"

伟慧有些急了，"什么时机不时机啊，你到底在等什么啊？这样等下去说不定他又要有新女朋友了，说不定都要结婚了。"

若迷说："我明白。可是我现在刚生下孩子，现在做任何决定、说任何话，都会是带着某种情绪或情结的。我必须等到自己的心态完全放松下来，等到头脑变得冷静、客观，等到我完全不在乎他会以怎样的态度来面对这件事的时候，才能去告诉他。"

伟慧摇头，"你这样逞强又有什么意思呢？你以为等到你什么都不在乎的时候，就不会被他伤害了吗？告诉你吧，有时候你以为自己放下了、不在乎了，可当那个人回来的时候，一颗心还不是照样死灰复燃，变得脆弱而易受伤害？"

若迷笑起来，依旧淡淡的，"你这些奇谈怪论又是哪里学来的？"

伟慧叹息一声，苦笑道："看言情剧看来的呗。没吃过猪肉，至少还见过猪跑。"

若迷笑答："言情剧和生活差十万八千里。"

3

大学毕业后第一次同学聚会，若迷没去。伟慧去了。

原先在学校读书时，人与人之间是没有明显分化的，大家上课下课、复习考试，过的日子都差不多，家境贫富无明显区别。可一出学校进入社会，人与人马上分出阶级。家里有些背景的，获得好工作轻而易举；出身寒门的，只能四处奔波谋得一职半位。家境殷实的，全身名牌开着宝马奔驰去上班，不管上的什么班，挣多少钱，姿态上已经高人一等；而家境普通的还需营营役役挤公交地铁，哪怕通过努力获得优职高薪，却仍要省吃俭用多年方可购得一房一车。

早个十年二十年，大街上看不到几辆私家车，人人骑自行车上下班，挣的工资都差不多，商品房也还没有出现。大家心平气和，心满意足，没有无端生出的欲望。而如今，开玛莎拉蒂都不稀奇了，骑自行车的人还在骑自行车。人心难免都浮躁起来。觥筹交错间，再也没了往日纯真，说来说去都是钱钱钱钱、车车车车、房房房房。

聚会上，若迷虽然没露面，但围绕她的传言却被大家津津乐道。若迷算得上是班里最传奇的女生，在校时就很受欢迎，欣赏她与嫉妒她的女生都不少，暗恋她的男生更是多。但她却没有像那类得男人宠的女生一样，一出校园就找了大款当了富太太，或者凭样貌才智进大机构做金领，拿个年薪百八十万。

她走了一条和别人都不同的路——当一名自由职业者，从事文艺创作。不仅如此，还单身生育了一个孩子。

这显然是一条难走的路，无法令她获得稳定的经济保障。在人心浮躁、利字当先的当下社会看来，这种选择简直愚蠢透顶。席间有不少人纷纷感慨惋惜，说李若迷太傻了。

有个女生喝多了几杯酒，话忽然开始难听，说李若迷不仅傻，还放荡，在大学里不知乱交了多少男朋友，最后自己吃亏。

竟有另一个女生在旁开始附和：李若迷之所以不敢跟李东元提孩子的事情，恐怕孩子根本就不是李东元的。

伟慧听不下去了，说："孩子就是东元的，他们感情很好，是因工作需要才暂时分居异地。我跟若迷最要好，她的事我最清楚。"

说话人这才意识到自己失言，又不甘心认错，讪讪道："就算孩子是李东元的，这事也不上台面。李若迷胆子也太大了，一向不把道德规矩放在眼里，可到头来吃苦的还不是她自己？"女生又说："就因为是咱自己同学，我才说几句心里话。要是不相干的人，我才懒得说呢。"

伟慧不语，心想：若是不相干的人，你肯定就不说了，说起来也没滋味。就因为是熟人，而你没人家漂亮，没人家有才华，没人家有那么多异性追求，这才生了嫉妒，恨不能落井下石。

再说道德，道德只能用来要求自己，不能用来绑架别人。整天关心别人道不道德的人，一般都没太安好心。

伟慧去看若迷，没把这些话传给她听。只是问她，辛苦不辛苦。其实不必问，一切都看得到。

若迷却笑笑说："这算什么辛苦。非洲每年饿死多少人呢。我有衣有饭，哪有资格抱怨？"

伟慧连连感叹："母亲真伟大，女人了不起。"不是喊口号，而是真的有感而发。

若迷说："的确，女人比男人艰难。男人终归可以将父性放在人的独立性之下，作为一个小小的点缀。但女人很难做到。"

她又说："女人若想完全独立自由，就得做好打算，不生育。一旦生育，就必被母性缠绕一生，被各种琐碎的生活细节捆绑一生。这是物种本能强加给女人的重负，你我都摆脱不掉。"

若迷说到这里又忽然微笑，"但我偏要修炼自己，强大地活下去。我要努力证明一点，母性与人的独立自由是完全可以共存的。"

伟慧对若迷的话似懂非懂，只说要她保重身体，如有需要，周末她都可以过来帮忙搭把手。

伟慧没有想那么多高深的问题，她的生活很实际，也很庸常。

毕业之后，学中文的她进了一家外资保险公司上班。

这是没办法的事，为了生计，必须选择赚钱的行业，而不是自己的专业或兴趣。

到这时伟慧才真正发现，学堂里背的那些诗词歌赋拿到社会上一点用都没有。保险行业实实在在的法规细则需一条条从头学起。

自然，如今诗人的那套早已过时了，锱铢必较的商业合规才是日日悬在头顶的宝剑。

职场险峻，同事大多是伟慧的同龄人，但个个老练世故，八面玲珑。倒是伟慧自己，在象牙塔里就一直做小女生，初到社会有点怯场。

不过她很快学习适应，下工夫，学业务，立志做好大机器上一颗微小的螺丝钉。

工作是极辛苦的：整理数据、做表格、收发电子邮件……新人接手的大抵都是些枯燥、繁琐，又容不得半点差错的苦工。

除此以外，上午三个会，下午三个会，主管把人抓得牢牢的，让你没有一分钟可以偷懒，做不完的工作统统留下来加班。

有一天，主管让她处理一件棘手事务。她不熟这一块，摸索着处理完了，发了邮件汇报，不久却被大老板叫到办公室训斥了一顿。

伟慧像被人兜头泼了一盆冷水，委屈极了。

后来才知道，是她的主管把难干的活儿派给她干了。这件事比较复杂，里外得罪人，怎么处理都会有问题。伟慧没经验，主管说什么她就做什么，结果出了纰漏，却是她一个人担责。由于主管是口头吩咐她的，没有发邮件为证，她百口莫辩。

从此她知道，工作上一切往来皆需发邮件以留凭证。

转眼半年过去，伟慧做 Office Lady[①] 也做成了熟练工。

这日下班，若迷和伟慧约吃晚饭。

七点了，伟慧才风尘仆仆赶来，身上还是西装和套裙，头发在脑后梳成个发髻，口红也一丝不含糊。

---

① Office Lady：英语，"办公室女白领"。

了不起的职场女性。若迷微笑，在心中赞叹。

伟慧却抱怨连连："上班上得苦死，真羡慕你，自由职业，不必朝九晚五地穿着高跟鞋化着妆在老板面前赔笑。"

若迷笑道："小姑娘，尽想当然。什么钱都不是好赚的，不过冷暖自知罢了，不用羡慕别人。"

若迷问起伟慧何时结婚，准备得如何。

伟慧说刚买了房子，最近在装修。还要选家具、订婚宴、拍婚纱照，好多好多事情，快累死了。

若迷笑道："结婚真是个苦差事。"

伟慧叹气，"苦差事也没办法呀，人生必修课。"

若迷说："我倒觉得是选修课。"

两人相视一笑，都明白"人各有志"这句话。

伟慧又问若迷："和东元怎样了，联系过没有。"

若迷说："他在墨西哥，忙着工作。"

伟慧问："什么工作？"

若迷说："要一年开车跑十万公里，上山下海的工作。"

"那他有了女朋友没有？"

"自然是有吧。"

"哪一个？那个法语系系花？"

若迷笑起来，"你倒是比我更关心。"

伟慧还想说什么，若迷却不愿多谈。她说："他有他的生活，与我完全两个世界。我何必知道那么多。"

"那你没告诉他你生了他的孩子？"

"我告诉他了。但我一早表明，这是我自己的事，与他无关。"

伟慧愣了片刻，又试探着问："那你们算是……分手了？"

若迷笑了笑，没有回答。

伟慧静思了片刻，问："你不难过吗？不想他吗？"

若迷说："有时候，会难过，也会想念。走在街上，看到像他的背影，会愣一下。读书看报，见到'东'字或者'元'字，也会走神。"

说到这里，若迷叹口气，"但我问自己，我要的是什么？要他放弃他想要的生活，回来和我在一起，和我结婚吗？不，我根本也不想结婚。那我要的是什么？或许就是现在这样。现在这样，就很好。"

4

在大学里的时候，若迷曾有一次问过同宿舍女生们这个问题：你们觉得人为什么要结婚？

有人说是为了爱情，为了彼此一对一的忠贞。

有人说为了安全感。这世界动荡不定，处处险峻，和另一个人绑在一起搭伴过日子可以过得更省力、更有保障。

还有人说是为了完成任务，让自己看上去像个正常人来被社会认可、接受。总之大家干什么自己也跟着干，总不会错。

问到伟慧的时候，她说，以上每一条都是，但最重要的，结婚是为了和自己爱的人在一起，永永远远不分开。

大家反过来问若迷的时候，若迷却说："最早的时候，是没有婚姻的，因为也没有私有制。婚姻是私有制的产物。由于生产力的发展，男人有了财产。男人需要确保自己的财产有人继承，因此必须确保女人生的孩子属于自己，所以就需要会生孩子的女人绝对属于自己。你们知道吗，最早的婚姻是抢婚制。"

"可现在，不光男人需要结婚，女人也觉得婚姻是必需品啊。再说了，和自己爱的人一起生活是件很幸福的事情啊。"伟慧反驳。

若迷微笑，说："人的欲望都是被文化塑造出来的。如果长期以来的文化让我们相信没有爱情就是人生输家，我们当然会受制于社会以爱之名推动的一切规范。所有公民都一对一配成对，此种形式以外的都不能称之为爱。想想看，叫所有人，进入一对一终身制的模式，这是一项浩瀚的工程，可大家像整齐的士兵一样自觉完成。如果有人跳出这种制度，就会被视为得不到爱的二等公民。"

对若迷的这番宏论，女生们都唏嘘。她们对于若迷的特立独行早有了解，但仍会时不时被她的话惊讶到。

大家纷纷表示，道理归道理，在如今这个世界里，还是照着社会规范生活比较容易。大家都觉得若迷太理想主义了，包括伟慧。

婚姻、嫁娶，在伟慧看来是人生的头等大事。

大学四年，她拉着家行的手，一步一步，走得小心翼翼，唯恐不能走到婚姻那一步。

好在一切顺遂，她终于等到了她要的那个结果。

毕业后的第二年春天，童伟慧和周家行在沪注册结婚，举行了隆重的婚礼。若迷受邀做伟慧的伴娘。

为这事，伟慧的婆婆还跟伟慧闹了一阵别扭。婆婆觉得若迷未婚生子，不是什么好姑娘，不大赞成伟慧跟若迷走得太近，更不要说让若迷来做伴娘了。她认为让有私生子的女人来做伴娘不吉利。

是家行出面调解了矛盾。家行怪母亲管得太宽，说若迷是伟慧十几年的好朋友，再说现在的年轻人哪里在乎这种迷信。

因婚礼举行在即，婆婆也不想与新妇①伤了和气，只好让步了。

但这事却在伟慧心里投下了一块小小的阴影。

从小到大，连她自己的父母都从没有干涉过她交友的自由。她觉得自己没有得到婆婆的尊重与信任。

除了这件事，婚礼大致还是顺利、圆满的。

伟慧没有把挑剔伴娘这个小插曲告诉若迷。若迷是个热情似火的人，在婚礼当天忙前忙后，给了伟慧夫妇许多支持。

婚礼的档次也是够的。在五星级酒店摆二十桌酒席，在上海算是不坍台②的。伟慧在婚礼当天非常漂亮，换了三套礼服，周家行站在她身边英朗挺拔，确为良配。来宾们都投来祝福与艳羡的目光。

世俗中人大都觉得，能够在"正确的"时间"正确地"结上婚是人生顶重要的事情，完成这项任务的男人和女人（尤其是女人）才能算得上是正常、幸福，乃至意气

---

① 新妇：上海方言，意为"儿媳妇"。
② 坍台：上海地方俗语，意为"丢脸、不光彩"。

风发。若不然，一切都没有意义。

在许多人眼里，此刻的伟慧就算得上是正常、幸福、意气风发。当然，这是她选择的人生道路，她也为之付出了努力，成为一个传统家庭的媳妇，从此开始了相夫教子、孝敬公婆的生涯。

然而，此时的伟慧不过刚走出象牙塔步入社会，刚走出娘家步入夫家，有关婚姻生活的全部理解和想象不过出自她那个知识分子原生家庭的模样，以及浪漫爱情电影的熏陶。她对生活的真实情况以及现实的诸多可能性还一无所知。是真的一无所知。

不久之后，她会发现，这条看似正常、安全、意气风发的道路其实也布满了坎坷与暗礁。她自以为人生上了正轨，生活有了着落，从此万事不愁，她可以继续做她的小女儿、小女人。其实，却不尽然。

当然，她也明白，嫁入夫家，谨慎做人、有礼有节是必须的。大家庭处处有政治，矛盾无法避免，自己做到得体、问心无愧就是了。

她只是没有料到，矛盾会来得这么早、这么快、这么尖锐。

5

若迷是后来才知道，伟慧在结婚当天晚上就被气哭了。

事情是这样的：婚礼上她没带包，就把自己收到的礼金红包交给周家行保管，家行却随手把红包交给了自己妈，一共八万多。

婆婆拿了红包之后，就当没这回事了，也不提把钱还给伟慧。伟慧让家行去要，因这些红包毕竟都是伟慧自己这边亲友送的。可家行开不了口，意思是，给妈妈算了，婚宴的钱是他父母出的，十五万呢。伟慧气了，说她陪嫁还有一部二十万的车呢。家行又说，妈妈平时帮他们做饭，做家里的杂事，这几万块钱，算是孝敬她。

听到这里，若迷说："算了，婆婆摆明了不想给，丈夫也没有支持的态度，硬去要的话，以后日子不要过了。"

伟慧说："都是我的亲友，收来的礼金将来都要我去还礼的。"

若迷笑笑说："也没多少钱，算了。让家行以后多挣点，你自己也多挣点，不就行了。还有，我的礼金你不用还了。"

伟慧说："为什么？我们这么好的关系，你的我头一个就要还。"

若迷微笑，说："在我能预见的未来，我没有结婚打算。"

伟慧说："讲什么负气话呢，二十四岁的人了，别蹉跎。结婚虽然麻烦，但总好过一个人。一个人，多寂寞。"

若迷狡黠一笑，"谁说我一个人？"

若迷介绍伟慧认识自己的新男友，黎墨深。

黎墨深请吃饭。

伟慧留意到若迷这天的打扮：她化了淡妆，乌黑的长发在脑后扎成一束马尾；上身穿一件复古小圆领白衬衫，衣襟前一排仿蓝宝石纽扣，颗颗形状不一，晶莹剔透，十分俏皮；下身着黑色修身西裤和黑色中跟皮鞋。若迷总能在中性着装风格中透出女性柔美风情。

黎墨深比若迷大二十岁，是典型的有钱有派头的中年男人，并不英俊，但姿态优雅。他对待若迷的方式就像宠着一个小女儿，温情大方、毫不猥琐，看她的眼神里只有欣赏与喜爱，不见情色和欲望。

可是，这样的关系里又怎会没有情色和欲望？一个四十多岁的男人对一个二十多岁的女人会有多少欲望？

想到这里，伟慧低下头只管喝茶。

若迷却一直是坦坦然然的样子。

菜上来了，是中餐，精致美丽得让人不忍下筷。

餐馆是黎墨深选的，大概是为了给小情人在闺蜜面前挣足面子，特意选了江边这家奢华的私房菜。

此处环境优雅，窗外就是黄浦江，江对岸是外滩的万国建筑群。身边，服务的人比吃饭的人多。

黎墨深让两位女生多吃，自己却不大动筷。

若迷像女主人一般，一直招呼伟慧吃这吃那。伟慧吃了，菜的味道却没有看着那么好。

也许这样的地方就是用来社交的，而不是吃饭的，伟慧想。如果不是若迷交了这样的男朋友，自己也不可能会来这种地方长见识。

饭后，因为黎墨深喝过一点酒，由若迷开车。

黎墨深坐副驾驶，伟慧坐后排。若迷先送黎墨深去公司开会。

黎墨深下车后，伟慧坐到前面来。若迷邀请伟慧去家里坐坐。

伟慧问若迷："什么时候学会开车的？"

若迷笑答："昨天。"

"喂，你不会是无证驾驶吧？"伟慧惊呼。

"怎么可能。"若迷笑，"我看上去是这么无法无天的人吗？"

伟慧还是很紧张。

若迷说："好啦，车我是早就会开的，只不过昨天刚拿到驾照。"若迷说着超了一辆车，手势娴熟，气定神闲。

伟慧放下心来，看看这辆奥迪 A8，说："怎么，黎生送你的车？"

若迷噗嗤一笑，说："谁要他送。这就是他的车，我偶尔借用一下罢了。"她又说："人有什么就得伺候什么，一想到买了车就要给车上保险、定期保养、年检、洗车、加油，我就头疼。"

伟慧微笑，说："好在我们家这些事都是家行在做，我没管过。"若迷看她一眼，这小女人一副幸福少奶奶的模样。

"怎么样，你自己呢？学会开车没有？"若迷问。

"我就不想学了。家里有一个男人会开车不就行了嘛。"伟慧说，"况且女人开车也开不好啊。"

"小女人，思想陈腐！"若迷反驳，"女人怎么就开不好车了？"

若迷说着快速把车驶入地下车库，轻盈而稳健地将车倒入一个停车位，停稳、熄火，一系列动作干净利落。

伟慧踏进若迷的小公寓，一进门就觉得气氛焕然一新，自己忙于结婚的这段时间，若迷真的变化不小。

保姆迎出来，热情地招呼两人，又问若迷，要做点什么吃。

若迷说不用了，她们刚吃过，问儿子如何。保姆回答说小宝宝在卧室里，刚吃过奶，睡得正香呢。

伟慧跟着若迷进卧室看悦农，见几个月大的婴儿在小床里酣睡，手中握着一只小摇铃，四周一股奶香，满屋温馨。

两人轻手轻脚地退出来，到客厅坐下。保姆做了红茶端来。

伟慧捧起茶杯，四下打量环境。小公寓被若迷重新布置过，尤为舒适美观。窗边一张原木书桌上干干净净摆了一台笔记本电脑、几册书；玻璃花瓶里用清水养了百合与康乃馨；浅蓝色棉麻质地的窗帘上印有海洋动物的图案；乳白色吊灯的灯罩是纸材的，透出温柔光晕。一切都充满艺术气息。若迷确实在用心经营新的生活。

"今天那一餐……价格不菲吧？"伟慧试探着开始话题。

"别人有意款待，却之不恭。"若迷微笑。

"哦……"

若迷看出伟慧明显有话想问，却又犹豫着不敢问，于是说："你是想问我，和黎墨深到底什么关系吧？"若迷笑着。

"也不是，就是……他……有家庭吗？"伟慧迟滞片刻，终于说出心中疑惑。

若迷没有马上回答，而是拿出一根烟，放入唇间，点燃。

这一举动又叫伟慧吃惊。

若迷放下火机，深吸一口烟，缓缓吐出，这才说："伟慧，在世俗层面，我是个一无所有的人。我唯一拥有的，是我的儿子，还有我的学问、才华，当然还有你，伟慧，我最好的朋友。你知道，我需要赚钱，养活自己和孩子。我需要让自己和孩子过上更好的生活。"

说到这里，她看伟慧一眼，微笑，"不，不是你想的那样。的确，黎墨深有家庭，但我没有从他手里拿过一分钱。我不是他养的外室。我所拥有的一切全靠自己辛劳得来。我和黎墨深更像是伙伴、挚友的关系。黎墨深毕竟在这个岁数，他有我所没有的资源，他介绍这个行业里的前辈、良师给我认识，推荐我接好的项目，免叫我再吃之前因为没有人脉、没有文凭而吃的亏。简而言之，他为我的事业提供了一个起步较高的平台，你明白了吗？"

伟慧当然全明白了。但她心里矛盾至极，一方面她为若迷事业的成功、生活的安稳感到高兴；另一方面，她又觉得若迷和一个有妇之夫进入这种关系毕竟是不光彩的，哪怕没有金钱往来。

伟慧没有让心绪从面上表露出来。她的确看到若迷的生活在往好的方向发展。这半年来，若迷一定很努力，也跟着男人见了世面，积累了属于自己的资源。正如她所言，她本一无所有，不从这条路走出来，又该从哪条路走出来呢？难道一辈子沉沦在无名枪手的身份里，写一个剧本挣五万块钱么？不。她的才华值得被更好地发现、使用。

若迷看着发呆的伟慧，说："你以后不会疏远我吧？"

伟慧笑笑，摇头说："怎么可能。"顿了顿，又说："我理解你，若迷。你想投身艺术，你也有才华，但艺术家需要稳定的经济基础来支撑，所以你要赚钱。黎生给了你赚钱的机会，你把握住是对的。这是你的梦想，是你选择的道路。我祝福你，希望你成功。"

若迷笑了，似放下心头大石。她握住伟慧的手，叹道："有你这样的朋友，真是我的幸运。"

顿了顿，她又苦笑，"这世界，毕竟掌握在中年人的手里。"

"是啊，年轻人还一无所有，不得不低头。"伟慧发出感慨，"确切地说，这世界是掌握在中年男人手里的。"

若迷笑了笑，抽一口烟，轻轻吐出，望向窗外，若有所思。

6

若迷的事业的确大有起色。

新剧本拿到稿酬三十万。本子交由知名导演拍摄，请的演员也是一线的。伟慧对她说："大编剧，你出名指日可待了。"

伟慧仍在保险公司，工作辛苦，勤勤恳恳，渐渐地也在复杂的人事斗争中学得三五招数，攻击或许不能，但防身足够。

伟慧对若迷说："我们在社会上学到的知识远远多过在学校里。"

若迷说："是的，我们在人与人的关系中，学到的也远多于课堂上和书本上的。"

若迷编剧的电影终于拍摄完成，搬上大银幕。

影片的制作团队好，营销做得也好。媒体关注度极高。

有影评人大赞编剧李若迷，说她的作品狂放有力，不拘泥于小情小爱，对世界的看法和对人性的揭露都不平庸，具有大视野。

一部影片，让若迷名利双收。

若迷身边的朋友多起来，每天都有两三个饭局邀约。她觉得累，常常推掉不去，觉得最开心的时光就是待在家里陪儿子，等儿子午睡了，就自己在阳台上晒晒太阳、读读书，或者只是静坐。

她一直觉得，再入世的人也需要偶尔避一避世。如果她一天从早到晚都没有独自一人待过半小时，她就没办法安然入睡。

当然，若人人都这般恬淡避世，无欲无求，社会进步不了。推动这社会进步的是两个字：势利。

没有人不势利。

区别只是：有人赤裸裸地势利，有人含蓄地势利。

伟慧羡慕若迷，说她不用朝九晚五地上班，不用看老板脸色、受同事排挤，不用挤公交地铁，每天坐在家里写东西就发财了。

若迷哈哈大笑，说伟慧你也太天真，这世上有不需要看人脸色就能赚到的钱吗？这世界上有不需要牺牲自由就能获取的成功吗？

伟慧不语。若迷也有辛酸，只是她从不说而已。

黎墨深心疼若迷辛苦，让她不如休息，反正已有积蓄。

再者，他的能力足以供养她。

若迷不干。她有自己的梦想和事业追求。她才不要做金丝雀。

黎墨深打算送若迷一部汽车，她不要，说自己有能力买车，只是目前也没有这个需求。黎墨深要为她买房，她也拒绝，说租房子挺好的。黎墨深说，房价日日涨，早些置业是个保障。她就笑，人本来就是漂泊一生，今日头上有屋檐，今日感恩。房产证上写谁的名字，有什么要紧？什么是保障？自己的双手和智慧，才是保障。

黎墨深说："我很抱歉，我不知道还能给你什么。"他意指自己给不了她婚姻，给她物质，她又不接受。

若迷微笑，没有说话。你给我的已经足够多。她在心里说。

伟慧有时也忽然世俗，笑若迷傻。她说："你们这样的关系，社会上多得是，你又何必跟他客气？"

若迷笑说："不劳而获的事情在这世间原本也稀松平常，但我只是觉得，自己努力用功获得的，别人才拿不走。"

她勤奋工作，接了新剧本，与人深夜开视频讨论会，通宵赶稿。

若迷说："我不怕辛苦，我喜欢用力地生活，喜欢体验丰富而激烈的人生。我不想做温室里的花朵，还未盛开就已在慢慢萎谢。"

她又说："我坚信，人必须有自己赚钱的能力。"

伟慧说："既然如此，你离开黎墨深好了。以你的容貌资质，何愁没有男友。黎生比你老这么多，又有妻室。你与他在一起，又什么都不图他的，何苦？"

若迷只是笑笑，说："他也很忙，我们不常见面。"

伟慧说："一定是被管得太严。黎太太想必也是很强悍的。"

若迷说："别这么说，别去诋毁另一个女人。"

她说："我们的日常观念不过是受文化影响。而文化由一张张男人的嘴塑造——小妾美，老婆悍，妻不如妾，妾不如偷，都不过是对女性的物化与偏见。男人已经这样了，女人又何苦再为难女人？"

伟慧看若迷一眼，有些讪讪。若迷有她的见解。

"无论如何，你一定有黎太太所没有的东西。"伟慧说："男人在婚姻里缺什么，便在婚外找什么。"

若迷笑笑，说："是，我二十四岁，她四十二岁。"

"看，男人啊，永远渴望花季少女。"伟慧愤然不屑。

若迷大笑，"其实也不尽然。四十二岁的女人也可以很美。只是黎太太并不工作，天天叫了牌搭子在家搓牌，要不就全世界飞来飞去买名牌包包。当然，这是她选择的生活方式，无可厚非。黎生不喜欢黎太的生活方式，也只是他们夫妻间的事，我们外人不必置喙。"

"所以，你并不嫉妒或轻视黎太太？"

"当然不。她是与我没有关系的人。黎墨深与我交往，也不见得是因为和太太关系不好。与太太关系良好的男人一样会出轨。"

若迷又说："我读过一份境外调查报告，说72%以上的已婚男人有过婚外性关系。其中大部分人表示对婚姻满意，不会离开妻子，妻子对家庭奉献诸多，妻子有魅力等等。还有部分男人表示，不牵扯感情的婚外性关系能改善婚姻状态，有益于婚姻。"

"天哪，男人对婚姻、对妻子满意，还会出轨偷情。若是不满意，还不知会怎样呢。"伟慧摇头喟叹。

"会怎样呢？也不过就偷情而已。舍得离婚的男人很少。"

"男人太贪心了。"

"女人又何尝不是呢？"若迷说："偷情的女人也不在少数。只不过，偷情的女人会比男人更有魄力离婚。相比之下，男人更理性、更怯弱，更不愿放弃现有的安稳。"

她又说："容于社会规范的关系与情感，容易让人获得顺理成章的生活，稳定的心理状态有助于更大程度地实现社会价值。因此成功男人大多早婚早育，并用理性节制无法获得价值回报的能量付出。游戏于婚外情的男人，大多会回归家庭。而女人，趋向追求单纯的情感之美。哪怕知道最终只是长夜孤灯，也会飞蛾扑火。"

"是，女人疯狂，男人贪心。可照样有那么多夫妻白头到老。"

"因为维系大多数关系的并不是爱，而是与爱无关的东西。"

"比如说，责任、习惯？"

"还有共同利益。"

"那你会鄙视黎墨深吗？"伟慧说："他为了利益维系和妻子的关系，却又在外面寻找温柔乡。"

若迷想了一想，说："我不对人性抱有很高期待。在对待妻子的忠诚度上，他确有阴暗面。但这一瑕疵不足以否定他的为人。在其他所有方面，他仍然是个君子。除了少量的时间和精力，他也并没有从他的婚姻中偷出别的什么来给我，这是我与他保持关系的原因。"

"当然，这部分时间和精力原本就属于他个人，可供他自由支配。他不来与我见面喝茶，也会去同别人喝酒聊天，或是独自一人去湖边钓一下午的鱼，有什么分别？结婚并不代表一个人成了另一个人的奴隶、私产，这是我对婚姻的看法。所以，我并不欠黎太太什么。我也不认为她可怜或者强悍。我与她是平等而无关的两个公民。而我既问心无愧，就也不必看低或看高黎生。这一切没有是非对错，只是再普通不过的人间常态，你说对吗？"若迷说着，对伟慧微笑。

7

可是不久之后，黎墨深的妻子还是找到若迷，气势汹汹，带着律师，一副标准的阔太太架势，手上的宝石戒大如鸽蛋。

若迷客客气气，差保姆为阔太太和律师斟来两杯茶。

阔太太端起茶杯，像是要闻一闻茶香，停顿了一下，却忽然将一整杯滚烫的茶水都洒向若迷。

若迷避了一下，热水只泼到了她衣服上。保姆惊呼一声，连忙上前为她擦拭。她却摆摆手，让保姆退开。

"泼妇泼妇，倒真形象。"她不气反笑。

阔太太却一拍桌子站起来，"小婊子你嘴巴放干净点。"

"别气别气，黎太太。人不能轻易生气，因为一气就顾不上教养了，你说是不是？"若迷淡淡笑着，不紧不慢地说。

她接过保姆递来的帕子，气定神闲地擦着衣服上的水渍，同时慢慢地说道："黎太太，其实你应该找的人不是我，而是你丈夫。"

"我今天就找你了，如何？"阔太太气焰不敛。

若迷却依然淡定，徐徐说道："和你结婚的人是黎墨深，不是我。婚姻是什么？一份契约，由你和你丈夫签订。现在你丈夫违约了，他是唯一的违约方，你有任何不满都应找他协商解决。"

"你个小三，插足别人婚姻还有理了？"阔太太再度拍桌。

若迷笑笑，仍旧慢条斯理，"黎太太，诚如你所说，我是第三方，是你们婚姻之外的人。我没有参与你们的契约，所以我对你们的这份契约没有任何的责任与义务。至于我和你，我们之间仅有两个平等公民之间应有的权利义务关系，而没有其他关系了。我不欠你什么，所以你现在这样坐在我面前打打杀杀是你无理。你听明白了吗？"

"你说的都是些什么狗屁！"阔太太怒目圆睁，声嘶力竭，"黎墨深是我丈夫！你就是在抢我丈夫！"

"你丈夫不是个有手有脚、能走会跑的人吗？他是物吗？是超市大减价时的袜子吗？十元三双，人尽可抢？"若迷微笑着。

　　律师这时发言："李小姐，你这么说话就没意思了。就法律上讲，你已经侵犯了黎太太的权益。"

　　"好，那我们讲讲法律。"若迷继续说："如我之前所述，婚姻是一份契约，确切地说，是一份经济契约。你可以用这份契约来规定权利义务，规定违约成本。但你无法用这份契约去控制一个人的感情与身体。所以，当你认为对方已经违约，你能做的，就是终止契约，获取经济赔偿。法律可以保障你作为妻子的经济利益，但法律不能保障你永远被爱。你说是吗？"

　　阔太太心里明白这女子说得在理，无法反驳，但又实在怒从心头起，恶向胆边生，便指着若迷骂道："小婊子，你不就仗着自己年轻？你以为你还是个人？你就是我丈夫养的一条狗、一只猫。"

　　若迷微笑不变，"真正叫你丈夫养着的人是你吧？黎太太。当然，你与他签过婚姻这份契约，法律保障你被养的权利。但你也许就是理解不了，不是所有女人都喜欢被男人养的，有些女人就是可以活得自立、自强、自由自在。没错，我和黎墨深很投缘，我们彼此欣赏，也为对方带来过一些便利、一些欢愉。但是，请你听好我下面要说的话——我从来、从来，没有从你和黎墨深的婚姻里拿过一分钱。我所拥有的一切都是我自己付出劳动挣来的。"

　　律师这时说："李小姐，黎太太感情受创，你又何必雪上加霜？你心里难道不清楚？如果你坚持不见黎先生，他会收心回家。你知道黎太太也很寂寞……"

　　若迷挥一挥手叫律师停止，"这些话请你去同黎先生讲。我是自由身，我有权见任何想见我的人。"

　　若迷像是忽然烦了，不愿再同面前的人啰嗦，起身叫保姆送客。

　　黎太太还要发作，被律师劝住。

　　若迷又说："若怀疑我从黎先生处得到过物质馈赠，请拿出证据，我们见官。若没有证据，请勿再来骚扰，否则我报警。"

　　若迷说完，转身面对窗外，点上一支烟，再不发言。

　　黎太太无奈携律师离去。

8

深秋，伟慧怀孕了。

她找到若迷诉苦，觉得怀着孕上班太累，有点不想工作了。

她跟若迷说，公司里那些嫁得好的女人，都是一怀孕就辞职回家当少奶奶。男人养家，女人生娃，听着倒也天经地义。

她问若迷："女生经济独立，有一份自己的工作，是不是婚姻中的必需品？那些全职太太都幸福吗？丈夫会不会给她们气受？"

若迷说："那也是因人而异的，不同的家庭有不同的情况。"

"那你觉得我和家行之间呢，适合这种模式吗？"

若迷想了想，说："家行骨子里还是有点大男子主义的。你回家生儿育女，他赚钱养家，应该不成问题。不过，他们家是个大家庭，人多难免闲话多，你做好准备应付他们就是了。"

伟慧一下就听懂了若迷的意思，想了想，叹口气说："算了，还是熬一熬吧，明年就升 Team leader①了，为生孩子放弃升职不划算。"

若迷微笑，"可不是嘛，社会高位男多女少，根本不是因为男女智力有差，而是因为女人退路太多，容易放纵自己懒散，依附他人；要么就是有子万事足，有了孩子就放下了别的欲望。而男人之间雄性竞争太激烈，必须一门心思往上爬，所以最后成功的大多是男人。"

"有点道理。"伟慧又叹气，"不过讲到退路，我也不见得有多少退路。你知道的，房子在还贷，若少了我那份薪水，恐怕吃力。"

伟慧说的倒是实情。这几年上海房价飞涨，市区房价动辄两三万一平，而底层劳动者的月薪还是两三千。工薪阶层买个安居之所得不吃不喝工作一辈子，掏空三代人积蓄。伟慧与家行名校毕业，工作都不差，但两人白手起家，背着两百多万的房贷，也不轻松。

---

① Team leader：英语，"团队领导"。

当然，伟慧自己家里有祖宅，但那毕竟是娘家的房子。既然嫁出去，以后就是夫家的人。家行家里条件一般，婚前就打好招呼的，新房还贷靠他们小两口自己。伟慧对若迷说，母亲曾有微词，埋怨她婆家条件不够好，拿不出现成的婚房，所以现在辛苦。

若迷笑起来，"令堂是要你嫁给什么船王吗？还是地产大亨？"又说："你与家行相识于校园，青梅竹马到现在，多美好。钱将来总会有的，感情才难得。"又说："你若真要攀高枝，挑挑拣拣到二十八岁还没个对象，令堂又不知该多着急了。"

伟慧也笑，"你还真了解她。"

若迷说："你家长辈都是传统的人。你早早寻着婆家，他们才安心。至于条件，你娘家也不差，就不必计较了。"

黎墨深终于还是离了婚。

伟慧听了讶异，问若迷："你没有逼他吧？"

若迷失笑，"我？逼他？拜托，我头一个希望他不要离婚。"

伟慧叹气，"可毕竟因为你，他们感情才最终破裂。"

"不，任何一段感情破裂，问题必然出在两人之间。就算没有我，也会有别人。就算没有任何人，他们之间本身有问题，一样会离。"

若迷又说："何况，黎墨深是在与我分手之后才提出离婚的，可见不是为我而离。"

"啊，你们分手了？"伟慧再度诧异。

"是。"若迷淡淡然，"但所谓分手，也不过是从较为亲密的朋友退一步成为不太亲密的朋友，对彼此的生活并无影响。"

"所以，你不想抓住他了？他好不容易恢复了自由身。"

若迷笑起来，"我为何要抓住他？他想抓住我还来不及呢。"

"喊，讲这种话有什么意思。"伟慧说，"黎墨深老是老了点，毕竟还是个不错的男人。"

"还行吧，也不过是大都会里跻身世俗成功的普通男人。他有很多优点，但也有自身局限。"

"可是你和他在一起很安稳，他从没有让你伤心痛苦过。"

"是，爱得不深，自然不会伤心，不会痛苦。我深深爱过，所以明白，真正的爱情和安稳的相处是两回事。黎墨深无法令我伤心、痛苦，便也无法带给我最极致的快乐。"

伟慧叹气，大致听懂了若迷的话，"所以，你还在等李东元？此生你是非他不嫁了吧？"

若迷想了想，回答："也不是。我谁都不嫁。"

"那又为什么呢？"伟慧不懂。

若迷说："婚姻不适合我。或者说，婚姻这件事，本来就是由男人发明的，它不适合女人。"

伟慧知道若迷那套理论，但她仍想劝一劝，"可女人身边最好还是有个固定的男人，不然太寂寞也太辛苦了。抛开情感眷恋不说，哪怕干重活累活的时候，有个人帮帮抬抬也是好的。"

若迷笑起来，"帮帮抬抬，雇个搬运工就行了。"

"可是……大家都结婚，你又何必要搞得与众不同？"

"大家都做的事情就是对的吗？"若迷说。

"为什么女人的身份必须是妻子或情人呢？为什么女人一旦不是某人女友、某人妻子、某太，就成了人生输家呢？"若迷说，"不，我就是我自己，我有自己独特的价值，我是一个独立存在的个体。我是李若迷，我是一个母亲，我是一个剧作者，我有自己的人生。"

了不起的李若迷！伟慧长叹一声。

"可舆论总在那里啊，大龄青年有压力。"伟慧忍不住说。

"何谓大龄青年？"若迷故意问。

"就是……到了年龄却不结婚的人啊。"伟慧认真回答。

若迷笑起来，"哦，听听看，把非婚人口定义为'大龄男女'是什么意思？难道同龄的已婚者比非婚者年龄小？"

伟慧也笑了，答不上来。

"舆论导向时有偏颇。"若迷说，"选择结婚，或选择单身，都应得到平等的尊重，不应受到舆论压力。而现在一些媒体对非婚人口进行贬低讽刺，同时神化婚姻幸福，急着把人们都赶进婚姻。"

"这也是社会管理的需要嘛，"伟慧说，"团结稳定嘛。"

若迷笑笑，说："我记得以前读波伏娃的《第二性》。她说，怀孕只在已婚女人身上才受到尊重。未婚先孕是罪过。不结婚就没有权利生孩子。古今中外，女性的生育权一直被婚姻绑定。"

她又说："进化心理学认为，雌性决定物种的进化方向，因为雌性决定什么时候交配、和谁交配，以及交配的频率。在自然界，不具备竞争力的底层雄性无法获得繁衍机会。而在人类社会，一夫一妻的婚姻制打破了这种雄性竞争。基本上，人人有妻可娶。人类社会把大自然赋予雌性的选择权收缴去了。"

伟慧叹气，"说再多也是徒劳。现实就是，社会不容单身妈妈，单身妈妈要兼顾工作和育儿困难重重。想想看，你刚生下儿子那会儿，多么辛苦。幸亏有黎生帮你，为你提供平台，使你工作有成效，渡过了难关。"

若迷想了一会儿，说："是，黎墨深帮过我，我感谢他。"

"但感谢一个男人并不意味着就要嫁给他。"她停了一下，又说："爱一个男人，也不意味着就要嫁给他。"

"婚姻是什么？父母之命，媒妁之言，门当户对，政治联盟。在历史上的大部分时期，婚姻都是与爱情无关的事物。"她说。

良久，伟慧感喟："你我终究想法不同，我们也不必说服彼此。不过，黎墨深中年离婚，你却不嫁他，可不是让他老来无伴？"

若迷笑起来，"这世道，男人只需有钱，何患无伴？年轻小姑娘一代代出来，环肥燕瘦，有俗有雅。总能再遇到个把喜欢的。"

两人正聊着天，电视开着，恰好播到一条娱乐新闻：

一著名女星与新男友恋情升温，马上要第三次结婚，生下第三个孩子。她的三个孩子有三个不同的爸。

伟慧咋舌，调高电视音量，看完新闻，评论道："真新潮。"又说："当女明星就是好，能赚到钱，想给谁生就给谁生，想生几个孩子就生几个孩子，反正养得起，孩子大了还能接着当小明星。"

"不过网民仍对其口诛笔伐。"若迷说。

"网民代表着普世道德和舆论嘛。"伟慧说，"你呢？你一定是认同她、欣赏她的吧？"

"我觉得她是一个热爱生命、追求自由的女人。"若迷说，"就如我一贯的看法，爱一个男人最单纯的方式就是生一个他的孩子。环境会变，人也会变。以前爱的后来不爱了，仍然爱的只是不适合一起生活了，都有可能。一辈子爱上多个人也很正常。所以，结婚不代表可以永远在一起。生了他的孩子，才是永远和他在一起。"

许久，伟慧长叹一声，"我知道，你这辈子是不想嫁给任何人的。但你也许会给自己生许多个孩子。"

若迷笑而不语。

伟慧说："你自己觉得开心就好了。"

若迷说："在这世上，谁又真正永远开心呢？都是一阵一阵的。"

她又说："在我看来，价值观无分好坏贵贱，人各有志罢了。就看你要什么，是融入世俗生活与人打成一片，还是坚持内心那片空间但难免被孤立。我们都有选择的自由，也需自己承担代价。"

伟慧明白，若迷选的是后者。而她自己，注定只能选前者。

若非内心无比强大，过不来若迷这种生活。大部分人都是害怕被孤立的。大部分人都是必须照着社会规范活下去的。

9

秋去冬来。眼看着要过春节了。

小悦农已经快满周岁，正在学步，咿咿呀呀地说话，眉眼像极了他父亲。若迷给悦农拍下几张照片，寄给在浙江的母亲，又寄了几张给父亲。但她犹豫了一下，没有寄给远在墨西哥的东元。

她在网络空间里也上传过几张儿子的照片，东元若要看一定能看到，只是他从没有说过什么，也没有主动跟她联络。

如她一开始所期望的，生养这个孩子，毕竟成了她一个人的事。

春节到了，若迷本打算邀请父亲来家里过节。打电话去，却听说父亲有了女朋友，春节要和女朋友去外地过。倒真是奇闻。但若迷为父亲高兴，也不多问什么。父亲有自己的生活自然是好。

于是，这个春节，若迷只能自己带着小悦农过，连负责煮饭打扫的保姆都回老家去了。现在一切都靠她自己了。

除夕之夜，若迷孤身一人带着儿子度过。

没有丈夫，没有男友，没有家人。说不寂寞，是假的。

但她没有怨言。选择都是自己做的。再说谁又不寂寞呢？有人在最喧哗的人群中呼朋引伴，心里照样是寂寞的。

她自己煮了一锅饺子，和小悦农一起吃。

伟慧和家人共度除夕，一家人围桌而坐，和乐融融。

这些当然都是回报。嫁为人妇，辛勤劳作，生儿育女，取悦长辈，这些则是付出。这样看来，一切都很公平。

伟慧在烟花绽放得最热闹时，想起若迷，给她打去电话。

伟慧问："你还好吗？年夜饭怎么吃的？要不要我来陪你？"

若迷笑道："别挂念我啦，好好陪你的丈夫公婆姑子表舅吧。"

伟慧"嗯"一声，语气中又似有无奈。身在大家庭中，又是个新媳妇，逢年过节，走亲访友，免不了有诸多人情往来要打发。一大家子凑一起，这么多张嘴要吃喝、要应付，免不了疲惫。但累归累，毕竟大过年的，温馨热闹也是她的所求。有舍有得罢了。

彼之蜜糖，吾之砒霜。人各有志，就免不了应对各自的处境。

一个人若要坚持走自己认定的道路，不肯弯曲自己内心的想法，那么必然要在其他方面付出一定的代价。

两女子挂了电话，都兀自出了一会儿神。

午夜的钟声敲响了。伟慧那边，家行唤她去给长辈们煮汤圆，意为来年团团圆圆。而若迷这边，已经睡熟的小悦农被零点的爆竹声吵醒。若迷抱起儿子，一起看向窗外。夜空中，烟花绽放得绚烂。

她信仰爱情，因此生下了这个孩子；她尊重爱情，因此不以任何事物为杠杆去试图改变他人的生活与选择。那么此刻，她坦荡而愉快地接纳一切处境，享受一切苦乐。无怨，也无悔。

10

春节过后，若迷接了一份新活，一个电影改编项目，要去北京工作，一走数月。她打算带着儿子远行。

伟慧来为他们送行，心中十分不舍。两人在虹桥机场的航站楼外坐着话别，身边放着大大小小的行李。

伟慧忍不住叹气，"在哪里写不是写？为什么非得去北京呢？"

若迷说："北京是文化中心，这一行的主要资源都集中在那里。"又说："你以为做编剧就真的只是关起门来苦写么？我还没有大牌到这地步。编剧不是作家，需要打交道的人多着呢。"

伟慧苦笑道："真想不到，你也去做北漂。"

若迷说："人注定漂泊一生，安稳也不过是幻觉。"

伟慧抿一抿嘴，似懂非懂，又问："真的喜欢这个行业吗？真觉得很有意思？"她知道若迷现在不缺钱，不必为生计奔波。

若迷轻轻"嗯"一声，说："文艺创作总是有趣的，传道授业解惑嘛。"又笑起来，说："开玩笑的。娱人娱己而已。"

儿子悦农已经一岁多，像他父亲，富有冒险精神，对世界充满好奇，爬上爬下，跑来跑去，这个碰碰，那个摸摸，一刻不停，消停时又总缠着他母亲问这问那。若迷总是微笑着，耐心陪伴。

伟慧在一旁看着，心里很感慨。她问若迷，到了北京如何兼顾工作和育儿。

若迷说，会在那边聘请一位保姆。

伟慧又叹气，说："人生地不熟的，一个女人带着幼儿远在异乡，又要工作，毕竟是辛苦……"

若迷笑，接着说下去："……若有个男人，就好了，是吧？"

伟慧也笑了。她心里的念头，若迷都知道。

若迷说："其实我也有软弱害怕的时候。可是，人需要行动力，需要不停往前走。很多人无论做什么事都能想出一千个不做的理由，那他们将永远是井底蛙。"

广播响了，若迷要带着孩子上飞机了。伟慧眼圈又红了。

若迷笑她，从小就这般多愁善感，看小说也会哭，真要改改。

伟慧说："跟你做朋友这么多年，从来没分开超过三天，你也从来没走过那么远。"

若迷说："北京也不远，一个电话就能找到我。"

伟慧按一按眼角，笑嗔："谁敢打给你。你那么忙，每天几百个电话找你。"

若迷也笑了，"我给你开一条 VIP 专线。"

在北京，制片人介绍若迷认识此次电影项目的导演。

导演姓陈，其样子用三个字就能形容：老、黄、胖。

陈导在演艺圈内很有些名气，便觉得随便哪个年轻姑娘都以被他占便宜为光荣。开完会他的胖手就搭上了若迷的腰。若迷愤怒但不吃惊，冷静地推开他，说希望陈导自重，然后淡淡地告辞。

制片人把情形看在眼里，有些尴尬，私下提点若迷，有些事情睁只眼闭只眼算了，这种事情本来也不值得大惊小怪的，别任性。

若迷不惧，坦言她并不是脑袋空空一心想靠色相谋出路的小丫头。她宁可不做这个项目，也不屈就于一个秃头肥肚的老色鬼。

好在制片人两头劝劝，小事化了，项目正常开工。

若迷在宾馆套房住下，关起门来，一天写十二小时。小悦农的生活起居都交给了保姆。

终于挨到筹备会，制片人请主创们吃饭。

陈导知道一点若迷的过去，酒桌上喝多了便开始讲难听话：当人家的姘妇，有什么光荣的，还玩清高呢，清高个屁。

若迷没有吭声，上去就扇了男人一巴掌。

全场都震惊了。一时没人反应。

陈导也朝她抡胳膊，但酒喝多了，乏力。若迷坚持锻炼，细瘦的胳膊反而很有力，一下子握住男人的手腕，再狠狠摔下。

动手打人并非一流段数，若迷深知，但这一回，她没有忍住。

她心里固有厉害的辩驳：一，我李若迷有今天的成绩，靠的是自己的才华与勤奋，每一个电影剧本的每一个字都由我亲手写下。二，我爱过黎墨深，不仅因为他有本事有资源，更重要的是，他虽然和你同样岁数，却不像你这般脑满肠肥、猥琐下流。

但她把这些话都忍下了。

她冷静而漠然地看了老男人一眼，一言不发转身离去。

最终，若迷退出了这个项目。

虽然她写完了几乎全部剧本内容，但只拿到三分之一的酬劳，并且丢掉了署名权。但她一点也不觉得遗憾。

这场风波平息之后，很快又有其他制片人找到若迷做事。于是她在北京留了下来，继续工作。

这个圈子里好色的男人多，不清不爽的事情时时有。很快又有男人来追求若迷。那种来路不明的独立制片人，谈的都是所谓好莱坞投资、中美合拍片，讲的却是不能再蹩脚的英文。

起初若迷还会耐下性子来听对方讲些什么，哪怕看出对方心猿意马也不戳穿。她心想：我清楚你手里没什么成形的项目，不过是找个由头接近我，把我当做一个可能的性对象。尽管我不会上你的当，但我也不介意看你表演。

若迷一直认为，男性对于性的强需求是他们的弱点所在。一切蠢和丑的行迹多为欲望所驱，贪色就难免堕入猥琐的造型里。

见多此番嘴脸后，若迷就失掉了耐心，碰到这类人便直接推掉邀约。有时对方锲而不舍，项目丢开不谈，直接提出约会，一会儿请喝咖啡，一会儿请去酒吧，一会儿又邀请她去他家看艺术电影。

若迷烦死了这种人，说了重话叫对方断绝念想。

男人恼了。他和若迷还有些共同认识的朋友及工作伙伴，就开始到处说若迷坏话。坏话从另一个独立制片人那里传到若迷耳朵里：不就是有点姿色嘛，又不年轻了，还有个拖油瓶呢，我肯搭理她就不错了。她将来可别会后悔。看等她老了谁还要她。

这位制片人摆出一副老好大哥的样子，语重心长地批评若迷情商低，"怎么连场面上的戏都不肯做做好？恋爱不愿意谈，朋友还是可以做的嘛。这个圈子说小不小，说大不大，万一哪天还会合作呢？你一个独立编剧，也不给自己铺点人脉，到处得罪人。"

若迷微笑，说："一个人让你不舒服未必是因为她情商低，也许是因为让你舒服对她没什么好处，或者是，她根本看不上这种好处。"

制片人被说得很窘，一边讪讪地说若迷讲话太极端，看穿的事情都说穿，不是什么大智慧，一边也摆出一副被得罪的样子。

若迷笑笑，爱谁谁。这圈子里的男人基本是一路货色。这种朋友不交也罢。毕竟她现在已经靠名气与能力吃饭，不靠这些低质人脉。

再是鱼龙混杂的圈子，到底还有正直的人。若迷的专业水平放在那里，这边的活推掉了，那边照样有人求她写本子。

有段时间，她全身心地投入写一个剧本，退掉了宾馆，在五道口租了一套小公寓，隔绝了与外界的交流，购物也全部网上完成。一切家政劳动由保姆负责。就这样过了三个月，剧本终于完稿。

同一天，她接到伟慧打来的电话。

伟慧怀孕七个半月了，生活工作有诸多烦心事，找若迷倾诉。

伟慧说，本来大着肚子还要上班就辛苦，今年又调去了销售团队帮忙，难上加难，烦上加烦。她说有个客户一直喜欢她，仗着自己下了大订单，也不顾她是个孕妇，时时骚扰她，有天喝多了酒给她打电话，竟说些暧昧的下流话，又叫她出来喝酒唱歌。

若迷笑，问伟慧如何应付。

伟慧说："直接回答他，卖艺不卖身。"

若迷在电话里哈哈大笑，又问下文如何。

伟慧说："对方听了，自然发怒，说要撤单，说要投诉，说要撬掉我饭碗。我说欢迎欢迎，反正我后方有老公有多妈，巴不得回家吃闲饭。以为我好欺负吗，把电话录音交给公安，你也没好果子吃。"

若迷听得津津有味，然后说："你的小白兔性格倒改了不少，偶尔也能扮大灰狼了。"

伟慧感喟，"没办法，人要吃饭，在社会这个大染缸里混着，再白的小白兔也该染得五颜六色了。"

若迷也谈起自己在北京遭遇的性骚扰。

她说："我发现，那些阶层与素质低于你的男性，一旦追你不成，便会设法诋毁你。"

她又说："女人对于自己配不上的男人只有仰慕，没有敌意。而男性对于自己配不上的女性常常有很强的攻击性。"

"是，我也有同感。可为什么呢？"

"也许因为——地位高的男人对于女人不是威胁，女人或许还能从他身上获益。但对于层次低的男性而言，一个高于他的女人不会带给他任何好处，她甚至很有可能成为别的男性的女人，她的存在只会加剧他和高等级男性的资源差。所以他必然恨她。"

"啊，好像真的是这样。"伟慧豁然开朗。

"所以，当雄性在雌性面前没有优势时，盲目而强硬地表现出自负只会令他们更显无能。"若迷说。

"听上去很严酷，但人类也脱离不了自然法则。"

与若迷一番倾谈之后，伟慧心里松快不少，语气也开朗了。

若迷又问她，和家行相处得怎么样，和公婆相处得怎么样。

伟慧说，都挺好的，怀孕后，家行一直很关心她，公婆对她也好，基本不用她做家务，她天天回家吃现成的，碗都不用洗。

"不过……"伟慧说着说着，却停下来，似有心事。

"不过你觉得他们很期待你生男孩，对不对？"若迷接上去。

伟慧笑起来，若迷总能一下就猜到她的心事。

"家行的姐姐家颖好几次都对她妈说，您现在就想着抱孙子，都不管你外孙了。她是埋怨我婆现在忙着照顾我，都没时间给她带孩子了。我婆听了就呵呵一笑，也不反驳，可见是被家颖说中了吧？我婆是想要个孙子吧？他们一家都期望我生个男孩吧？"伟慧说。

若迷听了，轻轻叹一声，道："科学昌明，现在地球人都明白生男生女非母体所能决定。你也不必把此事挂心上了。"

伟慧隔着电话点了点头。二十一世纪了，医学常识无人不懂。可不知为什么，她还是无法将此事从心头卸下，总觉得自己此刻身负重任，扛着周家的全部希望，万一叫人失望了，总归不好。

11

若迷在北京工作了小半年，回到上海，和伟慧见面。

远行归来的若迷精神面貌极好，整个人看上去清瘦磊落、积极健康，穿着牛仔裤和粗绒连帽衫，头发在脑后绑成一束直直的马尾，仍像个大学生，神情里有一种淡淡的骄傲，却不失女性的柔美。

伟慧欣喜地看着她，说："你倒一点都没变。"

若迷笑嘻嘻，"你觉得我该变成什么样？染红发，涂指甲，牛仔裤破个洞，手臂上纹只大老虎？"

伟慧微笑不语。若迷状态真好。倒是自己，成了平庸妇女，怀着八个多月的身孕，人胖了许多，衣服就是宽松的孕妇装，头发也乱糟糟的全不打理。她记得若迷怀孕的时候也是照样清爽漂亮的。

若迷看出伟慧心事，握住她的手，说："怀孕焦虑症？"

伟慧叹气，说："体重增加了三十斤，皮肤变差，视力下降，经常失眠，小腿抽筋，胎儿顶住胃部，吃一点就想吐。"

伟慧一连串的抱怨。若迷笑起来，说："心情放松，这些症状都会有所改善，失眠的时候就听些舒缓的音乐。"

伟慧还是叹气，"女人怀胎十月，实在受罪。真希望男人们能够懂得女性在生育上做出的牺牲有多大。"

"好啦，生孩子又不是为了男人，管他们懂不懂呢。这点罪，熬一熬就过去了，生完了接着做你的美少女。"

若迷说着，从包里拿出礼物，"看我给你带了什么。"她手上是一件小巧的婴儿毛衣，毛衣上还用钩针纹了可爱的图案。

"真好看。"伟慧接过衣服，轻轻抚摸，"在北京买的？"

"我自己织的！"若迷骄傲地说。

"什么？你会织毛衣了？"伟慧咋舌，"跟谁学的？"

若迷笑嘻嘻的，说："电脑。互联网世界，还有啥科学机密？"

伟慧也笑了，捧着若迷亲手织的小衣服，非常喜欢。若迷手巧，定是像她母亲，只奇怪她们母女俩都不是传统意义上的贤妻。

若迷接着关心伟慧胎儿情况，问她月份大小、胎位正否、预产期几时。伟慧一一作答。两人说说笑笑。

伟慧觉得，若迷回来，自己是快乐的，但不知为什么，心底里却又很难真正痛快起来。太多烦心事，无从说起。

饭菜端上来了。伟慧倒出开水烫一烫茶杯碗筷，顺便也把若迷的餐具一起消毒。

若迷"啊"一声，"什么时候有这习惯了？"

伟慧苦笑，"怀孕之后，家里人老说，别在外面吃饭，不卫生，吃了脏东西影响胎儿，弄得我也神经质了，出来吃饭烫碗筷。对了，今天跟你出来吃饭，还是瞒着家里的呢，说是要加班。"

"周家行现在管你管得那么严啊？"

"何止周家行啊，一家老小都管着我呢，要我当心这个、当心那个，这也不准我做，那也不准我做，全当我是个瓷娃娃，其实还不是因为我肚里有他们家的金宝宝。"伟慧自嘲。

若迷微笑，顿了顿说："也快熬出头了，再有两个月就好了。"

伟慧叹气，摇头苦笑，"还有两个月，好几十天，一天天捱。"又说，"别尽说我了，快说说你。在北京怎么样？有没有谈恋爱？"

"哪有哪有，工作都来不及。"

"大好年华，碰见好的不妨谈一谈啦。"

"咦，大肚婆还为我的情感生活操碎了心。"

伟慧睨她一眼，嗔道："讨厌，我是关心你，怕你寂寞。等我生了孩子，肯定没空搭理你了，你可赶紧找好下家。"

若迷哈哈大笑，说："我知我知。但我觉得呢，女人普遍热衷于恋爱，觉得爱情是必需品，都是文化构建的。这导致了女人在没有爱情的时候很难维持好心态。爱情嘛，随缘就好。你看水浒英雄，个个是直男，可他们好像都不需要谈恋爱，也活得开开心心。"

"那是因为他们有别的追求。"伟慧说。

"正是。"若迷说，"事业比爱情更值得追求，男女都一样。"

伟慧便问若迷，目前工作情况如何。若迷便介绍一二，说到正在写的剧本时，兴致勃勃，非常带劲。

伟慧感叹："难得能以自己喜欢的事情为业，真羡慕你。"

若迷说："也不过是谋生罢了。"

伟慧说："至少，你是用文字在创作，作品中也融入了自己的思想和精神，或对世间有所帮助，一定非常有成就感。"

若迷笑道："不过给世俗中人提供一二消遣，或是慰藉。但，也只是平常的事情，工匠而已，远称不上艺术家。"

伟慧说："至少工作时间自由，可以按着自己的心意来作息。"

"哈，你以为？"若迷笑，"除非我写着玩，不赚钱。但凡需要赚钱，天下的工作都是差不多的。我一个做文字工作的，也免不了应酬喝酒，特别是在北京那种地方，总有推不掉的饭局。"

伟慧也笑了，"你这么一说，我倒也能想象。但我记得你酒量很好啊，男人也喝不过你吧？"

若迷说："不是喝不喝得过的问题。我就是不喜欢看到人们在酒桌上的样子。敬来敬去，阿谀奉承，虚情假意，看多了烦。"

伟慧说："凭你的本事与性子，也不会拍谁的马屁吧？你就喝你的酒、吃你的菜好了，反正你的剧本也不在酒桌上写。"

"说得容易。"若迷笑道，"做孙子累，看别人做孙子更累。"

伟慧看着若迷模仿一口顺溜的京腔，洒脱而幽默的样子，无言地笑了。和她一起长大的李若迷如今已和她越来越不同了。

若迷总比她走得快很多、远很多，总比她经历更多的人、更多的事，也仿佛，总是先于她，成熟。

12

一个半月后，伟慧生产，诞下一名女婴，取名周小暖。

因为伟慧母亲的娘家是苏州人，伟慧小时候母亲唤她乳名叫"妹妹"（读作第一声），如今她便也唤女儿叫"妹妹"。

若迷隔天就去探望伟慧和"妹妹"，热情似火，精力充沛，总是大包小包地拎东西去，一如她自己生产的时候伟慧来看她那股劲头。

伟慧的婆婆常说，这么要好的同学，真比亲姐妹还亲。语气神态里却藏了一种酸溜溜的不屑、嘲讽，还有一点防备。婆婆始终觉得若迷不是正经女子，自己的儿媳妇和她走得太热络不是什么好事情。

婆婆心里不痛快是不假的。伟慧生了女孩没生男孩，多多少少叫夫家人失望了。只是这失望不好在面上露出来。

为了帮家行小两口照顾婴儿，家行的父母搬来和他们同住。

老人在身边，家务杂活儿是有人料理了，但一家五口人住在同一屋檐下，琐琐碎碎的矛盾也渐渐显露出来。

家行在机场做边检，上二十四小时班，再休二十四小时。

高高帅帅的家行，穿上警服，非常英俊神武，代表国家形象再好不过。但这份工作也着实辛苦。家行每天坐在那里应付无数人，常有些老外语言不通胡搅蛮缠。还总有美国痞子没有签证就来中国，以为拿美国护照可以走遍全世界。将这些人一一遣返就是苦差事，更莫说碰上不服的要闹事，劳心劳力难上加难。

因为在工作中说了太多话，家行回到家就不太想说话。而伟慧自己也朝九晚六，所以她每隔两天才有一个晚上能见到家行。

原先没有孩子的时候，伟慧可以自己安排夜生活，读书、看片，或者去找若迷聊天，都很惬意。现在有了孩子，她就必须在家和公婆一起分担家务。琐事一多，人一累，心情就容易烦躁。很多时候，她希望家行可以在身边帮个忙，或做她和公婆之间的润滑剂。但每隔两天才能见一次面，家行又不爱说话，两人几乎没什么交流，伟慧自然觉得感情上受委屈，和刚结婚那一阵有巨大落差。

公婆在家务方面给予的帮助是多的。他们打扫卫生、做饭、带孩子，但同时，他们的干涉也多，对伟慧的禁止与要求也多。

由于家行不常在家，伟慧只能独当一面与公婆打交道。伟慧时时觉得，自从有了孩子，她的生活就被孩子与公婆绑架了。

清晨六点，起床、给孩子更衣、换尿布、喂奶。六点半，自己更衣、洗漱、做早餐，吃早餐。七点，出门、赶地铁。八点，到岗，打开电脑开始工作。每天都上紧发条，每个钟点都有固定的任务。作为一个母亲、一个媳妇、一个职场白领，她每一分钟都不能虚度。

下班回到家亦是如此，时间不由她自己支配。

婆婆做饭，她得帮忙择菜。婆婆洗碗，她得帮着抹桌。婆婆洗衣服，她就得扫地、拖地。总之别人忙着，她就不能闲着。

终于把家务都忙完了，可以上网放松一下，可电脑打开不到十分钟，婆婆就慈祥地发话了：别整天看电脑，白天都看一天电脑了。

伟慧听了便识相地关上电脑，去抱孩子。

夜里十点，躺倒在自己床上，关上卧室的门，时间才真正属于她自己。但往往这时，她已经累得连眼睛都睁不开了。

伟慧问若迷："天下怎么会有那么多做不完的家务？"

若迷说："问题不在于家务多。其实我还挺喜欢做家务的。整理房间啊，做菜啊，都很有意思。每次尝试做新菜我都不厌其烦，精益求精。但如果我觉得生活不开心，处处受人控制，我肯定不愿参与任何家务劳动。"

伟慧叹口气，说："是这个道理，做什么事都要出于自愿，为自己做，才能做得好，做得愉快。若背后总有好几双眼睛盯着你做，跟包身工有啥两样？"

伟慧不是没跟家行抱怨过，但家行说："我妈还给你洗内裤呢。"

伟慧说："我还不愿意让你妈给我洗呢。我来不及洗就先丢在房间里，自己第二天会洗的。你妈拿去洗了我还觉得别扭呢。"

家行烦了，脸对着电视，说："别闹了你，身在福中不知福。"

伟慧的不快乐和不如意都写在脸上。若迷看在眼里，有时教她一招两招：下班去健个身啊，就说加班；或者请个保姆来料理家务，让公婆搬走，两代人住在一起毕竟不方便；公婆实在要住一起，也得各自保留空间，叫家行出面说话，摆明态度。

可伟慧想想又觉得以上做法都不妥，还是自己忍耐算了。

她拿出家行的话来回答若迷："算了，我婆婆还为我洗内裤呢，我还能有什么怨言？"

伟慧忍功太好，宁可自我欺骗、自我安慰，也不想扩大事态。若迷有什么不明白的？她虽心疼好友，但也只能不作声。

过了片刻，伟慧又说："决定了做别人家的媳妇，就已经做好准备处处忍让，不可任性，凡事要以家庭和睦为重。"

"再者，每一个成功的男人背后必定需要一个好女人。所谓相夫之道，最基本的一点，就是不能叫自己的丈夫心烦吧。"

若迷点点头，嘴上却说："你心里若能甘愿，倒也罢了。我只是忍不住想，很多时候，人们走得太远，以至忘了当初为何出发。"

听到这句，伟慧怔怔呆住了。

若迷是在说：当初两人怎么会走到一起的？自然是因为爱情。可如今，时光荏苒，生活的琐碎磨平了青春的棱角，也消耗了彼此的感情。当爱情不再甜美，生活趋于平庸，那么，结为夫妇的一对男女，靠责任与亲情维系着关系，靠往昔的点滴回忆支撑着情义，又能否一直幸福地走下去？

伟慧想了许久，自己也说不出一个确定的答案。

<h1 style="text-align:center">13</h1>

产后六个月，伟慧身材基本恢复了，但还是比生孩子前胖了十多斤。伟慧很焦虑，一直想运动减肥，没有时间运动，就节食。

若迷和她吃饭，见她荤菜一口都不吃，看不下去了，说："除了水果就是蔬菜沙拉，你这样整天吃草，奶水都要没有了。"

伟慧说："奶水早就没有了，一上班就没有了。妹妹现在吃奶粉。"

若迷叹气，"都是大都市的生活节奏害的，女人不能好好做女人，母亲不能好好做母亲。"

伟慧笑起来，说："不是你说的嘛，工作第一，性别第二。"

若迷撇撇嘴，道："不管怎样，健康第一。你可别再减肥了，你现这样的身材刚刚好。"

"哪里刚刚好啊？"伟慧嗔道，"你看从小到大咱俩的身材一直是差不多的，可现在，我比你足足胖十斤。"

"那是因为你刚生了孩子没多久，慢慢会瘦下来的。但刻意减肥会影响健康。"若迷说。

"可是，最近家行对我没有以前热情了，我是指……那方面。女人啊，还是要有危机意识，不能以为老公和自己结了婚，爱情就锁进保险箱了。如果身材发胖，丈夫嘴上不说，心里还是会嫌的。"

"小女人，最近小报杂志看多了吧，尽想着怎么拴住男人。如果我要减肥，一定是为自己，而不为某个男人。"若迷说。

她又说："安全感来自于自身的强大，还有对爱的信任，而绝不是来自于对方的'满意'或者'示好'。"

"懂啦，懂啦。"伟慧说，"但我还是要减肥，就算是为了照镜子的时候自己心里舒服一点，总可以了吧？"

若迷笑而不语，片刻后，她问伟慧："你有没有想过再生一个？"

"不要不要！才不想！"伟慧叫起来，"生小暖的时候痛得要死掉了。这种事情体验过一次就可以了，我可不想体验第二次。"又说："就算想生也交不起罚款啊。家行不是独生子女，我们不符合二胎政策。"又说："另外还得考虑自身发展。你不是说嘛，工作第一。我都二十六了，还是小职员。再生一个，这辈子的晋升道路算是完了。并且，生了孩子之后明显觉得自己变迟钝了，精力不济。现在工作已经很吃力了，若再添一个孩子，我还能干什么？什么都干不了了。"

生育之后，伟慧内心一直彷徨，这不假。上班下班，已够操劳，夜里还要起身看顾孩子、喂奶、换尿布，天天睡不够。有时她下班回到家，想看会儿书，要么没时间，偶尔有时间了，也静不下心。家里总是吵吵闹闹，各种声音此起彼伏，公公要听的戏，婆婆要看的电视剧，女儿哭闹，大姑子上门吃饭拖家带口闲言碎语说不尽。

有天晚上，吃过晚饭，伟慧躲在自己房间看书。

家行的姐姐家颖正好在，就问她干嘛闷在屋子里不出来。

伟慧说自己想静心看会儿书。

家颖就自己邀请自己走进房间里来了，又问伟慧："看什么书？你们入行两年多了，还要学业务么？"

伟慧从书上抬起头，说："不是，就是闲书。"

家颖翻一翻伟慧手中的书，"呵，《西方哲学史》啊，看这种书又不能多赚一分钱，看它作甚？"

伟慧接不上话，心里憋屈，又不好多言。

因为状态差，伟慧工作也不顺利。之前因为休产假和哺乳假，她错失升职良机。本来要给她的 Team leader 职位也被别人用灰色手段抢了去。伟慧没办法，只好慢慢熬着。她经常自嘲，工作两年多了还是大机构底层打工女，工资也从来没涨过。

上司看她实在辛苦，派了个小助理给她带。小助理是中专生，刚参加工作不久，人不聪明，记性也不好，做事迟钝。伟慧善良，又心软，小助理犯了错十有八九都是她来补救。

次数一多，影响就坏了。大老板不管细节，只知道事情出问题，是童伟慧没把工作做好，于是罚掉她的奖金。

伟慧郁闷，觉得自己绵软心善的个性根本就不适合在职场打拼。

公司里人事斗争也复杂，交不到新朋友，偶尔有些说得上话的，也不过场面上客气几句，难以交心。

并且，入到社会才知道，学生时代留下的朋友才容易长久。参加工作后，圈子看似扩大，能做朋友的却没几个。

二十六岁的童伟慧，第一次发现，身边人来人往，可真正的朋友不过只有李若迷一人。

14

伟慧有一次问若迷，自己是不是得产后抑郁症了。为何生了孩子之后，家庭、工

若夜迷阵

作、人际关系等各方面压力陡然增大，心情总是无端低落，连自信心都大幅下降。

若迷说："女性得产后抑郁症的一大原因是，丈夫支持不足。这支持不仅包括出力做家务，也包括陪伴和心理疏导。"

伟慧想了想，说："其实家行还算顾家的，也关心我。我知道那种男人，有了孩子之后，为了逃避家务，故意加班。我们公司就有这种人，下了班不回家，留在公司打游戏，跟家里说加班。至少家行没有这样对我。他工作特殊，有时身不由己，但能早回家一定回来的。"

若迷笑道："比上不足，比下有余，你们能互相体谅那是最好。"

伟慧叹气，"可不是嘛，还有更糟的男人呢，为了逃避做饭、带孩子，宁可在外面跟女孩聊天，请女孩吃饭。我们公司有个妈妈说，生完孩子的头几年是女人人生最黑暗的时光，最容易得抑郁症。"

若迷嗤笑，"也没有那么夸张啦，把心态调整好就行。毕竟，你若打定主意要快乐，谁也左右不了你的心情。"

伟慧羡慕地说："是啊，你的心态最好了。我太佩服你了，没有孩子爸爸帮手，自己一人带孩子，也没见你抑郁。"

若迷说："那是因为我从一开始就没想让男人帮忙，所以心态反而轻松吧。"

闺蜜二人现今都做了母亲，有了更多共同话题，彼此对生活也有了许多不一样的体会，就更经常地见面聊天或者打电话。

对伟慧而言，向若迷倾诉成了她最主要的心理排解途径。

有天，伟慧对若迷说起公司里的一件事：有个女同事很想结婚，四处托人介绍对象，还着重暗示，自己还是个处女，想找条件好一些的。可她已经三十二岁了。许多人在背地里议论这事匪夷所思。

若迷说："有些人是觉得那东西珍贵，所以一直留着；有些人则是一直没遇到合适的人。也不必议论人家。"

伟慧叹息，"多少还是受传统观念和舆论影响吧？还记得大学里我们讨论过这事吗？你那时观点前卫，态度开放。可你别以为几年过去了，现在的社会有多开化了。告诉你，照样大把男人有处女情结。对女人来说，这依然是嫁人的重要筹码。"

若迷说："只怕看重这筹码的男人都是从清朝穿越过来的，以为自己是什么阿哥，指望女人裹着小脚踩着花盆底嫁给他呢。"

伟慧听了笑起来，笑完又说："还有个女同事，前不久结的婚，竟然和男人实行AA制①。是她丈夫在婚前提出的，婚后家庭开支双方各付一半，包括买房、婚礼、抚养孩子。个人生活用品如衣服、化妆品各自承担。那女同事看似不在意，但有次私下跟我抱怨，说是因为她丈夫嫌她不是处女，认为既然社会风气开放，男女平等，女人婚前有性自由，女人自己也工作，经济独立，那就该事事和男子平等，不该要求丈夫买房养家。"

若迷笑起来，"这样的婚姻很好啊，我赞同。"

"真的吗？"伟慧觉得意外。

"真的啊。哦，对了，那么生孩子也该AA制，每人怀胎五个月可好？每人哺乳一年可好？哦，对了，男人是无法怀胎哺乳的，那就只好各管各了。男人花钱找代孕、买子宫，生个自己的孩子。女人则到精子银行找一枚优秀精子，生个自己的孩子。这样经济上分得清清楚楚，谁也不吃亏，岂不皆大欢喜？"

伟慧听到这里才明白若迷是在反讽，忍不住笑出声来。

若迷又说："其实啊，那种AA制夫妻，既然什么都要分清楚，干脆别结婚了，注册一个公司，明确好股权比例，年底分红，这样既公平又喜庆，多好，还费什么周章结什么婚。"

伟慧大笑，说若迷太犀利。的确，在生育上，女性付出的代价和成本太高，还要承担极大的风险。男性若想有孩子，寻找代孕母体费用高达几十万；而女性若想有孩子，购买一枚优质精子不过数千元。夫妻若要共同生育后代，男方势必应该在经济上补足女方的付出。

伟慧又说："连这种要和妻子AA制的男人都能结成婚，可想现在社会上鸡贼算计的男人有多少。相比之下，周家行算是很有风度了。"

"真是三句话不离周家行。"若迷笑道，"说半天还是为了夸他。那么，只要你觉得开心就好。生活各有千秋，不过冷暖自知罢。"

伟慧知道，若迷从来没有照着主流价值标准在生活。她是一个善良的人、一位热

① AA制：各人平均分摊所需费用。

情仗义的朋友、一位优秀的剧作家、一位勤劳勇敢的母亲、一位温柔美丽的情人，但她就是不肯做一个妻子。

伟慧自己也曾思考，婚姻究竟给女人带来什么？

传统的说法告诉女人：婚姻的回报是男人的爱。

但婚后女人往往发现，男人最效忠的不是妻子，而是他的职业、他的原生家庭、父母兄弟，以及其他男人，如同事、哥们、球友等。

女人被整个文化传统要求做到善解人意、顾全大局，不要在感情上太过依赖自己的丈夫，甚至不要期待丈夫来照顾自己。那么这种意识形态是否一直在否定甚至污名化女性的正常情感需求？

当然，伟慧自己是相信婚姻的，相信婚姻是爱情的最终果实。但经过这两年婚姻生活的打磨，她自己也有些迷茫。

她无法忽视自己的感觉，即：婚后生活没有恋爱的时候快乐，以及家行对她的关怀与照顾比恋爱的时候大幅减少。

因此有时候，伟慧也由衷对若迷发出感叹："你能够做到这样独立自主，感情与物质生活全不依靠男人，也是一种福分。"

若迷就微笑着说："你知道吗，很多男人讨厌我呢。"

"你与他们毫无关系，他们讨厌你做什么？"伟慧问。

若迷说："大部分男人还是'很传统'的。那些'很传统'的男人最怕看到我这样的女人。精神自由、经济独立，自己生活得很好同时还能自己生养孩子。若大部分女人都像我这样，不依附男性，他们就找不到女人跟他们'搭伙生孩子'了。你说是不是？"

"是啊，男性也想繁衍，想要有后代给自己养老，但男性自己无法生育，便需要女性配合。寻找代孕母亲价格不菲，而婚姻使得女性为男性怀孕生子成为理所当然，生下的孩子还要冠以男方的姓，入男方的族谱，完全成为男方家里的人。这便是为什么结婚时男性要在经济上多付出一些来展示诚意啊。"伟慧顺着若迷的话推理。

"这也就是为什么爱情和婚姻被捆绑销售，婚姻幸福被神话。因为如此才可以骗到女孩子们早早投入婚姻开始传宗接代呀。"若迷微笑着，像认真又像开玩笑，"我早说过，婚姻和爱情是无关的事情。"

伟慧沉默了。若迷的话敲打在她心上。如果承认若迷完全正确，就意味着她自己陷入了一个骗局，一个关于浪漫爱的幻觉。可她明明能感觉到，若迷所言十分接近生物学和社会学的真相。

普遍的世俗舆论一直在那里，认为有婚姻的女人要优越于无婚姻的女人。"剩女""离婚妇人"，这些词多多少少带有歧视或怜悯的意味。通过女人和男人的关系来给女人下定义，作出成败的判断。这种种风俗、现象，不正是为了促使女人们快些为人妻、为人母么？

可是，既已进入婚姻家庭生活，就好好遵循既有规则，努力让自己和家人过得更好，不也是一条光明大道么？伟慧这样想。

若迷当然也明白。她对伟慧说："处理得当，婚姻生活一样可以令人愉快。你和家行感情好，合理经营，会有收获。"

若迷劝伟慧和公婆分开住，独立自主，请个保姆做家务。

可伟慧说，不喜欢家里有外人，孩子还小，交给保姆不放心。公婆再合不来，也是家里长辈，总要学会相处。

若迷说："那就换个大点的房子，可以租个复式公寓，楼上楼下，这样生活起居可以稍微分开，你也不会失去太多自由。"

伟慧说："那开销得多大啊，家行肯定不同意。"

若迷说："你们家就是男人做主吗？"

伟慧沉吟不语，稍后又说："我当然可以私下跟他商量，但他还是拿主意的那个人，毕竟现在他赚得多，他是当家人。"

若迷就笑了，拿起一本书来读给伟慧听："全世界大多数的家务工作是妇女做的，加上其他额外工作，等于女人兼任两份工作。女人每年生产的粮食，超过世界的半数，但她们名下几乎没有土地。女人担任全球三分之二的工作，但收入仅达全球十分之一，财产不及百分之一。数据来自联合国妇女会议。"

若迷放下书，"一切政治问题都是经济问题的反映。大到国家之间的关系，小到一个家庭内部人与人的关系，无不如此。"

她说："不要小看家庭。家庭政治是很复杂的，尤其是你们这样和老人生活在一起的。无论如何，你想在家里有发言权，就得抓住经济大权。若你赚得和家行一样多，你在家歹歹不会受气。"

伟慧说："我明白你的意思。我也受过高等教育，读过很多书，也有社交，其实我精神上是自由独立的。"

"不，光靠精神是不够的。"若迷说，"我们需要赚钱，多赚钱。没有经济独立，所谓的精神独立就是抽象的。"

她又说："或者想办法换份工作，换个环境，职业上能够突破一下，也可以增加些朋友和社交。这有助于你改善现在的困境。"

伟慧听了，只是叹气，说："算了。孩子这么小，现在这样已经忙不过来，还换工作呢，天方夜谭。"

她又说："换到哪里工作不是一样的呢？再说，哪个家庭不是一样的呢？孩子年幼，生活自然琐碎困顿。但既已选择了过世俗生活，就该适应这种生活。我不是神仙金刚，没有三头六臂，所以我也不该奢望更多了。生活不过如此，我应该知足。"

应该知足。这是普天下多少妇人最终开解自己的心声。

15

小暖满周岁了，伟慧和公婆同住也有一年了。

经过这一年的朝夕相处，伟慧渐渐明白，这个家里真正做主的人是周家行的父亲。尽管表面上公公沉默寡言，不理琐事，而婆婆表现得强势、唠叨，但婆婆传达的都是公公的意思。

时久日长，伟慧在家里感受到的种种不自在也已成了习惯：饮食不挑剔，作息要规律，电视基本不看，洗个淋浴匆匆忙忙。

很多事都是不得已。拿洗淋浴来说，一来家里人多，而卫生间只有一个，到了晚上洗澡得排队；二来伟慧毕竟是做新妇的人，洗得稍久一点，婆婆就在外面敲门，说："妹妹哭了，要你抱。"

伟慧有时稍微任性，嘴上答应着，仍多洗一会儿才出来。婆婆就跟家行嘀咕起来："你媳妇洗个澡要那么久，家里煤气费水费蹭蹭蹭上去。"家行来跟伟慧说，以后洗澡注意些。伟慧就不服气，说："我也挣钱的。"家行说："爸妈节俭惯了，你就照顾照顾他们的感受。"

若迷听了伟慧这样的诉苦，感慨道："换了我肯定不行的，工作累了一天，回家最大的享受就是放满满一缸热水，好好泡个澡。最好再放点音乐，燃点熏香，这样才会活过来。"

伟慧叹气。她何尝不想这样呢？但嫁作别人家的媳妇，哪里还有这种自由？自己选的路，怎能抱怨？并且，谁又真正自由呢？人不过是牺牲某一种自由，去换另一种自由。如此而已。

不久之后，伟慧公司的同事们组织出国旅游，去韩国，也就是四五天时间。伟慧回来跟家行商量。家行犹犹豫豫，吞吞吐吐，"那你去呗。"但他脸上明明写着相反的意思。

伟慧便说："算了，我不去了。爸妈带孩子这么辛苦，我平时上班顾不上家没办法，若特地休了年假出国旅游，有点不好意思。"

家行没再说什么，脸上是如释重负的表情。

同事们都出国玩去了，伟慧留守公司，工作自然更忙，几人的活她一人扛，天天回到家都七八点钟了。

唯一的放松就是睡前躺在床上看会儿手机。看到同事们在韩国玩得开心，在网上晒照片，还晒买的东西，她心里滋味很复杂。

女同事们去之前就说了，去韩国就是"买买买"，奢侈品包包在首尔是全球最低价，不买它十个八个对不起来回机票。

再是最低价也是奢侈品的价。

伟慧暗自叹息，又自我安慰道，还好没去，去了别人买她不买，马上显得不合群，可要买吧，公婆看到肯定不开心。

她早就发现了，自己婚后碍于丈夫和公婆的目光，消费结构与从前大不相同了。做姑娘的时候还会舍得给自己买些贵的衣服包包化妆品，婚后跟着夫家人的节奏，生活简朴多了。

伟慧看得出，周家真是节俭惯了的。一张木头凳子，年纪肯定比家行还大了，都快散架了，公公还拿榔头钉子敲敲打打装起来。反正那凳子她是不敢坐。有次她说了一句，现在家具都便宜了，宜家一张木头椅子也就百来块钱。婆婆马上拉下脸，说，百来块钱是随便来的吗？百来块钱家行要在机场坐上三四个钟头啊。三四个钟头是好坐的吗？他那个腰就是这么坐出毛病来的。伟慧不吭气。说得好像她不是天天在办公室坐足八九个钟头一样。

可是节俭惯了，罚款倒是舍得。伟慧不止一次听家行委婉地转达过他父母的意思，生二胎还是好处多，哪怕罚款也值得。

此时国内生育率偏低，人口老龄化，国家已开放"双独二胎"政策，即夫妻双方若都是独生子女，就可以合法生二胎。只可惜家行不是独生子女，不符合二胎政策，若想再生，还得交罚款。

但这不仅仅是罚款的问题。就算不用交罚款，伟慧也不想生。且不论怀胎十月的辛苦，一朝分娩的疼痛，光说哺育抚养孩子的责任与辛劳，就足以叫她数年内在其他方面一事无成。更不论，现在带一个小孩，全家就已忙得团团转了，若再添一个，琐碎的矛盾更多。

家行的姐姐家颖是个初中数学老师，课余忙着补课挣外快，经常没时间做饭，就来蹭父母做的饭，有时还会带着她上小学的儿子方方。

有天饭后，家颖和伟慧一起收拾厨房，家颖抹桌，伟慧洗碗，两人边做事边聊着家常。家颖抹完桌，凑过来跟伟慧借水龙头搓抹布，一边搓一边就在伟慧耳旁闲闲地说："这家里头啊，非得有个男孩子，才能称得上是一个家。想当年，爸妈就是罚款生的家行。"伟慧愣在那里。水龙头哗哗响得厉害。她怀疑自己听错了。

家颖却继续说下去："那时候家里条件可比现在艰苦多了。可爸妈还不是把我们姐弟俩拉扯大了？家行争气，上了复旦，你看现在多有出息。所以，养个男孩，苦几年，以后就享福了，值得的。"

当晚，伟慧早早回到卧室，在房间里冲了奶粉喂小暖吃奶，不一会儿听到婆婆和家颖在外面低声交谈。

家颖压低声音说："生个女儿还这么傲气。"又说："我一个学生的爸，老婆生不出儿子，他在外面养了二奶帮他生。"

婆婆马上说："这是犯法的。"

家颖不屑，"现在钱就是法。有钱男人哪个不在外面搞花头？"

婆婆不吱声了。

家颖又说："忠厚老实的男人不是没有，但，没本事的男人才忠厚老实呢，你说是不是？"

婆婆说："嘘，小点声。"静了一会儿，又说："我们没这种财力就不要做这种梦了。"

伟慧听着外面的对话，握着奶瓶的手定在半空，直到小暖在怀里哭起来，她才回过神来，慌乱地把奶嘴塞进女儿口中。

那么，如果有朝一日周家行发了财或者升了官，养个外室来生儿子也不是没有可能的，对不对？

要不然，你童伟慧就接着生，直到生出儿子，对不对？

伟慧觉得自己鼻子酸酸，眼眶胀胀，不一会儿就有热热的眼泪滚落下来。

小暖一岁多了，正是开口学话的年纪。不知从哪天起，她竟学会了"弟弟"二字，总在伟慧跟前奶声奶气地说："要弟弟。妈妈再生个弟弟。弟弟陪我玩。"伟慧一听就知道是公婆教的。

有天伟慧反问女儿："那要是个妹妹呢？你还要吗？"

话音刚落，婆婆就从厨房冲出来，说："有秘方的，提前吃秘方，生儿子有秘方的。"

伟慧垂下眼眸，没有说话。婆婆最近往菜场和药房跑得勤，炉灶上天天炖着些什么汤、什么粥。她还总往汤和粥里加些莫名的滋补药材，搞得满屋奇味，大概就是所谓的秘方吧。

伟慧想，自己出身知识分子家庭，她和丈夫又都是大学生，算是不落后。可就连她也要被夫家逼着生儿子，实在叫她想不通。

可渐渐地，她看到身边许多同龄的同事、同学都纷纷生了二胎，心里的抵触倒没有原先那么强了。又过了一阵，当别人都开始在网上晒出家里两个孩子在一起玩耍的照片时，她竟也有些心动了。

如果能再生一个男孩，她自然也是非常欢喜的。

小暖一人孤单，若添个弟弟，将来两个孩子好作伴。家有一女一子，正是一个"好"字。伟慧给自己想了许多生二胎的好处。

于是，当家行再次与她商量生二胎的时候，她不再强烈反对了，只说，考虑一下，找个合适的时机。

16

周家是那种思想传统的家庭，倒也不是真的重男轻女，周父周母对小孙女也是宝贝得很。只是在他们的观念里，女孩到底是要嫁给别人的，若没有个男孙来延续姓氏，这一家人就算断香火了。

当初他们不惜交罚款、挨处分，生下家行，就是出于这种传宗接代的思想。现在一家人又希望家行生个儿子，哪怕再罚款，也得生。

若迷听伟慧说了此事，劝伟慧慎重考虑。

伟慧却好似已经有了倾向性。她说："家行是我丈夫，他真想生，我也不好反对。生育权是人的基本权利。男人也有生育权的，对吧？"

"哈，男人的生育权？我听不懂。"若迷笑道，"是，男人也有生育权。男人的生育权神圣不可侵犯。但这个权利必须全程由别人的身体来完成。要是别人不配合，不想生，或者没能满足他的心愿生出个男孩，就严重侵犯他的权利了，是不是这样？"

"我懂你意思，可是……他是我丈夫，我是他妻子啊。他想生孩子，只能由我来生啊。"伟慧还是这几句话。

若迷知道自己什么都不必说了，伟慧心里早有了主意。

伟慧也知道若迷一向的观念。现代女性大部分仍在物质上依赖男性，也就意味着男性虽没有天赋的生育权，却可以向女性"购买"生育权。代孕是直接的形式，娶妻则是变相的形式。

这再次解释了为何一些男性不喜欢有经济能力的独立女性。因为这些女性不必依附男性来育儿。对男性来说，她们不是可以"收买"的生育资源。他们哪怕很有共同育儿的诚意，也是没用的。

所以整个社会机器会神秘地、不知不觉地，让女人比男人更不容易赚到钱，会鼓吹女人柔弱才是美、无才便是德，甚至会妖魔化女博士、女强人，丑化她们的形象。隐藏其后的是一场生育权的争夺。女性毫无能力、一无所有、无依无靠，才会拿出自己的生育资源去跟男性换取生存资源，或者，换取感情依托，换取爱情。

道理十分简单。伟慧没有什么不明白的。

但道理是道理，感情是感情。毋庸置疑，伟慧对家行怀有深厚的感情。她爱他。从十九岁到现在，八年了，她陪在他身边，一直是个好女友、好妻了。即便她偶有任性，毕竟心地善良，又知书达理，对丈夫体贴入微，凡事以他为重。而家行对她，也是关爱有加，无可指摘，是个堂堂正正的好丈夫。他们的感情是好的。

因此，无论之前有过怎样的矛盾与不快，当两人关上房门彼此温柔相待，当家行抱着她、吻着她、哄着她，与她细细交换最深的心思与渴望，她还是没有办法抵御这一腔柔情。他的眼神、动作、话语，还是能够直直地触到她内心深处最柔软的那块地方。

所以她妥协了，妥协于自己的爱情，妥协于自己的母性，继而甘愿在自己的丈夫面前做那个永远千依百顺的小女人。

再生一个孩子。她想。无非就是再怀孕一次，熬过那十个月，再熬过分娩的阵痛，再熬过头两年的辛劳，一切终会好起来的。

于是，这个夜晚，当家行从她手中拿走避孕套，丢到一旁，再按灭了床头灯，她什么都没有说。生儿育女，这本就是她的使命。

黑暗中，她将自己全然交付。

迷风启红霞

1

伟慧再次怀孕了。这在意料之中，也在期待之中。

可得知确凿消息的那一刻，伟慧的心情却很复杂。

一家人除她以外都很兴奋，甚至有些过于兴奋了。婆婆每天起早贪黑地烧、煮、炖，尽伺候她吃喝，什么家务都不叫她干。

面对婆婆如此夸张的热情与示好，伟慧倒有些惶恐，不知所措。她很怕婆婆只是把她当成孙子的保育箱来供奉着。

并且越是这样被捧着、宠着、惯着，伟慧的心理压力就越大。

她忍不住想，万一还是个女孩怎么办呢？若再生个女儿，她童伟慧在周家可就一点脸面都没有了。

这么想着想着，伟慧的心理负担越来越重，加上怀孕初期的身体不适，她变得郁郁寡欢，有天竟出现了先兆流产的症状。

家行陪她去医院做了检查。医生说，孩子还是好的，就是母亲身体底子不太好，需要静养保胎，头三个月最好卧床平躺，不要起来走动，等胎儿长大、长牢了，才可慢慢恢复正常起居。

一家人商量后，叫伟慧去辞掉工作，回家养胎。

这一家人自然指的是周家行和他的父母。

伟慧问自己爸妈有何意见。两位人民教师思想到底开明些，说女儿自己才是拿主意的人，只要是女儿自己的决定，怎样他们都支持。

伟慧的父亲又说："当全职妈妈也没什么不光荣的，九死一生地给他养出两个孩子，他负责养家是理所应当。"又说："当然，得你自己心甘情愿，开开心心地回家当闲人。如果是别人叫你这么做，你心不甘情不愿的，我劝你还是别委屈自己。"

父亲说中伟慧心事。伟慧想，自己就是有些不甘愿啊。可现在胎像的确不稳，工作又劳心劳力，她也确实难以应付，难以取舍。

伟慧的母亲起先一直没有明确表态，后来说了一句："女人最好还是有一份自己的工作。"顿了顿，又说："或者先安心保孩子，等二胎生好，再出来找份工作，也是一样。"

可伟慧心里清楚，辞掉工作，生下二胎，再出来找工作，是不一样的。过个两三年，整个就业环境又不一样了。大上海人才云集，后浪推前浪。一个女人，只是企业的基层员工，辞了职回去保胎，接着当全职哺乳妈妈，届时再出来，年龄大了，工作能力下降了，知识结构也过时了，又没有好的人脉关系，还能找到什么像样的工作？

伟慧问若迷。若迷说："别辞职，孕妈妈坚持上班的也有大把。"

"可是，现在有见红，医生说必须休息。这一胎要是保不住，至少得调理两三年才能再怀。你知道我公婆那个着急。"

"那就让医生开张病假单，你去请三个月假，留职停薪也可以。毕竟还有《劳动法》和孕妇保护条例。等危险期一过，你再去上班。"

"可是，周家人全都主张我辞职，说我现在挣个七千八千，还不及我公公股票一个涨停板。万一胎儿有个好歹，哭都来不及。"

"呵，拿正经上班和炒股赌博比？"若迷冷笑，"再说你公公炒股赚的钱是他的，你工作赚的钱才属于你自己。"

伟慧重重叹气。道理她都懂，但事情轮到自己，要做出个决定怎么就这么难。

最后她说："周家行的意思也是叫我辞职，他说他养我。"

"他养你？现在说得好听，以后还不知怎样。其实何须我多说，你自己也清楚，经济是生存命脉。女人必须要有自己的收入。"

伟慧听了不说话了。她知道若迷说的全在理。

可事实摆在眼前，家里人全都希望她辞职回家安心养胎，而且看上去都是善意，都是为她好、为这个家好。她还能说什么？她天生不是强势的人，也天生不懂得说"不"。

若迷再是好朋友好闺蜜，毕竟是个外人。她童伟慧不像李若迷那般是自由身，她隶属于家庭。在家事上，她当然必须听家人的。

就这样，伟慧在反复犹豫之后，还是辞掉了在保险公司做了三年的工作，回家当起了全职孕妇。

此刻她才渐渐明白，人在很多时候并不具备与生活抗衡的勇气，最轻省的方式不过是交出自由，随波逐流。

2

在家养胎的日子是枯燥、无聊，甚至烦闷的。

前三个月，不分白昼黑夜地躺在床上，躺得人也软了，脑子也呆了。还要担惊受怕、疑神疑鬼，每次起来上厕所都要检查内裤上有没有血迹，就担心腹中胎儿有个好歹。

对此，伟慧不禁感慨：女人，只要做了母亲，就一辈子活在担心中。担心孩子不健康，担心孩子不快乐，担心孩子被人拐去，担心失去孩子。可怜的女人，她的各种担心并不是从生下孩子开始的，而是早在孩子还在腹中的时候就已开始：担心胎停，担心流产，担心孩子发育不好，担心孩子长得太小，担心孩子长得太大……

三个月后，胎儿总算长稳了，一切指标都正常，伟慧可以起床活动了。可婆婆又不给她出门，说一个孕妇自己出门不安全。

伟慧只好待在家里。可家里就这一点点地方，转来转去越发觉得憋屈，整日无所事事，又毫无行动自由。

伟慧给若迷打电话，可若迷也忙，忙着写稿，忙着带儿子，聊不到几句就得挂电话了。伟慧想叫婆婆陪自己一起出门，婆婆说要照顾小暖，还得做饭，走不开。伟慧说别做饭了，咱们出去吃一顿。婆婆丢一个白眼过来，"外面的东西能吃啊？都是苏丹红、地沟油。"

伟慧心里明白，婆婆固然是怕外面的食物不卫生，但又何尝不是为了节省开支。怀上二胎后，为办准生证已经交了十多万罚款，家里经济负担本就不小，现在她自己又辞了职，少了一大块收入。

各种愁绪加在一起，伟慧简直快憋疯了。

难得家行休息在家，伟慧就说："你陪我出去走走吧，逛逛公园也好。"家行却说累，不想动，一下午坐在电视机前看体育频道。

伟慧说："那你开车送我去若迷家，我让她陪我解闷总行了吧。"

家行眼睛盯着电视，说："待在这个家就这么让你不舒服吗？"

伟慧故意说："你不是老说我太粘人、不够独立嘛？我去跟若迷讨教讨教，学习一下怎么做独立女性。"

家行这时转过头来，朝伟慧投来一道"你省省"的目光，又说："学她有什么好处？到这岁数了还是一个人。"

"但人家就是优秀啊，又漂亮，又独立，又挣得到钱……"

"是。没有一个男人配得上她。"家行冷冷打断伟慧的话，同时关掉了电视，起身去书房，摆明了不想再说一句话。

伟慧觉得谁都给她气受，没处排解，只好整天看小说，一周看完十几本，没有新书了，又上网买，全部送到家里。

婆婆一看伟慧买这么多书，发话了：别老是看书，伤精神。婆婆说，大着个肚子，没事就睡睡觉，睡不着，闭目养神也好。

伟慧忽然觉得，婆婆就没把她当个活人，只当她是一具不需要任何精神生活的皮囊、一张培育他们周家种子的温床、一块播下种子就能收获孩子的土壤。伟慧躺在床上悄悄哭了。

伟慧独自在卧室里闷了一下午，假装睡觉。好不容易等到天黑，家行下班回到家。家行看出她哭过。伟慧就把心里的委屈说了。

家行却说："别闹了，起来吃饭吧，妈妈特地为你炖了鸽子汤。"

伟慧僵持着没动。家行又说："我知道你心里的憋屈，但爸妈、姐姐，谁不是为我们好、为这个家好？"

"这个家？"伟慧反驳，"我们俩加上小暖才是一个家好不好？我一直以为，结婚就是两个人离开原来的家庭，重新组织一个新家庭。你爸妈、你姐姐，和你，是你原来的家庭。对你原来那个家庭好的事情，未必就是对我们现在这个小家庭好，这你不会不懂吧？"伟慧一时气急，没有忍住，把长久以来压抑在心中的不满都说了出来。

这一来，家行也火了，一向温顺懂事的妻子怎么竟变了个人似的。

于是他嗓门也大起来，"你这都哪儿听来的歪理邪说啊？童伟慧，我警告你，别在家里搞政治。我最讨厌女人这个样子。你怎么也变成这个样子？"

伟慧哭了起来。

婆婆在外面敲门，"好了好了，吵什么吵，慧慧大着肚子，你让着她一点，万一动了胎气怎么办？不许再吵了。"

家行不理他母亲。他看了伟慧一眼，压下火气说了一句："我看你以后少跟李若迷来往。你都被她带坏了。"

伟慧震惊地看着家行，"你在说什么啊，你？"

家行见不得妻子这副愤怒委屈的模样，又烦了，吼起来："我说你他妈少学李若迷那一套。你不看看你，跟她越来越像了。"

伟慧看着家行，不敢相信他竟说出这种话。她无言辩驳，也不想辩驳，转身进了卧室里的卫生间，重重地摔上门，下了锁。

家行在外头也摔了个什么东西。伟慧在卫生间里听着。

婆婆又来敲卧室的门，敲了一会儿，家行开了门，母子二人都出去了，在客厅讲话。伟慧这时从卫生间出来，自己待在卧室里抹泪。

房门关着，婆婆和家行在外面客厅小声地说着话，声音很轻，伟慧听不真切。然而有一瞬，她听到婆婆说了一句："还不是你惯的。"

婆婆毕竟还是向着自己儿子，觉得小夫妻俩只要争吵就一定是媳妇不对，而媳妇不对一定是因为儿子平时太惯她。伟慧又哭了。

伟慧一个人哭到天黑，晚饭也没吃。婆婆来敲了两次门，叫她吃饭，她都赌着气没有理。心里不是不知道这样做欠妥，是笨办法，但她就是控制不住自己。她怀着身孕，家行却这样对她，她不想给他台阶下。不给对方台阶下，自己当然也下不来台。就这么一直僵着。

她又想到了婆婆这些日子以来对待她的方式。不能说她摊上了一个坏婆婆，相反，婆婆对她非常好，家务包办，好吃好喝地伺候。可为什么她在这个家里仍旧觉得压抑和不快乐呢？

也许是因为——婆婆自己也并不快乐。在夫权至上、男人掌有绝对权威的家庭中，女人要真正快乐是很难的。

伟慧又想到了"多年的媳妇熬成婆"这句话。它说的就是中国式夫权家庭文化下，新媳妇理应默认某种冷暴力的欺负。因为你将来总会熬成婆，再去欺负另一个新媳妇的。当然，这其中还隐含了一条规则：你得生儿子才有出头的机会。

伟慧与家行没有和解，她一连几天都拉着脸。对公婆，她也只做到面上不失礼，该打照面打照面，该叫人叫人，但笑容是没有的。

公婆对新妇一肚子看法，但碍于她怀着身孕，不好发作，只好暂时搬走。但表面上只说是家颖丈夫出差，过去帮家颖带几天孩子。

公婆一走，伟慧只能自己料理家务、照顾小暖，累是累，心却好似一阵轻松。就这样，有天家行下班回到家，见伟慧做了一桌菜，忽然有了久违的亲切与感动。他抱住伟慧亲了一下。伟慧哽咽了。

夫妻俩如此便算和好了。吃过晚饭，两人敞开心扉谈了一会儿，把事情说通了。家行反省了自己的态度。他说自己最近工作累，关心她少了，很多时候没有顾及她的情绪。伟慧也说自己和婆婆闹脾气是不对的，"长辈替我们料理家务是情分，应该知足、感恩。"

家行听了像是非常满意，抱住伟慧，说："我爱你，非常爱你。要是你不那么'作'，更加顾大体一些，我一定更加爱你。"

伟慧听到这里，心里却格愣一下，心思恍惚起来。

似乎自己得用"不作"和"顾大体"才能换来家行的爱。

是的，女人不能生气。女人一生气就是"作"，是"不懂事"，是"不顾大体""没女人味""不淑女""失控"。

而男人生气，却只有一个原因——"都是你逼我"。

女人必须温柔如水，而男人发怒非但是正当的，甚至是一种男性气概的体现。

究竟是谁创造了这些定式思维和标签化的词句？

这对女人太不公平了。

然而这世上哪里又有真正的公平？

人生来有男有女。人还生来有美有丑、有富贵有贫贱呢。那些天生貌丑的、残障的，又跟谁去讨公平呢？

伟慧开始每天自己做饭。起初还有些新鲜感，时间一久也觉得寡味。小暖吃得很少，以喝奶为主。伟慧做出个三菜一汤也就她自己陪着自己吃。家行因为工作关系，很少在家吃饭。伟慧觉得很寂寞。

另外，家行除了工作，总还有别的应酬。他热衷于运动，常跟朋友兄弟约了出去打网球，踢足球，打斯诺克，有时甚至打牌。

伟慧总说："我大着肚子不便出门，你就多在家陪陪我嘛。"

家行就说："我晚上不是都在陪你吗？"他说的是晚上睡觉时间。

伟慧不高兴了，说："上大学时都没见你有这么多爱好，那时你整天陪着我，除了上课就是在图书馆自习，不打球也不打牌。"

家行就说："十八岁的时候可以不运动，但现在不能不运动啊。不然上班就是坐在那里，回家又是坐在那里，不到三十岁就会发胖。你想看到我和那些中年男人一样有个胖肚子么？"

他又说："再说你以为我真的只是去打球、打牌吗？我是在维系人际关系啊。你是女人不用考虑这些。我们男人在外面需要朋友，需要兄弟。我能不应酬、不社交么？男人和男人怎么应酬、怎么社交？不就是通过打打球、打打牌么？"

伟慧当然也理解家行。可她一个人做那么多家务，又带着幼女，肚里还怀着一个，日渐觉得辛苦。如此一来，她忽然又怀念与公婆同住的日子了，至少每天有现成饭吃，至少每天都能安心睡个午觉。现在，小暖一哭她就得去抱去哄，去喂奶换尿布，一刻不得闲。

这天是周末，家行又要去打球。伟慧问过他能不能不去。但家行说，团队活动，领导也在，不得不去。他答应一打完球就回来。

伟慧无奈，独自陪女儿度过一上午。下午，她哄了女儿睡午觉，收拾了房间，便在厨房做晚饭。

这天做的是手撕包菜。伟慧一边撕着包菜，一边想起自己刚和家行结婚的时候，第一次尝试做菜，做的就是手撕包菜。那时她手艺欠佳，把菜炒得过焦，又放多了盐和辣椒。家行却直呼好吃，就着一盘包菜吃掉了三碗米饭。那时候真是开心，两人在一起，吃一盘又咸又辣的包菜都觉得温馨快活，觉得自己找到了天下最难得的幸福。

转眼三年过去了。这三年间，多少棵包菜被种出来，被吃掉；又有多少对小情侣成了家，生了娃，一起吃了无数颗包菜，渐渐觉得对方就是自己生命里的一部分，再也没了往昔的冲动与渴慕？

时间多么可怕。一切的一切，诞生，消逝，诞生，消逝。轮回往复，无止无尽，却又什么都留不下来。

感情是不是也一样？有起有伏，有始有终。诞生，消逝，诞生，消逝。在历史的尽头，一切都被消灭掉，没有什么会留下来。

她忽然觉得伤感，丢下手里的包菜，捂住脸哭了起来。

正在这时，门开了，家行打完球回来了。他恰好看到这一幕，愣了一会儿，丢下网球包，重重地叹了口气。

家行默默无语，陪伟慧一起把晚饭做了。吃了饭，他耐下性子问妻子："你到底怎么了？能不能告诉我，你到底是怎么了？"

伟慧哭了。她说："我也不知道自己是怎么了。或许是，怀孕了人变得敏感了；又或许是，我不知道生活的奔头是什么了。"

家行用一副蒙了冤、受了屈的表情看着她，说："这个家让你不愉快了吗？你觉得我不够爱你、对你不好了吗？小暖，还有你肚子里的孩子，不是你的奔头和希望吗？"

伟慧无言，顿了顿，慢慢地摇了摇头，像是她自己也想不明白自己究竟哪里不痛快。然后她说："我只是希望你能多陪我。"停了一下又说："但我也理解，你需要外出社交。"

家行发出了一声叹息，痛苦又绝望的样子。这样反反复复自相矛盾，他打心底里烦了。他想了想，说："慧慧，我不觉得自己有对不起你的地方。我自认还算是个合格的丈夫。你这么不愉快，我很心痛。"

伟慧却想：生活是这样的，不是"没有对不起你"就可以让你觉得愉快的。两个相爱的人在一起久了，好像就没那么相爱了。两个有良心的人在一起，也不一定就能让彼此感到满意。

家行不想再谈这个问题。他觉得伟慧的心态出了问题。他建议伟慧去看心理医生。

伟慧听到这句，愣在那里。看心理医生？

伟慧不敢相信，她的丈夫竟然叫她去看心理医生。她忧愁地沉默下来，不想跟家行再说下去。

看心理医生，她又想，在家行眼里，她已经成了疯子么？

伟慧终于去找若迷。她余气未消，一见若迷就倒苦水。

若迷二话不说，递给她书报杂志枕头衣服，说："你砸。"

伟慧说："你这是干什么？"

若迷说："让你摔东西，让你撒气，让你降火啊。看你这副急怒攻心的样子，再不泄泄火，恐怕要伤及胎儿了。"

听若迷这样说，伟慧一下子就泄气了。的确，这几个月她过得太郁闷了。满腔负能量不招人待见。

"为了怀这个孩子，我天天闷在家里，弄得神经衰弱了，脾气也坏了。"伟慧难过地说。

"我怀孕的时候还参加剧本讨论会呢，一屋子男人抽烟。"若迷说。

"你怎么能忍？"伟慧佩服又不解。

若迷说："我和孩子都要吃饭，我得工作。再说又不是天天如此，人没有那么脆弱，偶尔吸点二手烟死不了。"

伟慧知道若迷还有半句没说出来，和丈夫吵几句嘴也死不了。

伟慧呆了半晌，说："家里的事琐琐碎碎，并没有什么大是大非。其实，只要家行态度好一点，向着我一点，也就算了。"又说："或者，他若肯多陪陪我，我也不会东猜西想了。怎么说我也是他妻子，我和他的关系才是最紧密的，可他花了太多时间在别人身上。他父母和我们同住的时候，我更有一种感觉，他和他们仍旧是一个家庭，而我是一个外人。一有分歧，他就向着他母亲。我觉得心里不平衡。"

若迷笑起来，"看看，看看，'我和你妈同时掉水里，你救谁？'这种问题就是你这种女人问的。干嘛要让男人来决定你们谁能够幸运地获得他的眷顾？你自己学会游泳不就好了？"

若迷又说："女人和女人争男人的宠爱，不就是因为男人手里掌握着资源么？女人自己好好争口气，掌握资源，自给自足，还用得着与谁争得头破血流吗？粮食也好，感情也好，陪伴也好，都是这样。"

伟慧重重地叹气。

若迷说："好了，你猜此时此刻全世界有多少女人在自怨自艾、顾影自怜？"她又说："笑一笑，世界属于懂得微笑的人。"

伟慧勉强地笑了一下。她现在心烦意乱，觉得人生没有方向。

或者说，此刻她人生的全部希望都集中在她的肚子上。她希望肚子里的第二胎是个男孩。

3

伟慧怀孕六个半月时，公婆再度搬来与他们同住。

婆婆托了个以前的老邻居，那老邻居家有个亲戚在区妇婴保健院有熟人，据说可以提前做 B 超鉴定胎儿性别。

鉴定胎儿性别违反国家规定。如此七拐八绕地托了多重关系，可见婆婆是花了心思，也欠了人情。但伟慧坚决不肯去做鉴定。

若不是男孩，难道还去做引产么？伟慧想。既然无论结果如何都要生，那何必提前知道是否如愿。要万一真的没有如愿，那后面三个月的孕期将在怎样惨淡的氛围中度过，伟慧不敢去想。

寒冬腊月，伟慧临盆的日子来了。正应了墨菲定律所言：如果你担心某种情况发生，那么它就非常有可能发生。伟慧很怕自己二胎生的还是女孩，但偏偏，又是一个女孩。

并且生这个女孩差点要了伟慧的命。

可能由于伟慧在孕期后三个月吃了不少婆婆准备的滋补食物，胎儿长得太大，这次生产不像生头胎时那样顺利。

阵痛持续了一天一夜，伟慧人都虚脱了，孩子就是生不下来。最后羊水都快没了，医生才让她转剖腹产，等于受了两茬罪。

躺在手术室的无影灯下，伟慧怕得要死。切开腹部取出胎儿，这血淋淋的想象令她发抖。只是这一刻，她已精疲力竭，声音都发不出了，只能任由自己的身体被手术刀具操纵。

好在一切终于过去，母女平安。一周后，伟慧带着虚弱的身子和肚子上的一道疤出院了，怀里抱着精壮健康的小女儿。

小女儿的名字依然是周家行取的，叫周小和。

小暖、小和，简简单单的名字，念来好听，写来好看。但伟慧却觉得，姐妹俩的名字都是周家行随便瞎取的，带着明显的敷衍意味。

伟慧还在月子里，就赶上过春节了。如今小和成了"妹妹"，小暖升级为姐姐。大过年的，家有暖和二女，姐姐妹妹，咿咿呀呀，热热闹闹，照理该是非常温馨快活的。可公婆一直冷冷淡淡，虽不至于摆脸色，但也丝毫不开心。当然，这都在伟慧意料之中。

最令伟慧难过的是，家行也没个积极的态度。小和刚出生那几天，他还里外帮衬帮衬，忙进忙出，半夜也会起来帮忙换尿布。可一个礼拜一过，他就明显冷落下去，渐渐什么事都不沾手，倒显得之前那样是虚假的敷衍，一种出于对妻子的道义而扮演的客套。

家里人情绪不高，还有一个原因。他们家这二胎刚生好没多久，国家就出台政策开放了"单独二胎"，也就是夫妻双方只要有一方是独生子女，便可以合法生二胎。他们两个，伟慧是独生子女，这第二个孩子只要晚生一年，那十多万的罚款就不用交了。

为此，伟慧心里难免有些怨言，若不是公婆急着催着要孙子，何至于吃这么大一个亏。公婆也是猜到伟慧心里这层想法，原本就不痛快的心更添一层堵。家行隔在中间，也是百般不舒服、不自在。

春节过后，家行开始早出晚归，说工作忙；难得在家，也不管孩子，最多就抱一抱，逗一逗，不出一分钟，又转头去玩手机了。伟慧能感觉到，家行的心思明显不在孩子身上，不在这个家里。

她这样跟若迷抱怨："我忙着给小和洗澡、喂奶，让他帮着照看一会儿小暖。他就坐那儿，看着好像是在陪孩子，其实就在自己看手机。真不知手机上有什么好看的，比他女儿还好看？小暖跟他撒娇，要爸爸陪着玩，他心不在焉地嗯一句、啊一句。孩子自己抓饼干吃，饼干掉地上捡起来又塞进嘴里，他也不管，眼睛就一直盯着手机看。"

"手机上都是什么呢？"若迷问。

"问他他都不说。有一次我悄悄看了一眼，就是很无聊的小游戏。"伟慧说着叹了口气，"以前他从来不玩游戏的，不知什么时候开始，竟也染上这种恶习。"

伟慧说："我能感觉到，我和家行的感情出了问题。我平时和他说话，得不到任何积极的、建设性的回应。我说妹妹今天笑了，妹妹今天会翻身了。他就是一句

'哦，不错啊'，或者，'哦，蛮好'。"

若迷说："恐怕他心里也是有事。"

会有什么事呢？

伟慧留意起家行的举止，有时也会偷偷查看他的手机。可她找不到任何疑点。手机上干干净净。

然而他们很久都没有过房事了。

伟慧对若迷说："想象一下，连着三个月都没有做过。我们甚至不在一张床上睡。晚上小暖睡小床，我带小和睡大床，家行怕他自己睡得太熟，翻身压到小孩，就在卧室地板上又铺了个榻榻米。"

若迷只好安慰道："这兴许是暂时的，等姐姐妹妹都大点，你可以稍微脱手，有时间发展自己的生活，一切都会好起来的。"

"也许……"伟慧怔怔，"不过想想，现在的生活的确不开心。整天像部没有大脑的机器一样忙碌运转，就为了两个女儿而活。除了她们，我不知道自己还有什么盼望、什么追求。"

她又说："结了婚，生了孩子，生活质量却反而下降，幸福感也下降，和爱人的感情也没有以前好了，这究竟是谁的错呢？"

"不是谁的错。"若迷说，"错的是固有观念对人的束缚。人们还没来得及弄清自己想要的是什么，就跟着别人一起做了所谓的选择。"

"所以，女人即便做了妻子、做了母亲，也还是要有自己的工作和社交，要有自己的兴趣爱好和精神支柱。"若迷说。

"我懂，我都懂。"伟慧说，"可是，真的好难。两头兼顾需要很多很多的时间、很多很多的精力，或者，很多很多的钱。"

4

小和满周岁的时候，周家发生了一件事。

周家行的爷爷病重。原本一直照顾周老爷子的是家行的姑姑，也就是家行父亲的姐姐。姑姑六十多岁，身体一向欠安，此次忽然中风住院，撇下九十岁的老爷子病瘫在床无人照料。家行的父亲便只好把老爷子接来与自己同住。又因为周父周母要兼顾带两个孙女，一直住在伟慧和家行的家里，这小小的三居室里忽然就四世同堂。

伟慧心里自然是有想法，但她忍气吞声。照顾老爷子这事，周母都不说什么，她这个孙媳妇自然更不能发言。

但无论如何，这套公寓是她和家行的房产，到现在他们二人还在一起吃力地还贷。可如今实际使用这套房子的却是周家一家老小。房子本就不大，住了七口人，难免逼仄。整个家里能令伟慧感到舒适自在的地方，也只剩关起卧室门之后，那小小的床铺一角。

结婚这么多年了，伟慧还时常觉得自己在这个家就像个外人。时至这次周老爷子搬进来，伟慧已经不知道这里还算不算是她的家。

这事她自然和周家行说过。但家行说的理由也很充分：老人家日子不多了，九十岁的老人，想和儿孙多住几日，住一日少一日了，想多看看曾孙女们，看一眼少一眼了。家行又说，他自己从小是爷爷带大的。出于人情，出于孝道，他觉得伟慧都不作兴 ① 再说什么。

家行都说"不作兴"了，伟慧只好闭嘴收声。从此，她开始了一段自结婚以来最为压抑的生活。

和长辈的长辈住在同一屋檐下，免不了天天或隔天去请个安、问个好，陪老人家说说话；端茶倒水的活自然也要干。周家行的父亲在家基本手不沾水，每天还是笃悠悠地炒他的股票、听他的戏、看他的战争连续剧。周家行的母亲一人包揽所有家务，上有老、下有小，忙得一刻不停，还要三天两头替老爷子跑医院排队挂号开药。

周家行升了职，工作越来越忙，在家的时间越来越少。而伟慧赋闲在家，周母身上的家务担子有一半落在了她的肩上。

到后来，家行的爷爷病重，反复入院，周母基本二十四小时脱不开手，又是煮饭煲汤，又是煎熬中药，每天跑三趟医院。又因为全家人都不赞成请保姆，照顾两名幼女的事就全靠伟慧自己了。她每天都像陀螺一般转不停息，喂孩子吃饭、吃奶，给孩子换尿布、洗澡，洗衣服，带她们去超市采购，去游乐场玩耍。养育孩子确有乐趣，但更多的是责任，以及束缚。伟慧失去了自我发展与自我教育的时间。

---

① 不作兴：上海方言，意为"情理上、习惯上不许可"。

伟慧觉得特别奇怪，周父周母说是帮忙带孩子才住过来的，可现在的情况却是：周父该怎么清闲还怎么清闲，而周母在忙着照顾自己的公公；家行说是要多陪陪祖父的，可他却基本不着家，回来了也就是去老爷子床跟前说个三五句话，转头又玩电脑去了。

六个月后，周家行的爷爷去世。

家行和他的父亲都陷入悲痛之中，对后续事务全无主张，也不处理，就只会哀愁难过，最多应酬一下周家的几个老亲戚。周母平静地张罗一切琐事，有条不紊，按部就班。伟慧是她的得力帮手。两人轮流守灵、叠锡箔、烧纸钱，联络医院、殡仪馆和墓地工作人员。待忙完前后所有事情，老少两个媳妇都瘦了一圈。

葬礼之后，周父把老人的遗像挂在了客厅墙上，天天祭拜。

这样大一张黑白照片日日夜夜挂在那里，伟慧觉得很恐怖。她私下跟家行抗议，说害怕。家行说："自己的爷爷，有什么害怕的？"

尽管这样，家行还是去跟父母商量了，商量的结果是：遗像不挂墙上了，改为放在客厅的桌上供着。

伟慧看着心里仍然不舒服，却又不好再说什么。家行的父亲把新妇的脸色看在眼里，说："就放七七四十九天。"

可等七七四十九天过去了，遗像却还在桌上放着，供着的水果又换上新鲜的了。伟慧提醒家行，家行说他知道了，会去沟通，但也没见他沟通。伟慧求助婆婆，她觉得这件事情上，婆婆和她该是一个阵营的。婆婆却说，这事得听自己丈夫的，家里的大事，女人不插嘴。

伟慧气结，怎么说这也是她和家行的家。

她又去跟家行说。家行语重心长，要她体谅父亲的心情。家行又说："我从小也是爷爷带大的，你也体谅一下我的心情吧。"

伟慧觉得太怪异了，现在都是新式家庭了，哪户人家长辈过世了儿孙还会把遗像摆放那么久？她感觉自己并不是活在21世纪的大都市上海，而是退回去百来年，嫁入了一个封建大家庭。可她又没占着做封建大家庭女人的便宜，既没分着祖田又没分着祖屋，就连这套百多平米的公寓房子也是她和家行两个人在努力还贷。可现在她在这个家连一句话都说不上。夜里她口渴，起来倒水喝，客厅桌上那张黑白照片里的先人就这么微笑着、阴森森地看着她，似乎在向她宣告：这个家里最有地位的还是他，周家行父亲的父亲。伟慧失眠了。

伟慧想提出让家行的父母搬走，他们自己单过。可她一人照顾两个女儿，还要买菜做饭洗衣搞卫生，确实忙不过来。再者她以后还是打算出去上班的，在孩子上学前，总还是需要老人帮忙。并且等她上班之后，必然早出晚归，说不定还得经常加班，家里的饭也得仰仗老人帮着做。请保姆本来是条出路，但保姆费用高，又很难找到完全令人放心的，一家人早就全票否决过了。

伟慧也想过请她自己的父母帮忙带孩子。可她的父母都是高级知识分子，都还没退休。在大学里教书，退休了还有可能返聘，短期内是不可能腾出空来给她带孩子的。况且她母亲健康状况也不好，长年吃着中药调理身子，也根本无法胜任带孩子的工作。

再者，伟慧根本也没办法跟家行进行有效沟通。自从祖父去世，家行就很消沉，坐在电脑前的时间变得越来越长。他沉迷于那些枪战游戏中的样子就像个除了逃避什么都不会的孩子。

伟慧太失望了。曾几何时，她为家行是个不打游戏的男人感到骄傲、欣慰。可才几年，家行像是变了个人。

这天晚上，家行又在电脑前一坐两小时。伟慧几次进出书房跟他搭话，他都只是敷衍。后来伟慧按捺不住了，说了一句："你能不打游戏了吗？"家行没理。伟慧顿了一顿，加重了语气又说："周家行，我不喜欢你打游戏。"这时，家行口中竟爆发出一个脏字。

伟慧呆了。看看家行，他眼睛还紧盯着电脑屏幕。

屏幕上的游戏主角被打死了，一切黑屏从头再来。家行刚才那个脏字显然是对电脑说的，是对输掉游戏的发泄，并不是针对伟慧。可这也意味着，伟慧的叮嘱也好、抱怨也罢，他都完完全全没听进去。此刻他对自己的妻子是视而不见、听而不闻的。

伟慧知道，家行极少骂脏字。从她十九岁认识他，听他说脏字没超过五回。因此一旦家行骂脏字，伟慧就知道这是他极烦、极不开心的时候，这时说任何话都无济于事。

伟慧便只好收了声，转身离开了房间。

想要脱离公婆单过的想法，也就此搁了下来。

5

金秋十月，伟慧和若迷的一个大学同班男同学结婚了，在外滩和平饭店举行婚礼。伟慧和若迷都受邀前去。

毕业后多年不见的同学们又汇聚一堂，各人都有了些变化。最引人注意的是一位姓金的男生。不知是因为发胖了，还是穿了内增高，抑或因为身边带着个极为苗条的女伴，金某显得比几年前足足大了一号。大了一号的他手牵佳人，高调亮相，逢人就介绍说身边这位是他的"达令"①。这位"达令"模特身材，穿一身金紫色旗袍，裹一条狐毛披肩，钻戒项链闪闪夺目，阵仗吓人，脸蛋看上去却是大学新生的鲜嫩模样，简直把新娘子的风头都抢光了。有人说，这位"达令"并不是金的原配夫人，然而他又并没有离婚。

公开场合肆无忌惮地带婚外情对象出来显摆招摇，金某倒也真做得出。有什么办法？总会碰上些讨厌的人，处处不给你好受。你吃荤菜，他说激素超标；你吃蔬菜，他说农药超标；你结婚，他带个小三来炫耀炫耀。就不怕老同学们嚼舌根，叫他太太知道？恐怕她太太早已知情却又无可奈何罢。大家三三两两悄声议论着。

伟慧想起前不久看一本杂志，有篇文章的标题这样写——"八零后都开始有小三了"。意指时光飞逝，一直作为"小青年"代名词的八零后群体也开始进入婚姻，渐渐步向中年，有了婚姻危机之类的人生烦事。伟慧当时看过，不以为意，现在眼见同龄男生都开始发胖，腆着肚子，带着十八九的姑娘，这才意识到自己马上也要三十岁了。

不管舞台下有怎样的新闻，舞台上自有舞台上的一出。在司仪的主持下，两位新人交换婚戒，热烈拥吻。随后，喝交杯酒，再双双举杯答谢宾客。新郎一副虔诚模样；新娘长裙曳地，走过红毯，将手中一捧粉色玫瑰抛起，惹年轻女孩们嬉闹哄抢，以求婚配好运。场面热闹，气球彩带漫天飞扬，众人鼓掌欢呼，音乐响彻全场。

又一对恋人终成眷属了。一纸婚书、隆重仪式、旁人见证、法律契约，人们需要

---

① 达令：英文 darling 音译，意为"亲爱的"。

这所有的一切提供实实在在的安全感。可是，这些东西真的可以让一对男女永远相亲相爱，永远彼此忠贞吗？

那位带着小情人的金某人，他的婚礼又才过去多久呢？

八点多，婚礼结束。若迷和伟慧踏着满地嫣红的鞭炮碎屑离开饭店。见时间还早，若迷邀伟慧找家咖啡馆再坐一会儿，说说话。伟慧这晚却没来由地觉得不踏实、不安全，想早点回家陪丈夫孩子。

伟慧觉得自己和家行的感情没有以前好了，就是因为这一两年的生活太忙碌，两人的相处时间太少了。他被工作霸占着，她被孩子霸占着。好不容易两人忙完凑到一起，又想各自放松娱乐，一人一台电脑对着看。她打算今晚和家行好好谈一谈，增加一些彼此间的亲密活动，或者出去旅行一次也是好的。就当是，重新恋爱，重度蜜月。夫妻关系也如逆水行舟，不进则退。

刚和若迷道别，坐上回家的出租车，伟慧就听到手机响了。拿出手机来看，竟是家行发来的视频邀请。伟慧感到惊喜，家行好久不曾这样浪漫，主动要求视频。她特地拢了拢头发，深呼吸，对着镜头摆出一个甜美的微笑，然后按了接通。

视频接通之后，画面里出现的却是个陌生女子。

陌生女子染一头黄发，化着浓妆，见了伟慧，稍稍一愣，随即笑道："有位先生把他的手机落在我这儿了。你认识他吧？"

伟慧只觉得脑袋里嗡一炸响，顿时傻了。

"喂？你在听吗？我打开手机找到最近的一位联系人，就拨过来了，也不晓得怎么弄成了视频。你要替他把手机拿回去吗？"

伟慧聚拢心神，艰难地发问："你……是谁？手机怎么会……"

"唉，太啰嗦。手机到底要不要？不要拉倒。"

伟慧连忙说要，当即和陌生女子约了见面的地点，赶过去。

两人在南京路见面。伟慧见到视频中这个打扮妖娆的女子。女子把手机递给伟慧。伟慧一看，正是家行的手机。

伟慧脸色苍白，问女子："你是谁？我丈夫的手机怎么会在你这里？"女子懒懒地回答："我捡到的。"

伟慧奇怪，"你不是说他把手机落在你这儿了吗？若是捡到的，你怎么知道失主是一位先生？你到底是……"

"你是在审问我吗？"女子不耐烦地打断伟慧。

"我好心还手机，你还这么啰嗦，早知不还了。一部手机也值两三千呢，我没得做圣人。"女子说完转身就走了。

伟慧望着对方的背影，露脐装、黑丝袜、长筒靴，引人注目的臀部在短得不能再短的黑皮裙子里包得滚圆，怎么看怎么像那种白天无所事事，天一黑才出来上班的女子。

伟慧重新坐上一辆出租车往家赶去。她觉得事情蹊跷，一路心事重重。

一进家门，伟慧就看到家行坐在沙发里在看电视。再一看，家行身边放着的是一台以前换下来的旧手机。

伟慧沉不住气，直接从包里拿出手机搁到他面前的茶几上。

家行看到手机，愣住了。

伟慧淡淡地说："那个女的给我的，你把手机落在人家那里了。"

"哪个女的？"家行的语气还是自然的，目光却一阵涣散。

"你还问我？"伟慧不看家行，转身去门厅处换鞋、擦鞋，再仔仔细细地把换下的皮鞋放进鞋柜里收好。她背对着家行，若无其事地做着这些事情，努力控制着发抖的手。她保持镇定，不让家行看出她在用很大的力气端着自己，用很大的力气忍着心中的一口气，忍着随时会夺眶而出的眼泪。她不打算逼他，她希望他自己把话说清楚。当然，他也可以不说。他有本事就不说试试看。

就在伟慧关上鞋柜门的那一刻，她的肩膀被家行的一双大手从后面温柔地握住了。"你听我说。"家行低沉的声音带着愧疚。

6

家行自己把事情招了。

他说，前天晚上，一个朋友过生日，约了几个兄弟在夜总会消遣。大家喝多了，玩过火了。手机就是那天丢的。今天把手机送还的，就是那天晚上认识的姑娘。他说他发誓，那晚之后，再也没见过她。

什么那天认识的姑娘，不就是小姐么？不就是娼妓么？伟慧冷着脸，听着家行的诉说，心在滴血。不是说男人和男人的交往应酬就是在一起打打球、打打牌么？什么时候又多了一项：睡睡小姐？

伟慧声音颤抖，问家行："做了没有？"

家行低着头，陷入沉默。

伟慧还是问："做了没有？"

家行还是默然不语。

伟慧就一直问着同一句话："你们到底做了没有？"

家行沉默了很久，终于说："有些事情，是不得已。到了那境地，别人都那样了……"家行点到为止，没有再说下去。

伟慧顿觉胸口闷痛，如万箭穿心。

其实家行不说话，伟慧的理智也猜得出发生过什么。但听到家行亲口说出来，那感觉还是不一样，心仿佛被撕得粉碎。

接着，好像有一双无形的手控制了她，她抓起桌上的花瓶砸到地上。花瓶碎裂的一刻，她哇地一声哭了出来。

小暖小和都被吵醒了。公婆也被吵醒了。

婆婆披着衣服跑到客厅，"怎么了？大半夜的，有话好好说，砸东西做什么？砸的不是自己的钱啊？"婆婆不问缘由先责备伟慧。

小暖小和受了惊吓，在卧室里哭起来。婆婆赶忙去哄两个孩子。

伟慧呆若木鸡地坐下来，眼望着满地的碎瓷片，眼泪无知无觉地快速流淌着。周家行，她爱的男人，她从十九岁就开始爱的唯一一个男人，她的丈夫，竟然与夜总会小姐有染。

在伟慧近三十年的人生里，没有过比这更大的打击了。

"我跟你离婚。"稍稍平静之后，伟慧说。

"好了，是我对不起你。"家行说，"但为了这种事情离婚，你觉得值得吗？都五六年的夫妻了。"

"这种事情？"伟慧看着家行。他这样轻描淡写。

"我请求你原谅我偶然失足。"家行说。

伟慧没有反应。她为"偶然"庆幸，又为"失足"痛心。

家行又说:"这件事上我完全可以撒谎,可以骗你。但我没有。我选择和你坦然沟通,选择认罪。你还要怎么样?"他的意思是,坦白从宽,抗拒从严。如果坦白的结果是从严,以后谁还坦白?

他又说:"我们是夫妻,是一个家庭、一个整体。我是犯了错误,但这种时候你更应该站在我身边,和我一起,携手抵御外敌,来保障我们家庭的稳固。这才是最符合我们利益的,你说是吗?"

伟慧用一种难以置信的目光瞪着家行。她觉得自己似乎听不懂,又隐隐有些听懂了。何为外敌?就是那个越分的、没有脑子的,或说想故意破坏别人夫妻关系的夜总会小姐。他现在要她作为妻子来和他统一战线,一起对抗这名外敌,粉碎她居心叵测的离间计。

伟慧什么都不说了,转身走进卧室。

婆婆哄完两个孙女,又泛泛地劝了伟慧几句,什么夫妻要互相理解,大事化小、小事化了,然后敦促新妇早点睡觉。

婆婆出去之后,伟慧断断续续地听到外面客厅里母子俩的小声争执。婆婆说:"怎么这么糊涂,可别染上病了。"家行很烦躁,说:"行了行了,我也没那么傻。"伟慧心一狠,锁上了卧室的门。

家行这一晚睡在客厅沙发。

儿子睡了一晚沙发,婆婆见了心疼了,第二天就教育新妇:"有些事情,没有实际损失,睁只眼闭只眼就算了。"

"他背叛了我,还要我理解他。"伟慧噙着泪,眼神游离,"他要我和他统一战线,去原谅他的背叛。我不懂这种逻辑。"

"唉,他也是为了这个家好啊。"婆婆说。

"为了这个家好?那他还去那种地方,做那种事?"

"唉,往开了想,不就是花天酒地了一回嘛,那也是朋友间的应酬需要,不得已啊。就当他在外面吃了一顿路边摊好了。路边摊是不卫生,但吃都吃下去了,怎么办呢?吃过一趟就长记性了,以后不再吃了,不就好了?总比那些在外头嗑姘头的男人要好吧?总比那些天天搓麻将赌博的男人要好吧?"婆婆说。

伟慧呆住了,发现自己和婆婆根本就无法沟通。她怎么不拿她儿子和抢劫犯比、和杀人犯比？

婆婆又说："他是不好。我已经骂他了。他要是敢再犯，我没他这个儿子。但你总归是我儿媳妇，是我孙女的妈妈。心里再别扭，日子总得往下过。想想小暖跟小和。哪怕为了她们，也别再闹了，啊。"

这时公公也来帮腔："慧慧，我看这件事就到此为止吧。家行不过是犯了一次所有男人都会犯的错误。你原谅他，他不会再犯。"

婆婆便借机打岔，"啥所有男人都会犯的错误？老头子你这话啥意思？你有啥事体瞒着我，没让我晓得？讲讲清楚。"

公公便哈哈一笑道："都几十年的夫妻了，你还来劲。"

婆婆笑嗔："别以为老夫老妻就可以蒙混过关。你要敢不检点，我照样叫你跪搓衣板。"

话题无端就被扯开去了。事情的性质被偷换了概念。伟慧看着一唱一和的公婆俩，只觉得可笑，默默转身回房间去。

这天晚上，家行破例很早回家。婆婆煞费苦心地做了一桌好菜。

伟慧一直没什么表情，也不与人说话，只是沉着脸，闷头吃饭。

饭桌上婆婆再次打圆场，对儿子说："家行，慧慧有大量，这件事就算过去了。但你记牢，以后不许再有这种事。我都跟慧慧说了，你再有不清不爽的事，我有她这个儿媳妇，没你这个儿子。"

家行没说话，含糊地"嗯"了一声算作回答。

"唉，你说你，从小聪明、读书好，品德也好，慧慧当时看中你不就是因为这些吗？连你也犯糊涂，真要好好检讨。社会这个大染缸啊，害人。人一进去，一不当心就学坏了。以后你交朋友也要长个心眼，不三不四的人不要来往。"婆婆还是避重就轻，袒护儿子。

家行这时放下筷子，看着伟慧，严肃地说："好了，既然妈妈说到这个份上了，今晚我就在饭桌上把这事给了结了吧。慧慧，我们在一起这么多年了，我就犯了这一次错误，就这一次对不起你。我已经跟你道过歉了。现在我再正式地、诚恳地向你道一次歉。童伟慧，我的妻子，对不起。我犯了严重的错误。但我爱你，想跟你长长久久地在一起，所以我请求你，原谅我，好吗？我会改正的。就让爸妈和孩子做我的见证。让我们尽释前嫌，继续在一起好好过日子，好吗？"

伟慧木着脸，还没来得及有什么反应，婆婆就紧接着上去说："哎哟，认错的态度倒真是好，就希望你能说到做到。"

"家行一定是说到做到的。"公公这时发话，拍了拍儿子的肩。

家行看伟慧一眼。伟慧没有什么表示，既没有接受道歉，也没有再发作，只是平静地吃完了饭，端起碗筷去水池里洗。

7

这事算是告一段落了。但谁都知道，伟慧没有走出来。

若说从前她在这个家里并不快乐，但至少从容、安静。而现在，她动不动发脾气，为的却都是些小事。伟慧的脾气自然不可能冲着公婆发，往往是那些打广告电话的、送快递的、收水电费的，吃了伟慧的火药。伟慧对两个女儿的态度也不好，一点点小事就训斥。

于是家里人都明白，伟慧心中的怨气没有散尽。

这一天，伟慧又因为小暖自己偷偷拿了柜子里的糖果吃而大发脾气，说女儿小小年纪不知跟谁学的，偷吃东西，当心牙齿蛀掉。

说者无心，听者有意。公公终于按捺不住发话了："慧慧，自从家行做错那件事，你在这个家里就没个好脸色。现在这个家人多，事情也多。家行工作忙，我们老人帮你带孩子、做家务，也不容易。你就不能稍稍控制自己的情绪？家行的问题我们已经骂过他了，他也道过歉了。你又何必非要抓住不放，乱上添乱？"

乱上添乱。公公作为一家之主给她定了罪。伟慧这时才发现，公公有一副极为傲慢的唇角，家行隐约继承了那轮廓。

晚上，伟慧关起卧室的门来跟家行交涉。

她说："你爸这样说话算什么意思？是我在给这个家添乱？他不想想是谁先添的乱，是谁先弄出事情来的。"

家行说："我都认过罪道过歉了，你还没完了？"

伟慧说："一码归一码。今天的事是今天的事。你爸妈就是处处看不惯我。我说句话、叹口气，他们都要拿去做文章。"

"你爱怎么想怎么想。我累了，吵不动了，我要睡了。"家行说完蒙头睡去，再也不理伟慧。

就这样，家行又开始与伟慧冷战。

伟慧心里清楚，自己是有些"作"，但她就是忍不住。她觉得心里总有一口气堵在那里不顺畅。不这样一次次发作，不能平衡。

这天早晨，伟慧醒来，一看才六点，家行已经不在家了。他这天是要上班的，但往日他从不会这么早起床，这么早出门。

伟慧心中不安，给家行打电话，他关机。反复打，还是关机。无奈之下，她给家行的一个同事发信息，问家行今天有没有去上班。

同事回答："他来上班了啊。"

伟慧又问："他手机是否没电了？为何关机联系不上？"

同事却答非所问："他好像去吃午饭了。"

伟慧心头突然生出一股恨意。她恨家行这副若无其事的样子，恨他每每和她吵了架，开始了冷战，还能正常地去上班、吃饭。

他一点都不在乎她的情绪和感受了。

这么多年的感情了，竟会变成这样。

他竟然和别的女人有过那样的事了。伟慧的情绪又开始反复，又开始翻江倒海。想着想着，她又哭了。

当初两人在一起，凭的是对爱与婚姻的一腔天真信心。可现在还有什么在支撑两人的关系？除了责任，就是责任。可他把责任放在了哪里？他和别的女人在床上翻云覆雨的时候，他的责任在哪里？

伟慧情绪再度崩溃，只能去找若迷。她把整件事情前前后后都对若迷说了。她说家行表面认了错、道了歉，心里却仿佛有了气焰，好像在说，他都认错了，事情就该结束，她应该高兴起来、必须高兴起来。若她还是别别扭扭不高兴，那么错的就是她了。

她说："我甚至有一股冲动，想把事情告到他单位去。只有这样才会引起他的重视，只有这样才能制住他。"

"你又为何要制住他呢？"若迷说。

"因为他是我丈夫。"

"他是你丈夫又怎样呢？你们还是平等的公民。你没有道理因为他的私生活问题而去他的工作场合毁坏他的声誉。私事就应该在私人领域解决。你闹去他的单位，对你自己也没有任何好处。"

"我不需要什么好处。"伟慧说，"我只是要出这口气。"

"你太感情用事了。"若迷说，"闹去他的工作单位，是一种野蛮报复行为。你不能用感情来使野蛮行为合理化。"

"不，不，你别说了。事情没有轮到你，你不明白。"

"我有什么不明白的？男男女女，花开花落，世间无非这些事。不要把任何一件事看得太重，伟慧，重到它能伤害你的地步。最重要的是你自己。你得给自己争口气。你不能做这样丢人现眼的事情，以爱的名义都不行。以爱的名义做任何过激的事情，那就不是爱。"

听了若迷这一番话，伟慧再度落泪。

若迷说："平静下来，不要渲染自己的悲伤，那对你没有好处。理智一点，接受事实，往前看，往前走，前面的路还长着呢。"

伟慧不作声，静下来，过了许久，呆呆地说："恐怕我与他之间，是早就没有爱了。"伟慧的眼睛很空洞，整个人软弱无力。

若迷看着觉得心疼。十年前那个明媚漂亮的少女，眼睛里盛满自信、快乐与骄傲。那个少女哪里去了？

若迷做了丰盛的晚餐招待伟慧。六七岁大的李悦农已经像个小男子汉，很会照顾人，一直给伟慧夹菜，请伟慧阿姨多吃。

伟慧看着面前这母子二人，感激、感动、感慨万千。若迷独自一人，把生活打理得这般好。反观她自己，在一个大家庭中迷失了。

饭后，若迷邀伟慧到阳台闲坐，煮了一壶好茶，与她细细聊。

若迷说："其实，有时候男人参与了那种事情，也不是为了得到那点生理快乐，而是为达到一种心理上的感受。还有很多时候是身不由己，陪领导、陪客户、陪兄弟。别人都做你不做就会被排挤，生意谈不成，领导不高兴，兄弟看不起，等等等等。男人需要被男人认可、接纳、尊敬。男人尤其想在男人面前表现得像个男人。"

伟慧嗤笑道："非得做了那件事，才能在男人面前显得像个男人吗？荒唐。"

若迷说："是荒唐。但这荒唐根植在我们的两性文化中，非一朝一夕可以改变，也不是某个个体可以跳脱出来的。"

"所以做妻子的就该忍受男人的这种荒唐吗？"伟慧说，"所以女人就该逆来顺受吗？是，逆来顺受，这一向是女人的美德。"

"不是的。"若迷说，"美德就是美德，丑德就是丑德，不存在双重标准。如果'逆来顺受'在男性身上不是什么美德，那么它在女性身上也绝不是。"

若迷说："我没有说你应该逆来顺受，而是说，你应该更加冷静、客观地理解这整件事，理解人性。也许，当你理解了人性，你就会真正地原谅他。更重要的，当你拥有了理性客观的视角，你就不会因为别人的错误来惩罚你自己了。任何时候，哪怕心里再难过，你也要做自己理智的主人，知道什么可以做、什么不可以。"

回家的路上，伟慧一直在思考。

你又为什么非要他向你认罪服输？

你们终究是两个独立的人。婚姻不过是你们之间的一份契约，甚至只是一份有关经济责任的契约，无法限定其他。

你永远无法阻止这份契约中的另一方去爱别的人、吻别的人。

你能做的，要么是忍受他、理解他，与他共存；要么，就拿上法律将会判给你的经济补偿，然后离开他。

是的，不过就是这样而已。

不过，就是，这样，而已。

一瞬间，伟慧为自己此时的冷静、甚至是麻木，感到震惊。

而下一秒，她忽然看清了什么。是的，她看清的是她自己的心。她，好像不爱家行了。她好像不再爱他了。不爱了。

就像很早以前若迷曾说过的，当一个女人不再尊敬、仰慕一个男人的时候，她是不可能爱他的。

其实自从她知道家行与夜总会小姐的事之后，她的心就已经死了。

而之后哭哭闹闹、争吵指责，要他忏悔道歉，不过是她骗自己，让自己以为这一切还是重要的、值得挽回的；她在骗自己，让自己以为对这一切还是在乎的，她还是爱家行的。

但这一刻，她再也骗不了自己，再也骗不下去了。

她知道一切都已经无法挽回了。他们回不去了。

她对他不再尊敬，不再仰慕，又怎会爱呢？心中只剩下嫌弃、鄙夷，甚至是厌恶，又怎么爱得起来呢？

不爱了。爱了十年，然后不再爱了。

她的心被这又快又锋利的念头刺痛，一阵紧缩。她放在大衣口袋里的双手紧紧捏住衣服的料子。两行泪从她的眼眶中滚落下来。

天色漆黑漆黑的，没有月亮和星光。

路灯把她的影子拖得老长老长。

她不再爱她的丈夫了。

她的丈夫也不爱她了。

那他们的婚姻里，还剩下些什么？

亲情？责任？习惯？或是必须维持的体面？

8

一切趋向平静。伟慧和家行，又开始正常过日子。

心中清朗无碍，便不会执着于一个特定的结果，或是某种特定的状态。若迷曾说过，相爱的人不一定要结婚，婚姻不一定要有爱情。好的婚姻不过像经营公司，夫妻双方各司其职、各取所需。

可是，伟慧想，她和家行的婚姻，原本是有爱情的。是爱情带领他们最终走向婚姻的，难道不是吗？

那么，这十年的共同生活是如何一点一滴消磨掉了两人的爱情？

生活平静归平静，伟慧与家行似乎言和，不再争吵，但两人都明白，彼此之间有了嫌隙。一种疏离感日夜弥漫在他们的生活中。

家行的手机经常接到陌生号码的来电。伟慧知道那个小姐还在试图联系家行。也许那个小姐爱上了家行，也许还手机一事就是她故意策划为之。这个世界的规则总是那么容易被打破。一个婚姻外的女子是不需要对他人的婚姻负责的，所以能够肆无忌惮、任意妄为。

但伟慧不想管了。她也不知该怎么管。她心里很清楚，家行是不可能为了一个风尘女子而放弃家庭、放弃她的。可他毕竟已经背叛过她，如今又这般消沉。她觉得没有意思，也没有话再想对他说。

就这样，伟慧进入了一个无言的阶段，经常做着事情就走神，经常一个人坐在窗边发呆，沉默而无望。

这样一来，家行又觉得心里毛里毛躁了，觉得伟慧好像在无声抗议什么，觉得事情在伟慧那里没完没了，于是他动辄找茬发火。

女人唠叨，男人沉默，这几乎是社会常态。男人自觉沉默是优秀品质，非常厌烦女人唠叨。可一旦女人沉默了，男人却开始害怕。

家行脾气日渐暴躁，正是因为他害怕伟慧的沉默。

又一次，为了一件琐事，家行认为伟慧故作冷淡，是在甩脸，于是发起了脾气。两人争执了几句。家行在气头上，顺手抓起桌上的一样东西摔了，摔完才发现，地上碎裂的是他们的结婚照。

伟慧受不了了，呜地一声哭了出来。

公婆看不下去了，让他们要吵出去吵，不要当着老人和孩子的面吵。见家行和伟慧都不动，他们带着两个孙女出门去了。

伟慧内心崩溃，给若迷发信息，问她可否来陪伴自己。

若迷收到信息说马上就来。家行因为砸坏结婚照，内心愧疚，冷静下来之后，抱着头思考许久，然后向伟慧道歉。伟慧也不理睬。

若迷来了，伟慧还坐着发呆。倒是家行起身招待若迷。

家行招呼若迷坐下，便说："你们聊，我出去了。"

若迷说："你别走。我是来劝架的。三人一起坐下把话说开吧。"

坐下后，家行问伟慧："我究竟哪里让你不满意？"

伟慧摇头，"也许不是你的问题。也许是生活本身出了问题。"

伟慧说："自从我们的爱情消失，我觉得每天的生活都没有什么意义，人只是麻木地活着，身不由己地被包裹在生活的洪流中。"

家行重重地叹气："你究竟在说什么？我听不懂。我们的爱情消失了吗？我还是爱你的啊，难道你不爱我了？"

"不，不，家行。我们不在一个频道里。"伟慧说，"你说的爱和我说的爱并不是一回事。"

伟慧说话只看着面前桌子上的一小块地方，像是对着桌子说。

若迷和家行互相看一眼。他们都有这种感觉：伟慧有抑郁倾向。

若迷太了解伟慧了。从小到大，她了解她一切的盼望、失望、她的自我挣扎，还有她的痛苦。她不忍看她这样沉沦下去。

她说："伟慧，在我看来，家行的态度挺好的。你们每天在一起生活，矛盾冲突难免，彼此多些理解和宽容，日子容易过。你俩不妨外出旅行一段时间，交些新朋友，一切都会好。"

伟慧听了却只是笑笑，像是根本提不起劲头去做任何事情。

过了片刻，她说："旅行也好，交朋友也好，都只是幻觉，治标不治本。我最最在乎的东西已经一去不复返了。"

家行正要说什么，电话却恰好响了。是公婆打来，问两人吵完了没有，说他们带两个孙女去家颖家吃饭了。

家行挂了电话，颓然怔了一会儿，像是在反思这整个局面究竟是谁的过错。待回过神来之后，他对伟慧和若迷说："若迷留下来吃晚饭吧。我来做饭，你们想吃什么？"

婚后家行下厨没有超过三次。此刻他忽然说要做饭，伟慧觉得意外，同时也感到一阵久违的温暖和释然。她的情绪回转过来。

若迷趁势说："好啊好啊，伟慧爱吃银鳕鱼，我想吃咖喱牛腩，再炒个菠菜，怎么样？我还可以贡献一个拿手的番茄土豆汤。"

于是家行去买菜，回来后在厨房劳作。若迷也上去帮把手。伟慧在一旁看着，她的丈夫和她的闺蜜，这样忙碌，为了叫她高兴。

于是她高兴起来。三人在一起吃了一顿愉快的饭。

饭桌上，若迷说："家行，你是男人，是丈夫，是父亲，就多体谅些。伟慧现在是全职妈妈、全职太太，或许你现在赚得不少，但你切不可骄傲。伟慧对这个家的付出是无法用金钱计算的。"

家行笑，"我知道，我知道，若迷，我也是读过书的人，这些道理自然明白。我从没有在经济方面亏待过慧慧。再说家务我也做的。你看我今天又买菜又做饭，手艺还娴熟吧？"

若迷说："娴熟？看你手忙脚乱的样子，要不是我帮忙，你鱼都煎糊了。就你这样，一年也就下这一次厨吧？你自己说说，结婚至今，你做了多少顿饭？伟慧又做了多少顿饭？你扫了多少次地？伟慧又扫了多少次地？若说你上班，伟慧带孩子又何尝不是付出？"

若迷这般能说，伟慧都忍不住笑了，叹口气，淡淡地打圆场，"好了好了，你到底是不是来劝架的啊？"

家行笑道："没事没事，若迷不是外人，畅所欲言是好的。那若迷帮我和慧慧做个家务明细表，以后家务劳动对半分配可好？"

若迷笑道："好啊，乐意之至。"

家行摇头苦笑，"你们这帮女权主义者。"

若迷说："抬举了。我哪是什么女权主义者，伟慧就更不是了。"

家行说："是，是，真正的女权主义者都在外头忙着抗议男女厕所比例不公，号召女人们占领男厕所。"

若迷说："对，还忙着咬文嚼字，说'农民伯伯'和'警察叔叔'这类词汇涉嫌性别歧视，无视了广大女农民和女警察。"

家行和伟慧听了都笑起来。

若迷又说："我倒觉得，那些在网上打嘴仗的所谓女权者应该去提倡文字改革。比如太阳这个词，太字下面一点指的是男性生殖器，阳字在古代本就指代雄性，用太阳二字来命名一颗恒星，简直就是赤裸裸的男权文化。她们应该去修改词典，把太阳改成'大阴'。"

家行和伟慧哈哈大笑。若迷的幽默让他们开怀。气氛很好。

笑完之后，伟慧心里明白，若迷看似反讽，迎合家行，实则心里有明朗的一杆秤。本质上她就是个女权主义者，但她是行动派，并且以身作则，从不喊口号或参与网上那些无意义的口舌之争。

饭后伟慧送若迷下楼，感谢她登门，化解矛盾。

若迷对伟慧语重心长，"我今天这样来搅和一番，也只管得了两星期。长久的和谐，还要靠你们二人自己。"

她说："要使两人的关系长期和谐稳定，两人必须平衡、平等。要达到平衡、平等，首先你要成为一个和他平起平坐的人。具体的做法就是——像他一样投身于工作和个人事业。"

若迷建议伟慧，等小和上幼儿园后，出去找一份工作。

三十岁，还是可以在职场上有所作为的，若迷说。

伟慧拥抱若迷，衷心感谢她。她亦下定决心，开始振作，尝试和家行修补关系，同时准备发展自己的工作和个人生活。

送走若迷后，伟慧回到家，见家行已把房间收拾干净，洗了澡躺在卧室的床上等她。

两人很久没有过房事了，自从家行和夜总会小姐的事情之后，就没有做过。家行今天的样子显然是在邀请她。

伟慧犹豫之后，走进浴室洗澡。

在蒸汽弥漫的浴室里，伟慧想通了。日子要过下去，必然要放下芥蒂，过心理上这一关。也许过了这一关，一切就可以回到从前。

气氛还是很好的，没有想象中的尴尬。整个过程，伟慧控制着自己的思绪，没有去想象家行和另一个女人在一起的画面。家行显得十分热情投入，仿若回到两人新婚的时候。

做完后，家行抱着她，两人慢慢说着话，谈起一些对未来生活的想法。伟慧说她想出去找工作。

家行沉默着，没有说好，也没有说不好。

伟慧又说："我希望能够兼顾家庭和事业。"

家行还是沉默，过了片刻，说："你自己想清楚便好。"

伟慧松了口气，她庆幸家行没有说出"家庭就是女人的事业"这句话。但她并不知道，家行心里想的却正是这一句话。

伟慧说："若迷和我从小一起长大，但现在，她是我的榜样。她就能够兼顾家庭和事业……"

家行用鼻子发出一声哼笑，打断道："她哪有什么家庭？"

伟慧看家行一眼，说："一个母亲加一个孩子不能算一个家庭吗？单亲家庭不能算家庭吗？你太狭隘了。"

家行笑笑不说话，懒得争辩、让你三分的意思。

伟慧又说："无论如何，我喜欢若迷。她很能干，很理性，总是能够控制自己的感情，从来不会失控，她也总是知道自己要什么。"

家行不以为然，淡淡地说："她只是很会找理由，去否定自己无法得到的东西。"

伟慧愣住。在家行眼里，他自己这样的男人，以及他所能提供的婚姻生活，就是若迷无法得到并一再否定的。

家行又说："我知道她，读了几本波伏娃，就看不起别的女人嫁作人妇做全职太太了。说什么做妻子辛苦，做新妇不易，说得好像她不用一日做三餐给自己和孩子吃一样，说得好像她的儿子没有那么多衣服要洗、尿布要换一样。房租水电、吃用开销，哪件不需要她亲自过问操心？我就不信她活在仙境里，不结婚就免除一切劳役。没有男人和老人帮她分担，她只有更辛苦。"

他又说："若说与公婆相处难，与社会上的人相处就不难了吗？家里人再难相处也是家里人，不会害你。到社会上，都是人吃人。她一个女人，要自己赚钱养家，单打独斗，有得苦了。那些苦你是用不着吃的，因为你有我。我知道，她是你好朋友，你们无话不谈。但你只看到她风光潇洒的一面，没看到她生活有缺陷的一面。她午夜寂寞哭泣会同你说吗？讲真的，李若迷这样的女人其实很可怜。"

谁又不可怜？伟慧想，不过各自选择、各自承担罢了。但在这样的场景、语境下，她不好再反驳丈夫，只好不由自主地点了点头。

第二天晨起，家行去上班。出门前他抱了抱伟慧，是一个拘谨而略显潦草的拥抱，像一种拙劣的模仿，模仿他们新婚时期的甜蜜。

伟慧决定外出找工作。

9

伟慧在网上投了十多份简历，等了一星期，却只收到一份面试通知。通知她的是一家私营公司，做装潢设计与工程的。

伟慧穿上原先上班时穿的职业套装，前去面试。

她应聘的职位是行政经理。到了公司，面试她的却不是人力部领导，而是公司老板，廖德忠。伟慧跟着别的员工，叫他廖总。

廖总四十多岁，沉稳老练，略显沧桑，穿带 logo 的名牌 T 恤，戴一副半框眼镜，镜架上有一行显著的 Cartier 标识。伟慧由此知道，这位廖总是希望别人知道他有钱的。

一个典型的中年老板，看得出平时是威严的，对伟慧倒是很随和。他问了伟慧一些问题，得知她已是两个孩子的母亲，"噢"了一声，像是惊讶。他说："真看不出来，你看上去只有二十五岁。"

伟慧笑了。紧接着她意识到，这种含羞垂眸的腼腆笑法是她十年前的。

廖总对她说："你的条件和综合素质是不错，工作经验也有，只不过，你来我们公司的话，待遇不会很高，肯定没有你在保险公司的收入高。而且我们是私人企业，还在发展期，员工们都很拼，有时忙起来上下班没个准点，你要照顾孩子，行不行？"

伟慧说："应该行的，我公婆可以帮我看孩子。"

廖总又说："没有别的意思。我是很欣赏你的，也很希望你能来工作。只是我们这儿经常要加班。你毕竟有两个孩子，怕你太辛苦。"

伟慧也是在社会上历练过的，知道这话说出来就是婉拒的意思。

于是她说："那好的，我知道了。"她抬眼看廖总，想与他告辞，却在猛然间，从他的神色中察觉出了别的意思。

她想躲开他的目光，却已来不及了。他的目光捕获了她。

伟慧还在回家的路上，廖德忠已经发信息给她，应是从她的简历上找到的电话号码。

廖德忠的短信开门见山，直截了当地说：我非常喜欢你。

尽管没有人在身边，伟慧的脸还是刷一下红了。她的直觉应验了。她只是没想到他会表达得这么迅速、这么直接。

这种事惹不得。伟慧打消了去这家公司工作的念头。

但廖德忠的眼神却留在她脑海中挥之不去，那条短信也反复出现在她眼前。"我非常喜欢你。"有多少年没人对她说过这句话了？

伟慧回到家，家行问她："面试如何？"

伟慧说："还可以，是家私企，做装潢设计的。"

家行说："去的可能性大吗？"

伟慧支吾了一下，说："他们老板对我印象不错，但我不想去了。待遇不高，工作环境也不好。"

家行说："那就算了，慢慢找吧。找不到也没关系，就在家歇着帮帮忙，我妈一个人带两个孩子也确实辛苦。"

伟慧"嗯"了一声。

片刻后，她又回想了一下刚才对家行说的话。她并没有撒谎。

但，也没有完全说实话。

"我很喜欢你。"她又想起了廖德忠发给她的短信。

上一次手机上收到这样的短信，是十多年前了。她没想过三十出头的已婚女人还能得到这样的待遇。

拒绝他。一定要拒绝他。她在心里想。可她又想：他要求什么了呢？他什么要求也没提啊。那拒绝他什么？

伟慧失眠了一夜。

伟慧心里藏不住事，约若迷出来，说了此事。

若迷说："他就发了条信息说他喜欢你？"

伟慧说："是的。"

"那之后呢？"

"什么之后？"

"就是他说了之后有什么动静吗？"

"那倒没有。"

若迷笑了，"有些男人啊，他的泡妞手法就是说'我喜欢你'，然后就没下文了，等着你自己往上扑。"

伟慧羞恼，"说什么呢你，谁要往上扑啊？"

"谁说不是呢？你看看，他不过随便往手机上打几个字，说不定还不止发给你一人呢，你就在那儿惦记半天。他没来下文，你还忍不住思前想后，为之失眠，可不就让他得逞了？"

伟慧不作声，心里隐隐觉得若迷说得对。

若迷又说："'我喜欢你'，这种话有什么意义？又不是十六七岁的纯情少年。四十多岁的已婚男人讲这种话，好不好笑？"

伟慧笑了。

若迷接着说："什么'我喜欢你'、'我欣赏你'这种话，都听过算数。下次再有男人跟你这么说，你就回答他，我也挺喜欢我自己的。"

伟慧笑着，点了点头，末了长叹一声。

伟慧打算忘记这件事，继续投简历找别的工作。可没过几天，廖德忠打来电话，说想请她喝咖啡。

拒绝他，一定要拒绝他，伟慧在心里想。

廖德忠在电话那端听出伟慧犹豫，说："主要是想和你再谈谈你工作的事情。我真的非常欣赏你，希望你能够赏脸。"

一家公司的老板，把话说到这个份上了，伟慧觉得自己不能再驳他面子。于是她说："那……就谈一下吧。在哪里？"

廖德忠说了一家咖啡馆的地址。咖啡馆的名字叫"小花"，位于领馆区附近。听名字就不像是谈工作的地方。但，姑且听听他会说些什么吧，就给他一杯咖啡的时间，伟慧告诉自己。

伟慧坐公交车来到"小花咖啡馆"。

她在街对面下了车，隔着马路看到那栋古旧的红砖小洋楼。小楼在梧桐的掩映之下，显得极富浪漫情调。

恰逢此时，一辆黑色奔驰车徐徐驶到它门前停下。一个男人下车来，正是廖德忠。他穿着白衬衫和休闲西服，没有系领带，举止雍容不迫，走进咖啡馆前抬腕看了看手表，摘下了墨镜。看上去是个优雅洒落的风流商人，亦是个气质沉稳的中年大叔。

伟慧远远看着，有了一瞬的恍惚。然后她明白了，自己是太寂寞了，或者说，生活缺乏目标与激情，所以任何微小的出路都好似通天大道，任何幽暗难辨的路径她都想鼓起勇气去走一走、看一看。

10

小花咖啡馆内十分幽静，二楼雅座只有他们一对客人。

伟慧在廖德忠面前坐下的那一刻，廖德忠看着她，眼中的光芒专注而炙热，如同青春少年看着恋慕的约会对象。伟慧始终避着他的目光，低头装作研究饮品单，然后点了中规中矩的卡布奇诺。

服务生离开后，两人之间有过那么一瞬的冷场和尴尬。但很快，廖德忠找到话题，调和气氛。毕竟是四十多岁的男人，又在外面做生意，驾驭这样的场合自然如鱼得水。

伟慧一直是淡淡的，不主动说话。他问什么，她答什么。

她眉眼低垂，就看着自己面前的一小摊地方，一双手安静而谦卑地握着放在膝头的小皮包上。

廖德忠说："你看起来总有些郁郁寡欢。"

伟慧牵动唇角，说："也没有，我只是不知该说什么。"

两人的生活背景大不相同，可以聊的话题并不多。

廖德忠问伟慧平时有些什么爱好。

伟慧说："就看看书，看看电影。"

廖德忠说自己喜欢户外运动、自驾穿越，曾驾车去西藏，最近在练习太极拳，可以健身，也可以搏击。

伟慧听了便微笑。他和她不是一个世界的人。两人年龄相差了十二岁，隔了半代人，或许也可以说有代沟。

但不知为什么，她在他身边感觉愉快。他身上有一种淡定通透的气质，一种阅尽沧桑后的练达，令她诚服。

一杯咖啡喝完，廖德忠又给伟慧添了一杯热巧克力。但他还是没有提到工作的事。

伟慧这时忍不住了，问道："你说找我是要谈谈工作的事？"

"嗯，是。"廖德忠说，"我希望，你能来我的公司，这样我每天都能看到你。"

这依然不是在谈工作，伟慧当然明白。

可同样一句话，换一个人说出来也许就显得猥琐下流。但廖德忠却不知为何能说得这般大气磊落。

伟慧低下头，没有接话。她听见廖德忠又说："我知道你有困难，我不奢求。其实，只要能常常见到你，我就觉得满足了。我甚至愿意付你薪水，你不必按时来上班，只要在你得空的时候，来见见我，就像现在这样，面对面坐着，说说话，便已很好。"

听到这里，伟慧警惕起来。他在邀请她进入一种带有颜色的关系吗？他在暗示两人关系的走向吗？

伟慧即便单纯，也不会单纯到相信一个男人会愿意支付薪水仅要求一个女子陪他喝咖啡闲聊，哪怕他再喜欢她。

伟慧还是低着头，没有回应。热巧克力喝得她面若桃花。

廖德忠见伟慧面前的马克杯又空了，又为她叫了一客草莓蛋糕。伟慧忙说不要不要，吃不下了。廖德忠给了她一个微笑的眼神，夹杂着霸道与宠溺，父亲对女儿那样。没有女人抵得住这样的一笑。

待草莓蛋糕吃完，天色也黑了。

伟慧说："该回去了，家人等我吃晚饭。"

廖德忠点点头，未再多言，扬手叫服务生来买单。他的目光仍执着地停留在伟慧身上。这一整个下午，他的目光没有离开过她。

伟慧觉得自己脸颊滚烫，除了低头，还是低头。

走出咖啡馆，廖德忠说要送伟慧回家。

伟慧忙说："不了，谢谢，我打车很方便。"

"下班高峰，路上哪有空车？"廖德忠俯首看着伟慧，是王子看灰姑娘的眼神，不过是个老王子，"还是让我送你吧，别见外。"

如何不见外？才第二次见面。第二次见面就上男人的车，是什么样的女人？童伟慧一定不能做这样的女人。

"真的不用了。太麻烦你了。"伟慧听见自己的声音在说。可她的脚却分明迈不开步。

"一点都不麻烦，顺路的。"廖德忠替伟慧拉开了车门。

华灯初上。黑色奔驰车轻盈地驶上了高架路。

车厢内温度宜人，环境舒适，柔软的真皮座椅承接的却是伟慧的紧张与不安。封闭空间内，她感受到身边驾车男子的磁场与气息，剃须水的淡淡清香隐约弥漫，混合着烟草的味道。这一切，与家行的气场完全不同。家行，她想到了家行，她的丈夫。如果此刻家行看到这一幕，看到她坐在别人的副驾驶座上，不知会作何感想。

她深吸一口气，闭上了眼睛。不再去想如果，不再去想万一，也不再去想自己是否有罪。车窗外的繁华俗世此刻与她无关。她只想安静地走完这段回家的路途。以后，也许，再没有这样的经历。

一路上，两人都没有说话。高架路上，汽车高速行驶，速度产生的窒息感带来某种幻觉。有一瞬间，伟慧忽然希望时间停住，好让她仔细地、真切地感受这荒诞却令人心动的奇遇。

下了高架，却又陷入一段拥堵，车走走停停。在一段小路上，前后堵得水泄不通，车被迫停下。小路灯光昏暗，车内更为幽暗。廖德忠忽然发出一声轻轻叹息，伸过手来，握住了伟慧的手。

伟慧惊得说不出话。她下意识地抽自己的手，廖德忠却用上力道紧紧握住，不让她逃脱。她惊慌地看向他，正撞上他的目光。他的目光深邃镇定、毫无躲闪。两人目光胶着的一瞬，他用力捏了捏她的手指。他的手很厚、很热，手掌宽大，略为粗糙，与家行修长而骨节分明的手很不一样。伟慧感受到这种陌生的刺激，心神恍惚，待回过神来，她再度用力，抽出了自己的手。"你不要这样。"她说。

她表面上还在硬撑、在羞恼，但她内心的沦陷已昭然若揭。

廖德忠是什么样的人。阅人无数的他立刻知道，面前这个女人已是他捕获的猎物。于是他不紧不慢，重新拉过她的手，轻轻握住，说："我真的很喜欢你，伟慧。你知道吗，从我们第一次见面，我就一直在想你。今天我一直都在看你。你让我找回了初恋的感觉。"

伟慧呆住了。就连家行都不曾对她说过这么热切的情话。

他又说："茫茫人海，感情可遇不可求。我们一辈子也许会遇到很多人，但大部分都是和自己没有关系的人。你不一样，伟慧，你对我来说太不一样了。你也许就是我命中注定的那个人。"

这些话像一缕温暖的清泉贯穿了她的身心。四十多岁的男人，像少年一样赤诚表白。伟慧不觉得反感，甚至开始感动。

即便到了许久以后，事情面目全非，伟慧回想起廖德忠在这天晚上说的情话，仍然觉得他在这一刻，至少在这一刻，是真诚的。

所以伟慧没有再动，就让自己的手留在那双陌生而温暖的男性的手中。两人就这样静静地拉着手，不知静了多久，然后廖德忠探身过来，抬起双臂抱住伟慧，接着俯下脸来，吻住了她的嘴唇。

伟慧陷入一阵疯狂的慌乱。事情发展之快，出乎她意料。她本能地抗争，却又觉得紧张、刺激。他的吻霸道、深沉、热烈，让她几乎不能呼吸。这与她之前的经历完全不同。除家行外，从没有别的男人抱过她、吻过她；从没有男人这样狂热地渴望过她。她挣扎着，他却抱得更紧，吻得更深。一片昏暗中，两人的肢体无声地交战着、交流着。渐渐地，她体内的荷尔蒙被调动起来，身体竟生出一丝渴望，渴望这交战不要停下，渴望这交流还有下一步。这些渴望与理智发生了偏差，折磨着她的心。她最终还是听命于理智，用力推开了他。

两人分开，彼此都陷入一瞬的茫然。与此同时，道路畅通起来，前方的拥堵已经疏散，后方车辆在鸣笛催促他们前行。

他又深深地看了她一眼，心里好似有千言万语，却最终什么都没有说。他转过来将车开动起来。

车在小路上行驶。一阵静默后，还是伟慧先开口了。

话出口了她自己也吃了一惊。怎么竟说出这样一句话啊。那根本就是她十八岁时的口气——她说："你这人怎么这么讨厌啊！"

听到这句话，廖德忠微笑了。

这不是指控，不是斥责，而是——撒娇。能让一个三十多岁的女人发出这少女般的娇嗔，说明他手段不差。

廖德忠这时恢复成一个绅士，两只手牢牢地放在方向盘上，再也不碰伟慧一下，也再没有任何暧昧的话语。

这忽然的冷落与疏远，又是一道心理考验。

伟慧心中患得患失，但表面上，她一直绷着脸。她在生气，或说她在表演生气。她既是在生一个男人冒犯她的气，又是在生她自己的气。她已经明白自己刚才的反应是不对的。被男人强吻之后的正确反应应该是甩对方一个耳光，然后下车摔门而去。

但反应就是反应，反应只在事发的一瞬间才有效。那一瞬间错过了，后面的弥补只能是表演。

并且，那样一句"你这人怎么这么讨厌啊"算是什么意思？这辈子她都骂过谁"讨厌"？算来算去，只有周家行一个。

伟慧没有让廖德忠送到家门口。她在离小区还有几百米的地方下车，自己慢慢走回去。她没有对他说再见。

三十年来，她从未尝试过放纵自己，哪怕一次。今天是怎么了？她弄不懂自己了。此刻她对自己的情绪和观感都很复杂，一时间理不清楚。她就这样恍恍惚惚地走着，快到家门口的时候，忽然听到一个熟悉的声音叫她，"慧慧"，是家行的声音。

她几乎惊慌失措地抬起头来，这才发现家行在她身边。

"怎么了你？有心事啊？走路光低着头，从我身边过去都没认出我。"家行说。

"哦，没什么，我出去逛街了。"她答非所问。

家行向她投去一瞥探究的目光，仿佛在说"我又没问你出去干什么了"。家行的怀疑和审视只持续了一秒，一秒之后，他说："去逛街了啊，买了点什么？"

伟慧说："什么都没买。"话音刚落，又补充道，"有几件看中的衣服，是刚上市的新款，我想等季末打折再去买。"

家行"哦"了一声，又说："喜欢就买，别总那么节省。"

伟慧心神不宁地笑了笑，点了点头，然后低着头走进楼道里。

家行跟在后面看着妻子的背影，若有所思。

11

多年之后伟慧会笑自己傻，竟然到那份上了还看不出来，她和廖德忠之间就是最普通、最庸俗的婚外情。这种关系一点都不特殊，也一点都不美好。女人啊，那么容易将感情放大，将事物美化，再添加爱情的色彩。其实这种事连爱情的边都没沾上。他是她经验之外的男性，她腻烦了乖乖女的生活，所以想去探探险。一开始好奇，后来却变成痴迷。对男人来说，这只是重复曾经得逞过的阴谋，为不谙世事的年轻女子提供些许情绪价值，便可获得性与爱；可对女人来说，这仅仅是一场荒唐的梦，又或许是，一场自我欺骗的幻觉。

然而，失意的人容易倒向幻觉的诱惑。

从两人喝咖啡之后，廖德忠每天给伟慧发信息，晨问早安，夜道晚安，肉麻的情话不断，甚至问她：是否想念我，想念我的亲吻？

伟慧小心地保护着自己的手机，又小心地应付着老廖。

说实话，她并不想与他发展到下一步。她只是享受他的调情与追逐，享受他充满暗示与挑逗的文字游戏。但她知道，他想要的是那个下一步。如果她坚定地表明没有进入下一步的可能，他的调情与追逐也许会停止。她陷入了矛盾。

廖德忠开始频繁地约伟慧吃饭。伟慧用理智告诉自己，不能再见他了，不能再见他了。可他来约她两三次，她也会答应去一次。

有了廖德忠的固定约会与调情，伟慧的日常生活变得刺激起来，充实起来，也似乎有了光明，有了奔头。她的心情好起来，也不觉得家务琐事算什么劳苦重担了，也不再去看家行的手机、关心他的行踪了。而公婆只道她在忙着找工作，看她进进出出也不多问。

等伟慧和廖德忠吃到第三四顿饭的时候，两人已会自然地饭后在车里坐一会儿，手拉着手说会儿话。等吃到第五六顿饭的时候，廖德忠再主动去吻伟慧，伟慧也不会强烈反抗。等吃到第七八顿饭的时候，两人已默认出来见面就会亲吻拥抱。

只差最后一步了，男人想。伟慧当然知道。她告诉自己，不能再往前，再往前就万劫不复了。

但在这时，她发现自己，爱上对方了。

这种爱也许有别于她对家行的爱，甚至也许并不是真正的爱，但这其中包含的眷恋与依赖、习惯与信任，已经养成。

伟慧没有明确地流露过这种感情，但她的感情就在她的眼神和表情里，在她一退再退的防线中。男人对此一览无余。

男人发起最后的冲刺和呼喊。他对她说：我爱你，胜过一切。胜过我的工作、事业、胜过我的妻子、家人，胜过我的生命。我想和你在一起，完整地在一起。让我们彼此得到，彼此相爱。

　　　　　　　　　　　　　　　　　　　　　　　若夜迷阵

这些话听上去都非常真实，非常感人。幽暗的车厢内，伟慧被男人抱着、吻着，听着这些情话，意乱情迷。男人的手已在不知不觉中探索了她的全部身体。她在他面前没有秘密，也没有骄傲。

"你太美了。让我们去一个舒服的地方吧，能够躺下来的地方。"她听到男人在她耳边喃喃低语，"你把我熬得好苦，把你自己也熬得好苦。人生短暂，我们别再这么熬自己了，好吗？"

她知道男人在做最后的引诱。她知道这是一做即错的事。可她已被他撩拨得几欲疯狂，脑中昏然一片。

理智在消退，身体的欲望像烈焰般升腾起来。

无需她再作出口头允诺，她迷离的眼神已诉说了她的全部渴望。男人将车重新开起来，开往远离市区的一家宾馆。

一切都回不去了。

12

廖德忠将伟慧带到位于市郊的一座五星级酒店，开了豪华套房。

五十层的房间，窗外是辽阔的城市夜景。伟慧站在窗前，忽然一阵瑟缩。她抱住自己的双臂，同时看了一眼手表上的时间。

七点十五分。九点前无论如何要回家。这意味着她只能和他在一起待一个小时。时间多么宝贵。她希望他们可以用这些时间来聊天或者倾诉感情，来给彼此温暖的拥抱，而不仅仅只是做那件事。

"喜欢这里么？"她听廖德忠的声音从身后传来。她心不在焉地"嗯"了一声作答。五星酒店的房间，自然处处适宜，处处豪华，可身居其中，心却不安，这种适宜和豪华就会令人觉得寒冷。

此刻伟慧就觉得寒冷，觉得瑟缩。她转过身去看廖德忠，想要表达这一刻的犹豫和彷徨，想要讨得一点温柔与安慰，想要得到一丝放纵的激情与底气。可她却看到，男人已经开始起劲地脱衣服。

是的，他迫不及待，进门放下钱包、手机和公文包，就开始脱衣服。他已经脱掉了上衣，此刻正在解皮带，金属钩弄得叮当响。

伟慧看呆了。并且这时，她才仔细看清了他，中等的个子，中等的身材，不英俊，也不丑，就是一个普普通通的中年男人，皮肤略有松弛，头发略有稀疏，算不上胖子，但有一个啤酒肚。

她忽然不知道他哪里吸引她。不说他模样气质比家行差远了，比从前高中和大学里任何一个追过她的男生都差远了。那现在这样是为什么？为什么她要与这样一个男人在这宾馆房间里苟且？

见伟慧愣着，廖德忠催促她："快点呀。怎么了你？"他是在说：时间不多，别傻站着了，赶紧脱衣服。

刹那间，伟慧觉得这事性质不对，变了，不是她原本期待的样子了。可是，又有什么不同？总之就是做那件事。

她来不及想那么多了，来不及辨识心头忽现的荒诞感了。廖德忠已脱得一丝不挂，急吼吼地上来抱住她，将她压倒在床上，开始脱她的衣服。伟慧下意识地抵抗了几下，随后便放任他为所欲为了。之前在车里，她被他引诱得满心渴望，但此刻，她又觉得兴味索然，甚至有些紧张和害怕。她觉得他脱了衣冠之后像一头兽。

整个过程她并没有特别的感觉。只觉得男人的拥抱、亲吻和触摸都很陌生，让她感到一种恐惧的刺激。她不确定这是不是性快感。

她一直不看他，侧头望着厚重的窗帘、洁白的枕头和被单，还有床头柜上他脱下来的戒指和手表。他和她做爱的时候摘下了他的结婚戒指，这个细节让她记住了。但她对此并没有特别的感觉。她只是看着它，一枚没有任何装饰的朴素的铂金指环，圈定了一个男人的身份与生活轨迹，所以他需要在此刻把它摘下来。男人在她身上发出低沉的、既痛苦又欢愉的吼叫。她没有看他的脸，只是看着他放在床头柜上的戒指。男人倒在她身上，他的重量压迫着她。她闭上了眼睛。

她觉得自己该是失望的、失落的。但她没有。男人的身体沉重，皮肤滚烫，黏稠的汗水和体液触碰到她，却是凉的，有些恶心。她觉得疼痛并且羞耻，但她没有呻吟，也没有推开他。她一动不动，任一切事在她身上发生。她感受着自己的情绪，思绪缓慢地游荡。她闭着眼睛，脑海中就是放在床头柜上的那枚戒指。她自己不戴戒指，家行也不戴。而廖德忠戴戒指，并且在偷情的时候摘下了它。需要形式感的人，大概是活得认真且对自己有要求的人。而她和家行都是浑浑度日、对自己没有要求的

　　　　　　　　　　　　　　　　　　　　　　　　　　　　若夜迷阵

人。不知为何，这一刻，她心平如镜。

就在这时，忽然有人敲门，敲得急促而不怀好意。

气氛在一瞬间紧张起来。伟慧和廖德忠都停在原来的动作上屏气凝神。敲门声持续。他们就僵在一个奇怪的姿势上互相看着，又同时看向那扇房门，与看不见的敲门者形成一里一外剑拔弩张的态势。

几秒钟后，廖德忠翻身而起，从衣橱里取了白色浴袍穿上，前去开门。伟慧瑟缩在被子里，用力裹紧赤裸的自己。

门开了。她听见廖德忠与门外的人简单交涉了一句，便重新关上了门。原来是隔壁住宿者的访客，敲错了门，对方连连抱歉。

虚惊一场。伟慧却已吓出一身的冷汗，魂不附体。

那个敲门者像是上帝派来的使者，神秘地出现在这性命攸关的一刻，来为她敲响警钟，来提醒她，她现在所行的是不上台面的事。

怎么会这样？怎么突然就到了这一步？和一个她几乎还不了解的男人在酒店房间上床，被吓得魂飞魄散。她几乎困惑。这种被捉奸在床的感觉明明不该是属于她的体验。这一切都离她的日常生活太远太远了。她无法释然，忽然十分厌恶自己。

伟慧回到家，已将近十点。

家行问她去哪儿了。她说出事先准备好的谎言：与一个高中同学吃晚饭聊天去了。

家行问："哪个同学？"

她说："你不认识。"很快又胡乱报了个女同学的名字。

家行没有再问。他貌似没有怀疑。但也仅是貌似没有怀疑。

伟慧暗自长吁一口气。活了三十岁，她头一次知道，自己也能撒谎。可毕竟是个新手，能撒谎但撒得还不够自如。

所以她匆匆把自己关进了卫生间。她需要在这封闭的小屋子里独自待会儿来消化刚才的不自如。

家行在外面走来走去，开冰箱找吃的，拿玻璃杯倒水喝，乒乒乓乓地弄出一阵动静，又隔着卫生间的门大声问她家里感冒药还有没有。

她隔着门回答他，感冒药在床头柜第二个抽屉的药盒里。她尽力让自己的声音听起来耐烦些、不敷衍。

家行终于走开了。

为了能更好地独处，她打开了淋浴喷头开始洗澡。在热水和雾气笼罩她的时候，她想起了宾馆里的一幕幕。

仅仅一小时前，她还躺在另一个男人的怀里。

那些画面在她脑海中停留了一秒。她不由得闭上眼睛，深吸了一口气，同时制止了自己的回忆。

头一次，她发现自己心底也有这样一片不为人知的阴暗。

她开大水龙头，用力地冲洗自己。

13

伟慧没有睡好，一夜乱梦。天未亮她就起床了。

她看着东边新升的太阳，不得不面对这个事实：她出轨了，真真切切地出轨了。儿时听过那些骂女人的难听话，什么"嗝妍头"、"搞破鞋"，甚至再老派一点词——"搞腐化"，此刻都一一浮现在她的脑海。曾经她是离罪恶最遥远的人，如今却成了罪恶的化身。曾经她蔑视、怜悯那些沾染这些事情的女人，如今她也成了她们。

家行去上班后，伟慧与公婆谎称有面试，匆匆出门去找若迷。

一见面，伟慧就告诉若迷："我做了一件可怕的事。"

"有多可怕？"若迷淡淡的，很平静。

"我……和别的男人……那个了。"伟慧脸颊绯红，仿佛那是一句憋在心里很久的话，终于说出，一颗心获得释放。

"哦？"若迷略感意外，却也没有大惊小怪地询问细节，只问伟慧，"就是上次发信息说喜欢你的那个人吗？"

"嗯，是他。"伟慧惭愧。不久前若迷还说此人并无诚意，让她不要为之牵肠挂肚。现在她却不听劝诫，冒死冲锋，一尝禁果。

若迷却仍不惊讶，也不责怪，只是好奇，"他是怎样一个人？"

伟慧说："一家民营公司的老板，四十多岁，有妻室，很普通的一个男人。但他狂热地追求我。他说他爱我。"

若迷点点头，说："那你呢？你爱他吗？"

伟慧低下头，叹了口气，说："我也讲不清。他带给我完全不一样的感觉。我喜欢见到他，享受他的追求。我不知道这算不算爱。"

若迷想了想，说："如果现在见他觉得快乐，不妨一见。只要他能够为你提供正面的情绪价值，那就值得。但……"若迷说到这里顿了顿，"最好不要投入太多感情。"

"可是，不投入感情的话，这算什么？纯粹的肉欲放纵吗？不，这不是我要的。我希望付出感情，同时得到感情。可我又很矛盾。如果我在感情上也背叛了周家行，是否就彻底道德沦丧了？"

若迷微笑，"这是两个问题。让我们先说前一个，感情。"

她说："投入感情，便会需索回报。若非圣贤，无人可以免俗。一旦等不到回报，便会失望、怨怼。情执是软弱之源，彻悟是场痛苦的过程。伟慧，我了解你，我不认为你现在有能力驾驭这个过程。"

伟慧说："我明白有那种关系，性伙伴，不牵扯感情。但那是玩，我不要玩。我和他之间是认真的，我们不是在玩。"

"认真的。"若迷轻轻重复着这个词，像是在琢磨它的意思。"能够认真对待自己和他人，终究是好事。不过，认真也有个程度。"

"我不懂得程度。"伟慧说，"在我看来，只有认真和不认真两种态度。我无法面对不认真的自己，却也害怕面对认真的自己。"

"他究竟哪里吸引你？"若迷问。

"说不清，我觉得他威严、沉着、有能力、有男性气概。"

若迷笑起来，"你看你，少女病，喜欢当领导的男人。怪不得那些言情小说里的男主角都是什么总裁、董事长。"

伟慧也笑，羞涩地低下头。她内心充满自责与纠结。

"接着说后一个问题。"若迷说，"道德。我记得我十七岁的时候就对你说过，道德是男人制定的。"

她说："道德是什么？在一定程度上，道德是伪善。伪善在这里并非贬义词。伪善，即'人为'的善良。"

她又说："不论男女，人本能上都愿意体验生命之丰富多样，获得更多经历和感受提升自我。很多情况下，在世俗意义中不道德并不代表不善良。我相信你是善良的，伟慧。善良不仅包括让别人快乐，也包括让自己快乐，不仅包括给别人自由，也包括给自己自由。"

伟慧说："我知道，我也渴望自由，也希望能自由地支配自己的身体与情感，去体验自己想体验的事物。但我不想伤害他人。所以我只能偷偷摸摸。偷情这件事，是否不知道就没有伤害？道德和自由是不是相互违背的？因为一切道德最终都指向人的不自由。"

"关于自由与道德，我有我自己的三条定理。"若迷说，"第一，没有一种自由不侵犯别人的自由，除非你是地球上最后一个人。哪怕终南山的隐士，他的茅屋也占据了一块土地使别人无法踏足。所以，但求尽力，不必奢望人人都满意。第二，自由很难界定，它是一种主观感受。第三，道德是法律无法规定的可等价兑换的权利与义务以外的对自由的不合逻辑的限定。比如道德说两个相爱的人不能相爱因为其中一个身上有婚姻契约。"

伟慧深深叹气，说："道理只是道理。碰到具体事情，一切都活生生、血淋淋，难以直面。我此刻心情很复杂，你应该明白。"

"我当然明白。"若迷说，"曾经你那样信奉贞洁。所以此刻，无论你要进还是要退，我只希望你从这段关系中有所得，获取身心的滋养与智性的成长。最重要的，你要快乐，要坦然。如果一件事情你没有办法快乐而坦然地去做，那还是不要做了。"

伟慧说："我只能试。但现在我的确无法坦然。我出轨了，可我还是以前的我，我的道德标准没有变化，变化的是我的行为。我知道女人应当洁身自爱。我内心充满了矛盾，不认可自己的所作所为。我只是在放纵自己，我知道。"

她又说："你还记得那时吗？在学校里，我发誓说第一次一定要留给自己的丈夫，婚前性行为是不可以的。我是贞洁观念这样保守的一个人，为什么也会走到今天这一步？"她忽然掩住脸。

"又为什么，走到今天这一步，我心里还有一丝丝快乐和对那邪恶之事的回味甚至期盼？"她埋首在自己的手掌中，喃喃低语。

"为什么我这样前顾后盼、矛盾百出？"她呜咽。

"矛盾是自然状态。世上有什么事物不矛盾呢？有什么事物没有善恶两面呢？又有什么事物会一成不变呢？"若迷说，"不要逃避，不要害怕拷问自己的内心，也不要害怕变化。一条路，你跳不出来，就只能走完它。走完它，你就明白了。"

"你是让我继续和他交往，直至我厌倦或者他厌倦吗？或者直至我们中有一个人被配偶发现吗？"伟慧问。

若迷叹了口气，道："你又何必非要从我这里找到鼓励呢？伟慧。我对人生的态度你一向知道。我并不是道德楷模或人生导师。"

伟慧完全明白了若迷的意思，握住她手，说："对不起，若迷，对不起，我不是要逼问你，或者让你给我借口。我只是，太矛盾、太纠结了。无论如何，谢谢你，谢谢你，若迷。"她说着流下了眼泪。

若迷握紧伟慧的手，"不必把这件事看得如此重要。生命中重要的事情多得是，又或者说，所有的事情都没有什么大不了。"

她又说："好好振作起来，伟慧，保持清醒、理智，保持快乐。记得，凡事行之有度，才可长久。性，或者感情，都是如此。"

14

经过数月的奔波面试，伟慧终于找到一份工作，一家五百强公司的行政助理。公司是大公司，职位却是小职位，薪水也十分不可观。伟慧三十多岁，又是名校毕业，如今做这份工作实在委屈了。

但家行觉得不错。他说："又不真的指望你赚多少钱，家里也不等着你的薪水开锅。"行政助理做的就是文秘工作，没有压力，也不需要经常加班，这样便能多照顾家里。公婆也觉得这份工作适合伟慧。

就这样，伟慧开始了朝九晚五的白领生活。

然而在朝九晚五之外，她还是能挤出时间和廖德忠约会。

借口都是现成的：加班、和同事聚餐、团队活动、健身。每一个借口拿出来，都够她和情夫在宾馆的房间里幽会一个小时、两个小时。

尽管她常常厌恶这样的自己，尤其每次约会之后，内心都会产生一种无力的愧疚感，可她又确实贪恋那种刺激与叛逆的感觉。

并且，她在与情夫的性事中，逐渐找到了快乐。在期待相会，以及相会的刹那，她是痴迷的、陶醉的，甚至可以说是幸福的。

偷情的欢愉，就像麻醉剂，像毒品。它令人事后感到茫然、无力，甚至悔恨，却又无法自控地一次次尝试，一次次沦陷，一次次滑向它所带来的短暂而强力的刺激中。它是逃避现实生活的一个出口。

现实生活，琐碎而平庸。伟慧在每一次偷情之后，都很快回到这样琐碎而平庸的生活之内，恢复成一个贤妻良母。

这样的分裂，叫她快乐，也叫她痛苦。

不过，也正是这样的分裂，支撑她度过无望的一日又一日。

上班下班，工作家务，相夫教女。没有激情，缺乏目标，仅仅是活着。除了一天天苍老沉堕，惯性运转，看不到前头还有什么。又或者说，这样的生活，一眼就看到了尽头，因而无趣、无望。

于是，能够抓到手里的任何新鲜之物，都像一根救命稻草，用以对抗生命的虚无，仿佛找到令人信服的意义。

当然，除了肉身的欢愉，她更渴望感情，并信任感情。她相信感情是救赎，带来希望、慰藉和依靠，还有意义。

她也第一次感觉到，这世上除了周家行以外，还有其他可以让她依靠的男性，还有其他值得追索的意义。这像是一种额外的奖励。

这天是周末。伟慧对家里谎称与若迷吃饭，再次出来和廖德忠约会。廖德忠的妻子这段时间出国旅游了，他有了较多自由时间，因此特地陪伟慧去虹口吃她一直心心念念要吃的刘大师奥灶面。

小小面店位于北外滩一条偏僻的马路上，美食节目里介绍过，知道的人才会去。伟慧跟家行提了几次都没去成，如今得偿所愿，非常开心。周末生意好，等位的人排队排到马路上。廖德忠说他平时最烦排队，到哪儿都只进贵宾厅，今天为搏红颜一笑，就屈尊排个队吧。伟慧甜蜜得魂都没了，觉得在老廖面前自己只有十六岁。

饭后两人在街上散步，肩并肩仿若情侣一般。伟慧觉得自己真的恋爱了。尽管这场恋爱和她与家行之间的恋爱完全不同，充满了偷偷摸摸与匆匆忙忙的行迹，有时显得并不美。可这毕竟是荒漠般的婚姻生活中一缕清新的甘泉。她感觉快乐，不由自主地靠上去，挽起廖德忠的胳膊。廖德忠却避让了一下，随即意味深长地看了她一眼。

伟慧先是觉得尴尬，然后马上理解了，付之一笑。都非自由身，还是谨慎些好，万一被熟人看到，麻烦不堪设想。

像是为了补偿她，路过一家首饰店的时候，廖德忠让伟慧在门口等一等，自己走进去，又很快出来，递给她一只小小锦盒。伟慧打开锦盒，看到一条细巧的铂金项链，缀着一颗小小的闪亮的石头。

"是水晶，不是钻石。"廖德忠对她说，"并不贵重，但是我的心意，希望你喜欢。"他那个王子宠爱灰姑娘的神态又出现了。

伟慧看着闪光的项链，并没有戴上它的冲动。她只是看着它，感慨万千，说不出话。无论如何，这是感情的证明，她需要它。

伟慧带着愉快的心情回到家。

一进门，就看到家行坐在电脑前打游戏，她也不介意，去跟公婆问了好，从他们手中接管了两个女儿，然后陪她们讲故事，哄她们睡觉。都忙完后，她仔仔细细地做了一份水果沙拉端到家行面前。

家行拿异样的眼光瞅她，停下游戏，尝一口沙拉，嫌太甜，说："哟，最近糖不要钱吧？"

伟慧哈哈一笑。她心情好得不得了，家行怎么跟她抬杠她都不在意，反倒欣赏家行的幽默。

伟慧和廖德忠进入了一个热恋阶段。

两人每天在手机上互发信息，从早发到晚。

在廖德忠面前，伟慧忽然恢复成一个天真憨厚的小女生，事无巨细地将自己的日常生活、所思所想，全盘呈现。她所有微小繁琐的开心与不开心，廖德忠是唯一的听众。她依赖他的关心与劝慰。

与此同时，她在家行面前却成了一个独立、寡言、凡事自己承担的成熟女子，甚至还有了几分神秘。家行从前嫌她啰嗦、粘人，现在一定没话说了吧？伟慧这样想着，竟忍不住有些得意。

伟慧知道，自己的性格其实并没有改变。她只是将情感寄托从一个男人身上转到了另一个男人身上。她在家行面前的从容淡定、扬眉吐气，是以她在廖德忠面前找到小女人的感觉为前提的。

她也意识到，自己越来越喜欢廖德忠，情感上越来越依赖他。

廖德忠其实并不英俊，也不十分潇洒。但四十几岁的男人，又有事业和经济基础，自有一股能够魅惑年轻女子的沧桑气质。

她喜欢他身上那种被世俗浸染过的智慧，并不是白色的，也不完全是黑色的，兴许是那种介于黑白之间深深浅浅的灰色。

人总是在寻找自己所缺失的东西。乖巧单纯的伟慧，被廖德忠这样阅人无数的江湖客吸引，也是有其内在原因的。

他的人生经验比她丰富得多，可以在任何方面指导她、引领她。比如，关于婚外恋的处理，他教她：

第一，每次聊完删掉聊天记录。别舍不得，留着就是罪证。

第二，每次回家前编好故事，增加点细节就容易过。

第三，态度要坦然，神态要自然，既不要对他不好，也不要突然对他特别好，要和平时一样。

第四，一旦被发现，要拒不承认，还要装作无辜，装作被冤枉，甚至可以哭闹、装可怜。因为一旦承认，就会失去一切权利和利益。

伟慧说："万一人赃俱获呢？"

廖德忠笑笑，说："怎么会人赃俱获呢？"又说："就算人赃俱获也不要承认，咬定自己是被冤枉的，反正就是不能承认。承认了你就失去了一切，还会顺带影响到我。"

看来廖德忠是个老手。

伟慧问他："你和多少女人有过这种事？"

"哪种事？"

"就像我们现在这样。"

廖德忠没有说话，只是笑了一下，算作回答。

"有十个没有？"伟慧追问。

"我睡过三位数，你信么？"老廖忽然这么说。

伟慧沉默了。她的心被这句话狠狠地揪了一下。

她听不出来这句话是假是真。如果是假，那么他在逗她，拿她寻开心；如果是真，那么他在示威，在炫耀，以为自己是个皇帝。

无论真假，这句话都让她不痛快。

之后的几天里，伟慧一直想着廖德忠的这句话，以及他教她的几项婚外恋基本守则，心情极为低落。

她一直觉得，爱情应该磊落，凡需要偷摸的，都值得怀疑。她和廖德忠的这种特殊爱情，虽不得已、见不得光，但两人彼此之间应坦然面对、磊落承担。可廖德忠显然比她更为谨慎和趋于逃避。

三位数。她又想。

那意味着他总在不断地猎取、不断地丢弃；意味着他更愿意将一段关系设定为肉欲的获取与满足，而非情感的互动；意味着他即便对一个女人动了真心，也极有可能很快失去这真心。他不长情。

一个能够时时保持理智、保全自我的男人，必定是一个铁石心肠的男人。一个铁石心肠的男人，必定不信仰感情的深刻交换。

三位数。她在心中沉沉一叹。

有没有可能，他只是一个感情骗子？一个猎艳高手？

来不及了。你已经落在他手上了。

15

有那么几个星期，廖德忠频繁地约见伟慧。两人几乎每隔两三天就要见一次面。见面也没有别的事，就是去宾馆房间。

随着关系的深入，彼此间更为熟悉、随意，廖德忠对伟慧渐渐少了尊重与爱惜，在床笫之事上多了某种野性的霸道。有时他会狠狠地揉捏伟慧的身体，甚至噬咬她、抽打她，在她的身体上留下痕迹。这些类似虐待的粗暴行为带给他心理和生理上的极大快感。

伟慧容忍这些行为，但她也感到害怕，怕身上的痕迹被人发现。她向廖德忠提过抗议。老廖却认为，这是伟慧自己的事，该由她自行处理善后。伟慧从此只能穿长袖长裤遮挡那些痕迹，并且在家行面前小心回避。有一次，老廖在兴头上，不管不顾地咬住伟慧的脖子，狠狠吮吸。伟慧尖叫着推开他，因为他真的下了狠劲，咬得很疼，也因为脖子上的印迹无法祛除或遮挡，他等于把她往火坑里推。

廖德忠被推开了自然觉得扫兴。他心里明白女人的做法情有可原，但嘴上还是忍不住嘀咕了一句："这么放不开，还出来玩什么。"

这句话让伟慧心头打颤，随即陷入煎熬。

已有好几次，他流露出这种轻率而截然的态度，不知不觉将两人的关系从原先的"喜欢"与"爱"过渡到了"玩"与"伙伴"。

伟慧纵然纯情，也毕竟不是年少无知的小姑娘。她当然察觉到了廖德忠的态度有所转变。但已经迟了，她已经对他有了感情。

如果他认定此刻两人是"出来玩"，那么留给她的选择并不多。要么留下，和他一起玩；要么离开，从此与他再无瓜葛。

离开，她定是不甘心的。可她也不甘心自己只是在玩与被玩。

她忽然陷入了痛苦。

伟慧能感觉到，廖德忠对她的热情度在降低。

两人交往数月后，他对她的联系明显减少。信息很少主动发，情话也不再主动说。又过了一段时间，他甚至不再主动约伟慧出来。

男人降温，伟慧感到不适应，并且焦虑。她不愿承认这新生的感情与关系像露水一般无法长久，顷刻就会蒸发殆尽。

在电话里，她向若迷诉苦："我爱他，也希望他像曾经说的那样，爱我。爱要有回应，这是人的基本心理需求。我不希望身体是被用来玩弄的。我希望肌肤之亲能加深两人的亲密度。可现在，事与愿违。"

若迷说："爱要有回应，这是理想状态，很多时候无法实现。世俗中的男人，心思大半用在与其他男人争强斗胜上，小半用以照顾妻儿家人，余那么小一点空间找个情人，图的是放松和愉悦。爱？爱不是他能够承受的重量，也不是他的所求。希望已婚男人对外面的爱有热切的回应，只能是缘木求鱼。"

伟慧说："那你呢？你当初和黎墨深交往的时候，从来没有感觉被忽略过吗？从来没有失望过吗？"

若迷沉默了一下，说："我只是从不对别人寄予期望。"

伟慧苦笑，"是，你从小就是这样。从高三第一次谈恋爱，你就是这副淡定的模样，仿佛没有任何人可以伤害你。"

"你何不学学呢？这样会让自己轻松些，也让对方轻松些。"

"轻松？为什么非要轻松呢？不轻松本来就是恋爱的一部分啊。不淡定就是为感情支付的成本啊。人也就是在不爱别人的时候才淡定啊。"伟慧说。

若迷摇头，"不是的，那是对爱的误解。人不是在不爱别人的时候才淡定；而是在爱着别人，却不对他抱有任何期待，不需要他为你做任何事情，不对他怀有任何企图的时候，才会淡定。而你只有淡定的时候，才是真正在爱，无私地在爱。"

伟慧的生理期迟迟没有来。她担心自己怀孕了。

尽管每一次都有防范措施，但意外无法百分百避免。如果怀孕了该怎么办？她陷入绝望的思考。行为上再如何放纵，贞操观念毕竟埋在她血肉深处。万一真的怀孕，她绝无可能继续留在家行身边苟且欺骗。以后的路要怎么走，她心里一点底都没有。

焦虑之下，她给廖德忠发去信息，说：生理期一直没有来，会怀孕吗？万一怀孕了怎么办？

廖德忠没有回信息。

伟慧深陷忧思，根本无心去上班，请了假在家消磨时间。

她内心万般茫然、痛苦、后悔，这才意识到，对女性而言，没有任何一种避孕手段是百分百可靠又安全无害的。如果完全不能承受怀孕和生育的后果，就不该和这个男人有性关系。

老廖一直没有回复信息，这令伟慧越来越焦虑，坐立不安，心烦意乱。为了捱过等待的时间，她胡乱地翻看着家里的书报杂志。报纸里恰好夹着一张街道派发的计生宣传广告，看起来触目惊心，光是读那些生理名词就让她感到不适。

为什么和性有关的一切痛苦都要女人来承受？来月经、痛经、怀孕、堕胎、流产、顺产、难产、剖腹产、清宫、上环、取环……还有对计划外怀孕的恐惧、担忧、寝食难安……

她这时想，男人不用承担怀孕分娩或终止妊娠的苦，那至少，在避孕手段上，男人应该积极有担当。可廖德忠在此事上常常推诿，多次暗示伟慧自行口服避孕药，好令他在快活的时候更自在、更尽兴。

伟慧越想越不痛快，忍不住继续给老廖发信息。

——你在做什么？为什么不回我信息？

——我现在十分焦虑，希望能听到你的声音。

——请你跟我联系，与我商量这件事。我真的很担心。

几条信息发过去，廖德忠一条都没有回复。

一整天过去了。伟慧等得人都憔悴了。到了晚上再发信息问他，他终于回复，说实在太忙。伟慧问他在忙什么，他却又不回了。

伟慧终于忍无可忍，再发信息，说：出来见我一面。

廖德忠回复说：我在外地。

伟慧无奈，怔怔看着手机，接着又发了一条很长的信息诉说自己对生理期不来的担忧。她没有意识到，自己此时已成了典型的怨妇。

廖德忠没有再回复她的信息。

至此，他的绝情已昭然若揭。

伟慧受不住这种压力，向外寻求心理帮助。

她把自己和廖德忠的信息对话记录截屏发给若迷，问她：他是真的忙到没有时间理我吗？

若迷回复说：触屏手机的年代，连脸大都有可能在打电话的时候不小心碰到屏幕错发一条信息出去。一个人若真在意你，怎么可能会忙到连发条信息的时间都没有？

伟慧沉默了，心下凄涩。明明知道答案，又为何非要问别人？

她下定决心，不再主动联系廖德忠。他若就此消失，她也认了。可虽这样想，却又时时忍不住去看手机，期待有他的消息。她回想当年和家行谈恋爱的时候，从没有这样。总是家行主动联系她，迎合她的需求。她从没有经历过这种被冷落的煎熬。

手机响了。伟慧像溺水的人扑向救命稻草一样扑过去捞起手机。发来信息的却不是廖德忠，而是若迷。

若迷说：切不可再向他流露你的软弱。怀孕怎么办？你是十三岁的人吗？这种事还问他。他怎么可能理会你？你是三十岁的人了，当然要自己保护自己，自己为自己负责。你能够为自己担当，他才不会轻视你。你越是向他求助，他越是避之千里。

伟慧知道是自己没有处理好。若迷的话虽然严厉，却完全正确。

见伟慧沉寂下来，没有回复消息，若迷不放心，打来电话询问："你还好吗？不会真的有了吧？"

伟慧说："迟了十天。不过也有可能是心理因素影响，虚惊一场。"

若迷说："明天去买试纸测一测。现在不要多想了。"

伟慧潦草地"嗯"了一声，依然魂不守舍。

若迷问："你没再继续给他发信息了吧？"

伟慧说："没有。"又说："他都不回我信息了，我还能发什么？"

若迷说："这就好。千万别再给他发了，什么都别发了，什么怀孕不怀孕的更不要提。有没有爱情是次要的，有没有自尊才重要。"

伟慧说："我知道了。"

若迷说："好好休息，不会有事的。"

挂了电话，伟慧长吁一口气。就在若迷打来电话之前，她真有一股冲动想要给廖德忠再发信息，甚至想对他说，如果真怀上了，就生下来。大不了她离婚，像若迷一样，为自己喜欢的男人，生一个属于自己的孩子。这么说一是赌气，将他一军，虽然她知道自己永远不会做这样的事；二也是表白——看我对你死心塌地地好，那么爱你，愿意为你不顾一切地生下孩子，可你呢？

幸好若迷一言提醒了她，才让她打消了那股冲动。

做女人就该像若迷那样，若是真的爱慕一个男人，愿意生他的孩子，就自己悄悄做了这件事，不必向任何人通报或者邀功，更不以此作为筹码来要挟，或伸张权利。若只是逞口头英雄，图一时之快，说什么"我要为你生个孩子"，就更无必要了。这种游戏人间、阅人无数的老男人，不知听多少女人说过这种蠢话了。他又怎会为此感动，或觉得受到威胁？他只会觉得厌烦，只想避得远远的。

伟慧放下手机，关灯躺下，躺了很久，却一直没有睡着。这天恰逢家行值夜班，不在家，她就没有把手机关机。半夜，信息提示音响了，她拿起手机来看，竟是廖德忠发来的消息。

在她已经心灰意冷的时候，他却又重新给她希望。

他说：真的很抱歉，这几天实在太忙了，没能及时回复你。

此刻已是凌晨一点多了。伟慧犹豫了一下，忍住没有回复这条信息。她不想让廖德忠知道她半夜还没睡就是在等他回信。

她放下手机，然后踏踏实实地睡着了。

一直等到次日早晨八点多，伟慧才回信去，问道：你忙什么呢？

廖德忠过了半小时回信过来：年底了，在外面讨债呢。现在黄世仁也不好当啊，收来的钱又要付给供应商。

他发来这些话，伟慧心里的气就消了点，觉得他的确忙，不回信息也情有可原。而且他愿意说说他的私事、他的工作、他的苦衷，也代表他信任她，把她当成自己人。

伟慧的心又回暖了。若迷劝她的话又被她抛到了脑后。

于是她又开始跟廖德忠敞开心扉，也把他当成自己人，详详细细地诉说自己的身体状况，诉说自己的感受和担忧。

如此一来，廖德忠又不回信息了。

伟慧这时才意识到：她若不烦，老廖还愿意偶尔搭理她一下；可只要她一开始抱怨，或者啰嗦，老廖就不理她了。

并且，她终于明白，一个男人即便再忙，回一两条信息的时间总还是有的。他不回信息，只有一个理由，就是：他不想回。

伟慧的心就这样被男人牵动着。她发现自己的情绪已经完全受他掌控：他稍微给她一点好气象，她就觉得日子能过下去；他稍微冷落她，她就觉得自己濒临崩溃。

16

若迷察觉出问题严重，约伟慧到咖啡店细谈。

她劝伟慧，暂且放下这个人、这段情，回归原先的生活。

伟慧却不甘心，只顾诉苦。她说："刚开始的时候，他说过，'我可能不是一个好情人，我会很忙，可能关心你比较少。'那时我以为，他只是说说而已，是一种谦虚和自责，没想到他真的做到这样。"

若迷摇头叹息，"是你太天真。你可知这世上有多少男人跟女人这样讲——我可能不是一个好情人，我工作很忙，我身不由己，我可能没时间关心你，我还有我的责任，我无法一直陪伴你，等等等等。这是什么？是免责声明。相当于双方签合约，一方说，我可以签，但我不会履约。不会履约还要签约，一边签还一边发表免责声明，什么意思？意思就是——权利我要享受，义务跟我无关。"

伟慧听得愣住。的确，廖德忠就是这样的，说爱她，要和她保持一种肉体上的亲密关系。可除了在床上共度片刻以外，他再也没有花费更多时间精力来陪她做其他事情、陪她聊天、照顾她的心理需求了。

"你和他的所求根本不同。"若迷说，"他不过是个自私的男人，一个世俗中的精明商人，怎会牺牲时间精力顾及你的需求？你要讲感情，讲精神依托，而他只要床上片刻的欢愉。你是他释放生活压力的一个出口。他总说忙，就是在告诉你，他没有时间在床上以外的任何地方满足你的任何其他需求了。"

"所以，他不爱我，他只爱他自己，对吗？"

"你又何尝不是呢？"若迷轻声说道，"你在精神上依赖他，也不过是用他来满足你自己的需求。所谓婚外情人，大多只是用来消解无聊生活的一个工具，双方各取所需罢了。"

"婚外情人……"伟慧喃喃道，"我现在都不知道他还算不算一个情人。哪有这样冷漠的情人？普通朋友也不会收到信息却不回复。"

"就目前的情况来看，他可能视你为性伴侣，而不是什么情人。"若迷叹气，"这听起来令人不悦，但你应该看清你们关系的实质。"

"可是，就算他把我当作性伴侣，也应该提前说清楚。否则他就是在利用我的感情，欺骗我，让我以为我们在相爱，让我以为他会提供我所需要的，来换取他所需要的。现在，他得到了他想要的，却没有给我想要的。而我已经对他付出了感情。"

"感情太过丰盛，容易损伤自己，当然，也会得到更多体验。"若迷说，"但感情再丰盛也不要胡乱给别人，而应留着给值当的人、懂得的人。这么好的感情，给这种人，岂不是包饺子喂猪？"

伟慧想笑，又实在笑不出来。她说："我和他现在这样算什么？他应该给我一个说法。我真想把他叫出来，当面问问他，我们现在这样的关系算什么？他说清楚了，我也就甘心了。"

"很多女人在为延续关系而努力，或想为一段关系命名、定性，希望每一步的亲密接触都是有名有分的，哪怕是不上台面的名分。但实际上，很多男人都在避免给一段关系命名，他们只图实际的好处。所以，但凡你想到'我们这样算什么？'的时候，这段关系就已经是不平等的了。"若迷说，"不要在一段关系中投注过多幻想，擦亮眼睛和心灵，坚强起来，不要在情欲幻觉中沦陷。"

她说："感情不是生活的全部。不要总是思考和回味。如果你的情绪受到干扰，就容易夸大或者歪曲事实。不要放大自己的感情。"

她又说："再也不要主动联系他了。女人在关系中切忌做出降低自尊的举动，否则必定是自取其败的。"

不知从哪一天起，这段原本美好的婚外情开始变得畸形、丑陋，这段原本用以释放压力的关系变成了压力本身。

伟慧一夜夜地失眠。如果家行不在家，她就拿着手机发呆。

她翻出早先廖德忠发给她的信息，"我爱你"、"我真的喜欢你"，这些字句还留有昨日余温。她又取出那条项链，轻轻抚摸那闪亮的吊坠。这是他给她的定情信物，是他圈定她属他所有的标志。可是现在，他却自己放弃了。他丢弃了她，像丢弃一件穿过的衣服。

伟慧心中难以平静，一次次压抑住去找老廖的冲动。她已经不求两人的关系恢复到从前，只要他给她一个说法，她就认了。

可他什么说法都没有，就这样突然冷落，十多天没有联系。

若迷对她说：情感和关系是需要学习的。男女之间的人际剥削以各种名义和形式存在。避免为一段关系命名，除了吝于付出，还能避免心理上的愧疚感。对关系需求更多的一方，会承受更多压力。这种单向的能量掠夺普遍存在。我们要做的不只是明白这一切，更是在明白之后，能够拥有控制自己的力量，不再做出降低自尊的行为。

她说：在你的生活中，有些人做了你希望他们不要做的事，有些人没做你希望他们做的事，这都没什么大不了。体验它们，让它们快快地过去。坚持做你希望自己做的事情，这才是重点。

伟慧将若迷的信息读了许多遍，如鲠在喉。现在最应该做的事情是什么？自然是离开这段孽缘。可她为什么做不到？她只会流泪。

她没有想到，自己在三十岁的时候，在有丈夫、有孩子，有一个健康完整的家庭的时候，还会再次经历恋爱、失恋，并如此惨烈。

人的成长，或许就是拥有了鉴别谎言的能力，能够知道什么是爱、什么不是。只能说，童伟慧的成长，来得太晚。

<h1 style="text-align:center">17</h1>

几天后，伟慧的生理期终于来了，一桩心事总算放下。

与此同时，廖德忠回到上海。他发信息给伟慧，说前段时间真的太忙了，没能顾上她，希望她不要介意。

空闲了才想起她，忙起来就可以十多天不联系。他把她放在怎样的位置，已无需再说。

但因为贪恋曾经愉悦的幻觉，也因为寂寞和空虚，她还是忍不住与他恢复了信息联络。之后两人通了一次电话。

面对伟慧的质疑，廖德忠直言，他的确是喜欢她的，但他也有为难之处。工作繁忙，事务缠身。人不能逃避自己的社会责任。他上有老、下有小，妻子管得严，孩子上学要接送，公司还有几十号人月月等他发工资，他每年还得给国家交那么多税。

伟慧无言地听着。这些困难，在他刚开始追求她的时候，仿佛是不存在的。那时他说：我爱你胜过一切。现在，她排在了一切后面。

廖德忠又表示，希望两人还保持原来那种关系，有条件见面就见面，没有条件见面也不强求。工作毕竟重要，忙的时候不想分心。他希望伟慧不要总发小女人脾气，这样彼此都省时省力。

伟慧说："你的意思就是，我们做性伴侣，对吗？"

廖德忠没有吭声。

伟慧又说："有时间有条件时，就见面上床；没时间没条件时，就不见面、不联系；平日也不需要有感情交流，不需要有除了上床以外的任何形式的约会。这就是性伴侣，对吗？"

廖德忠静了片刻，说："其实性伴侣是最简单轻松的，你说呢？"

伟慧的心彻底冷了，泪水流淌下来。她努力克制着自己的委屈与不甘，但仍克制不住心里想说的话。

她说："我不能接受做你的性伴侣。不能接受只在床上和你见面。不能接受只在你有空的时候才被你召见。不能接受被你召之即来、挥之即去。你如果知道自己不能付出时间与感情，应及早说明。"

男人最怕的就是女人这一副讨债面孔。

廖德忠在电话那头叹气，然后说："性伴侣也好，情人也好，只是一个说法而已。我们的相处模式就是这样，跟说法无关。我不会为了你而改变自己的原则。大家都是成年人了，我希望你理智一点。能好好相处的，就继续；如果你还是这样作天作地，那真的对不起了，我不想继续看你这副痛苦的模样。因为说穿了，我不欠你什么。"

伟慧哭泣起来，"你之前说的话都是骗我的，你这个骗子。"

廖德忠被激怒了，挂断电话。之后给伟慧发来信息，说她上纲上线、不可理喻。他又一连数天没有再联系伟慧。

伟慧几乎天天哭。为了不让家人察觉出异样，她尽量加班，留在办公室里做着各种琐碎工作，有时一边做一边就对着电脑屏幕流下眼泪。同事们纷纷猜忌，但她闭口不言，在心中消化所有痛苦。

身边没有人的时候，她就呆呆地翻看手机里保存的过往信息。那些甜言蜜语仿佛就在昨天。

而现在，没了廖德忠发来的信息，她的手机就像死了一样。

没了白天的"我想你"和睡前的"晚安宝贝"，她不知如何度过一个又一个的白天和一个又一个的黑夜。

这时她发现，原来生活中最可怕的不是匮乏，而是得而复失。

恋爱的激情与欢愉，她得而复失，因而心死。

但真正的心死也会让人变得没有畏惧。手中空空如也就什么都不怕失去。她想，人有时候是希望与所爱的人分手的，因为分手了就不再担心某一天他会提出分手。就像人有时候也是宁愿死的，因为死了就不会再怕死。这一切都好过总是在某种巨大而热切的期待中，却从来等不到一个满足，然后直接落入无边的失望。

然而廖德忠却又并没有和伟慧分手。

几天后，他主动结束冷战，发来信息，问伟慧："你好吗？"

伟慧赌气，不想理睬，过后却又忍不住回复道："好不好又与你有什么相干？让我们再也不要见面，就当我们从来没有认识过。"

　　　　　　　　　　　　　　　　　　　　　　　　若夜迷阵

廖德忠回信道："你总是这么走极端。这世界没有黑或者白，有的只是深深浅浅的灰。"

他又说："我以为有些事情是不需要说透的。成人世界自有约定俗成的规矩。你有丈夫，我有妻子，我们在一起还不就是彼此消遣？至于说到情和爱，那一时那一刻，我也是真心的。那些话说出来，我高兴，你也高兴，何不说出来让彼此开开心？可谁知道你会那么认真，一不称心就上纲上线。有时你简直像个小孩子。"

伟慧回答："我以孩童般的赤诚之心对待你，是你没有珍惜。"

她本以为这句话会击中老廖心中的柔软之处，让他内疚自责，让他忏悔道歉，让他对她重新恢复热恋时的激情。

可廖德忠却没有再回复。伟慧的手机再度陷入寂静。

失望之下，伟慧打电话给若迷，问她："男人究竟是怎样做到忽冷忽热、收放自如的？为何我始终做不到这么狠心？"

若迷听明情况，劝伟慧："放下手机吧。一旦女人开始思考为什么某某不再发信息来，她就已经倒了大霉爱上不该爱的人了。"

她说："不要费劲去想他为什么忽冷忽热。有时间就多读点书、多做点事。爱你的人不会叫你思前想后。觉得吃力，即是强求。"

她说："有些男人是这样追求女人的：先对女人大献殷勤，直到她感兴趣，开始投入。当她喜欢上他，感觉到对他的需求之后，他就变得难以捉摸、满不在乎。目标得逞后随即冷落，不打电话，不发信息，兴致来了才联系，行程无法掌握，但希望女人随时等他。"

她说："廖德忠就是这样的男人。他是什么人？一个世俗社会里的商人。商人重利轻别离，这诗句初中生都会背。商人讲的是什么？是利润，是成本与回报。与一个商人谈感情，可不是枉费苦工？"

若迷的话让伟慧哭起来。道理她都明白，但事情轮到自己，实在难以放下心中的不甘。感情已经付出，要收回，谈何容易？

若迷："我理解你现在的心情。喜欢一个人、信任他、与之建立亲密关系，这其中的心理过程并不是一两句道理就能抵消的。只是，亲密关系固然可以带来愉悦，但它并不是人生的必需品，或说，它是一种替换性很强的必需品。天下还有那么多美好的人。如果一段关系带给你的伤痛已经远远多过快乐，为何还要拼死保留它呢？"

伟慧说："我已不打算保留它了。我只是对男人失望透顶。"

若迷说："失望倒也不必。这世上有太多人与你价值观不同。你可以保留你的价值观，你也要允许别人保留他们的价值观。有些人喜欢结婚，有些人不喜欢；有些人可以将性与爱分离，有些人不能；有些人离了爱情活不了，有些人觉得爱情是他避之唯恐不及的怪物。谁也不能强迫谁。人付出感情，有时也不是因为爱别人，而只是执着地想填满自己的幻觉。因此，体会了过程就好，也不必非要追求回报。"

廖德忠真的没有再发信息过来，仿佛打算就此消失，再也不见。

伟慧没有再抱幻想。她明白，这世上没有所谓"真的忙"，有的只是"你在他的时间表上排第几"。

一个已经得到过、征服过的女人，一个上纲上线的怨妇，在这样一个商业社会成功男人的时间表上，排名只可能是倒数了。

廖德忠从来没有正式提出过分手。但伟慧明白，成人世界，一方不再主动联系，不再提出见面，就叫作单方面分手。

18

若迷把感情问题看得通透，自己却一直没有再谈恋爱。

伟慧问起，她就说，工作和孩子已让她忙得恨没有三头六臂，偶有空闲也更愿意陪儿子出游，或是在家研究菜谱、烹饪美食。谈恋爱劳心费力，若非遇到真心喜欢的人，实在提不起劲头去谈。

然而遇到真心喜欢的人，又是天下最难的事。

三十一岁的李若迷，从未结婚，孤身一人带着儿子李悦农。

单身妈妈的生活并不轻松。儿子上学读书、衣食住行，事事都需她亲力亲为。儿子生病，也是她一人带去求医，四处奔波。小人儿发烧，半夜呕吐，她再困再累也不得不起来换洗床单，煮饭喂药，有时彻夜不眠不休，第二天仍要工作。

小男孩从小懂事，生病时也从不撒娇发脾气，呕吐弄脏了床单还对若迷说"妈妈，对不起。"弄得若迷一阵心酸。等他病好了，就像是忽然间大了几岁，对人非常体贴，要弥补母亲的辛苦，像个小大人一样总想着要为母亲分担些什么。八岁的他已经能做很多家务，读书也用功，看许多课外书，喜欢记日记、写文章。但也依旧是个活泼的孩子，喜爱踢足球、爬山、游泳、做飞机模型，脾气习性都很像他父亲。但若迷像是已经忘记了东元，在伟慧面前也从不主动提起。

三十一岁的秋天，若迷编剧的又一部电影上映。

首映式上，伟慧前去捧场。她对若迷说："看你这样干劲十足、永不言倦的样子，真羡慕，也佩服。我这辈子是碌碌无为了，但看到你能有所建树，多少觉得宽慰。"

若迷却笑道："人在世俗中谋生，赢得名利若干，何足挂齿？这些虚浮的名利仅是工具，而非真正的目的所在。"

伟慧说："那你真正的目的又是什么？"

若迷想了想，笑道："也许，只是为给自己争取一点自由。"

十一假期，有高中同学组织入学十五周年聚会。

伟慧在与廖德忠分开之后，一直消沉，对什么都提不起兴趣，连同学聚会都不太想去。后在若迷的鼓舞和要求下，她才勉强肯去。

若迷对她说："多参加社交才能尽快走出不良关系的阴影。"

去同学会的路上，伟慧发出感叹："如今才真切体会到什么叫做光阴如梭。转眼间我们认识已经十五年了。犹记得那年高一军训，我晕倒，你背我去医务室。"

若迷微笑，仍然没有告诉伟慧，她认识她的时候，是在小学一年级。那时她是出名的优等生，而她默默无闻。二十四年过去了。

伟慧又说："十多年不见了，不知大家都变成了什么模样？会不会都老了、胖了？"

若迷说："老了、胖了又何妨？阿兰·德波顿说过，同学会就是个攀比会。大家互相看的时候都不再是看原先那个人了，而是看此刻他身上的标签，例如——老板、打工的、有钱人、穷人、已婚已育，抑或，钻石王老五。老了或者胖了，倒真是无关紧要。"

伟慧叹气，"人都势利，有什么办法。但你又怕什么呢？你现在这么成功，身上的标签个个闪耀。更遑论你一点都没有变老变胖，还比从前更美艳动人了。大家一定都对你羡慕嫉妒恨。"

若迷笑道："羡慕嫉妒恨的核心是恨，别忘了。"

伟慧也笑，说："我倒巴不得别人来恨我呢。只是我现在这模样、这状态，别人只会怜悯我。"

若迷摇头，"不过受了一次感情伤害，何足挂齿。在许多人眼里，你依然漂亮，有丈夫、有孩子，不要太幸福。再说了，你又怎知那些光鲜快活的成功人士，内心没有藏着血淋淋的伤疤呢？"

十几年不见，同学们果然都有了变化。有的入仕，有的经商，有的当了领导，有的当了老板，有的还在营营役役为别人打工；有的发胖了，有的头发少了，有的整过容了，有的比以前沉稳老练了。

但大部分人都像商量好的一样，清一色地变成了世俗、势利、八面玲珑、趋炎附势的模样。岁月无疑会给人增添美好的东西，但也无可避免地加给人糟糕的东西。这便是成长的代价。

看得出，每个人都精心打扮过，唯恐不能以最光鲜的一面示人，想尽办法要让别人惊美，也为吸引更多优秀资源向自己靠拢。

但总也有个别人，知道自己混得不好，无可展示，满腹怨气，索性不要面子，把聚会当成发泄场。

有个男同学，刚被女上司炒了鱿鱼，多喝了几杯酒便发起牢骚："女人啊，干嘛不在家相夫教子、过清闲日子？现在女人都那么拼，出来跟男人抢工作，害得男人都失业，还害得自己容颜早衰、不男不女，整个社会阴阳失调，真是损人不利己。"

一个在外企当主管的女生立刻反驳："你们男人要能养得起家，一婚到底诰命封妻，一辈子跪天地君亲师，疼妻爱子举案齐眉，忠君忘身早起晚睡，我们女人自然不介意不奋斗，逛街逗孩子等着吃。"

众人听了哈哈大笑。有人说："如此说法都是极端，如今男女都出来打天下，回家各做一半家务，也挺好。"马上有人质疑："太天真了吧。真正肯回家承担一半家务的男人能有几个？"

若迷是众所周知的单身母亲，如今在剧作行业名利双收。那个发牢骚的男生忽然朝若迷端起酒杯，说要敬敬班上最厉害的"女汉子"。

无端被一个怨男当靶子，若迷当然心里有数。她微笑道："女性事业成功，或只是做了力所能及的事，就被尊为'女汉子'；而男性若自私懦弱，就被称为'娘娘腔'，或者'像个女人'。原本只是区分性别的词汇如今倒可用作褒贬之意呢。"

大家不吭声。这么多年了，李若迷的性格还是有棱有角。

伟慧碰碰若迷的胳膊，小声说："唉，别跟这种人计较。女汉子什么的也就是个网络流行语，说惯了而已，随他去吧。"

若迷仍微笑着，叹口气道："罢了，只可怜我们博大精深的中文最终还是词穷到非得用男性性别才能形容一个人的好。"

那个挑事的男生忍不下这口气，又出言讽刺道："咱们李大编剧现在可是文化权威呢，事业蒸蒸日上，钱赚得比男人多，真叫天下男人都怕了你啦。"他暗讽若迷至今孑然一身是因为没有男人要。

若迷并不看他，淡淡说道："女人赚钱比男人多，这很可怕吗？哦，是的，因为有钱的女人无法被收买，不再是生殖资源或者性资源，不再是妻子、情妇、小蜜、二奶、第三者……对男人来说，她们毫无用处。所以，人们尊重男人在事业上的努力，却不尊重女人在事业上的努力。舆论总暗示女人放弃个人事业，去扶持别人、伺候别人，去牺牲自己的人生来成全别人的人生。甚至我们的女性长辈在向后生女性传输价值观时，也是如此。"

听到这里，伟慧忽然就想到了自己的婆婆，总教育她要学会相夫教子，好好辅佐自己的男人。甚至连她自己的母亲也曾说过，好好支持家行的工作，男人成功，家庭才会兴旺。伟慧忽然一阵鼻酸。

若迷的发言叫大家都静了下来。有个别男生想与她针锋相对却苦于词穷，也有若干女生心中暗暗佩服叫好，朝她投去赞同的目光。

这时有个男生站起来向若迷敬酒，说她讲得很好，又说今天的聚会百家争鸣，大家畅所欲言，实在难得，以后要多多相聚。这男生叫林景聪，是以前的团支书，一向稳重，维持大局。

被他出来打哈哈圆了场，气氛一下子缓和了。大家又开始吃喝闲聊，很快转换了话题。

过了一会儿，伟慧在若迷耳边轻声说："你讲话还是这样任性，不怕得罪人啊？"

若迷淡淡一笑，没说什么。

会被她这些话得罪的人，她本来也不想打交道。

伟慧又偷偷在若迷耳边说："林景聪以前暗恋你哦。"

若迷笑，戳一下伟慧的胳膊，"瞎说。人家暗恋的是你吧？"

伟慧嗔道："明明是你。"

若迷笑笑，没再接话。但她陷入了沉思：也许自己是太任性了，喝了一点酒便欲将心中所想一吐为快，观点激进也不怯于表露。反观伟慧，已是两个孩子的母亲了却还是个乖巧小淑女的样子，话不多，偶尔说句话声音也轻柔婉转。她才是男人们的梦中情人吧？一般世俗中人，谁又会喜欢桀骜不驯的李若迷呢？

一阵走神之后，她听到大家的聊天话题又回到婚恋。

有个女同学说："男生大多喜欢好驾驭的女生，所以太聪明、太能干的女生不太容易讨男人喜欢哦。"

"所以女人才要扮呆扮傻扮柔弱啊。女子无才便是德嘛，书读得太多反而嫁不到好人家。"另一个女生接上去说。

说话的两名女生当年读书成绩都不太好，但精于化妆打扮，如今一个嫁了富商之子，另一个有大款男友。她们的话在几位渴望嫁得好人的单身女同学之中听上去颇有权威。可若迷听了却觉得刺耳。

伟慧看出若迷又想说什么，拉拉她的衣角，示意她：算了。不要为些观念之争伤了同学和气。人各有志，求仁得仁，也没什么不好。

若迷不说话了。伟慧或许有道理。这种场合，显得太意气风发，终究招人恨。得理必究，也不是大将风度。

但她也的确意识到，伟慧的性格越来越软弱。

吃饭前，伟慧用开水烫碗筷，清洗消毒，不厌其烦。这是从她初次怀孕开始保留下来的习惯。饭桌上，伟慧从不主动说话，有观点也不表达，只求别人不要注意到她，只求不要得罪人。

伟慧年少时也并不是个豪放的女孩子，但至少洒脱大方，不拘小节，充满自信。而现在她变得这般胆怯、懦弱、谨小慎微。

讲究细节、畏畏缩缩，这样的举止应该属于某个胆小怕事、有洁癖的老妇人，而绝不该属于依然年轻漂亮的童伟慧。

若迷忽然意识到，很多事情是潜移默化地改变一个人的，比如传统大家庭式的生活对伟慧的改造。哪怕理性警觉，甚至有所抵抗，但只要你日复一日地在行为上服从某种思想，终究你会和它融为一体。

而前不久，伟慧那一段突兀的婚外情，也许是她潜意识里对这种压抑和改造的一次爆发性反抗，因此注定是畸形的、失败的、惨烈的。

聚会结束后，林景聪提出送若迷回家。若迷婉拒，说会叫出租车。

林景聪又问若迷工作是否忙，可否再找时间出来小聚。若迷无意与其寒暄，稍稍敷衍几句，很快告辞。

若迷打电话约来出租车，先送伟慧回家。

路上，伟慧说："林景聪看样子想追求你哦。"

若迷但笑不语。

伟慧又说："他未娶，你未嫁，何不交往一下看看？"又说："他算是我们班最有出息的男生吧？这么年轻就做到副处级。"

若迷淡然一笑，道："大多数人，终其一生所追求的，都不是他们自己内心真正想要的东西，而是……别人都在要的东西。"

伟慧沉思了片刻，说："也许吧，我们需要安全感。"

若迷叹气，笑道："是，你们。可你们的选择并没有什么不对。随大流是一种生存智慧。大多数人选择的道路，一定是最好走的道路。"

伟慧在这一刻听出了若迷平日里不轻易流露的疲惫与怅惘。

停顿片刻，她问若迷："真不打算给他机会吗？他可是年轻有为的副处级干部，又是从小认识，知根知底。"

若迷微笑，说："我相信他十年后一定会做到正部级，只可惜，官太太不是我的人生梦想。"

19

若迷送伟慧到家，然后继续乘那辆出租车回家。

经过一个路口的时候，出租车被一辆私家车刮蹭。对方是辆保时捷跑车，违章超车，刮蹭后不停车，企图逃逸。

出租车司机火冒三丈，猛踩油门，紧跟保时捷上了高架，一路追赶堵截，已完全不顾后座的乘客要去哪里。

若迷抗议。司机却说："对不起了，姑娘，我今天非得抓住这小子不可，开辆保时捷就无法无天了，我倒要看看是哪一家的富二代还是官二代，说不定还能为反腐倡廉作点贡献。"

两辆车一追一逃，在高架上旁若无人地飙到一百三十码。

若迷害怕，给伟慧打电话，说都是好莱坞警匪片作的怪，这边上演《生死时速》呢，有辆"破鞋"蹭了出租车跑了，出租车紧追不舍。

伟慧说："什么破鞋？"

"就是保时捷，Porsche，破鞋。"若迷又把出租车的车牌号码告诉伟慧，说："报备，万一有什么事，你替我报警，替我收尸。"

司机却说："放心，姑娘，我是好人，我就是非抓住那开'破鞋'的小子不可。胡乱超车，横行霸道，刮蹭了还逃，太可恶。"他又说："我开了三十年车了。我开车你放心，开到两百码也没危险。"

毕竟车子的性能差了一截，出租车没能追上保时捷。但保时捷自己在一家私立医院门口停车了。

出租司机跟在后面停车，随即下车去揪人。保时捷里钻出个三十来岁的男人，帅得很，拎着个包。

男人向出租司机解释，自己是来救命的，包里是冷藏的人体白蛋白，现在要马上拿去救一个脑出血昏迷的病人。

出租司机还要纠缠。男人说："没时间啰嗦了。你等着，我车在这儿押着呢，有什么损失我赔给你。"他说完就直往医院里走。

"肇了事还耍酷呢。"司机朝男人的背影哼一声，原地等着。

若迷说："我不管你们的事，我得走了。"她向路边张望，想重新打车。可此处偏僻，路上一辆空车都见不着。

司机说："姑娘你干脆也等会儿吧，留下给我当个证人，证明是他蹭了我的车。我怕那小子一会儿抵赖。"

若迷束手无策，也只好陪着等。

半小时后，男人从医院里出来了，神情沮丧。

司机上去拽住男人，"好了，总算出来了。你快来给我解决这事。我被你害得一晚上生意没得做。"

男人被司机拽着，很无力，也不反抗。

司机又问男人，公了还是私了？公了的话他打电话喊交警，做事故认定，还得给保险公司打电话。私了的话痛快点，给个数。

男人眼神虚无游离，像是魂都不在身上，像是根本没听司机在说什么，末了就问司机："多少钱？"

司机先是一愣，随即扯起维修清单，说喷漆、误工费、追车的油费、精神损失费，加起来至少两千块。

男人二话不说从保时捷里拿出一个包，抽了一沓百元钞给司机，也不数，看上去足有四五千。

司机拿着钱，大约数了数，数完把钱往口袋里一揣就走人，连谢谢也不说一声。

男人却靠着保时捷，慢慢蹲下来，哭了。

若迷俯身问了一句："你没事吧？"

男人不回答，却抬起胳膊一把抱住若迷，随后放声大哭起来。

若迷惊讶，说："喂，你放开。你这人怎么回事？"她挣了挣，却挣不开。男人只顾自己哭，完全不听若迷说什么。

那一边，司机自顾自地上车，准备开走。

若迷大喊："哎，师傅，你等等。你还得送我去常德路呢。"

司机降下车窗冲她喊："我得修车去了。这小哥这么阔，你跟他要损失吧。这儿去常德路也没多远，要不你坐他的'破鞋'。"

司机一踩油门，出租车扬长而去。

若迷望尘莫及，又气又无奈。男人却又"哇"地一声嚎啕起来，人完全瘫在若迷身上，像个遭人欺负的孩子找到了妈。

那个病人还是死了。在送若迷回家的路上，男人解释道。

若迷以为是男人的亲属，可却并不是。死者是男人公司员工的父亲。他本想帮个忙，飞车送去救命物资，结果还是没赶上。

"早知应该开得更快些的。"他自责地说。

若迷想，真是个多愁善感的男人，为旁人的悲剧哭成这样。

快到若迷家时，男人作了自我介绍，他叫欧阳锐，是某某集团董事长某某某的二公子。"也许你听说过我父亲的名字。"他说。

然而若迷并没有听说过。她微笑着，没有说话。

20

那晚认识之后，欧阳锐开始追求若迷，三天两头约她外出。

他知道若迷的住处，开着跑车来等她，就是那辆保时捷 911，软顶敞篷、军绿外壳、深红内饰，特别招摇。

若迷笑他，"开这样的跑车，是在演偶像剧里的公子哥吗？"

欧阳锐说："谁演了？我是真心喜欢你，不是在泡你。"

若迷笑出声来，"谁说你在泡我了？真是此地无银。"

欧阳锐露出困惑的表情，"那你到底为什么不高兴？是不喜欢跑车吗？那以后换大车来接你，我就是不想有司机在。"

到第二天，他真不开跑车了，叫司机开了劳斯莱斯来接她。

若迷哭笑不得，猜想这位天之骄子一定饱受追捧，以为自己战无不胜，所以这般天真可爱。

欧阳锐是典型的纨绔子弟，风流倜傥，笑起来明眸皓齿，没心没肺，自然也是潇洒惯了、胡闹惯了的。可自从认识了若迷，他却忽然收敛心性，扎实筹谋，想与若迷有认真的发展。

若迷觉出他的诚意，笑问："我哪里吸引你？"

他想了想，说："你好看，但你与别人的好看又都不同。"

若迷说："那你能接受我和你恋爱，最爱的人却不是你吗？"

这句话让欧阳锐怔住了。他随即认真地思考起来。思考了片刻，他说："如果你说的最爱的人，是指你的孩子，那我一定接受，毫无怨言。可如果你说的是另外的男人嘛……我得想一想……我想……我应该也能接受，因为我相信，只要能和你相处上一段时间，我一定能把你心中最好的男人都比下去。"

这话让若迷笑起来。她说："我可从来没告诉过你，我有孩子。"

欧阳锐见若迷说话的同时，眼中有默认的笑意，问道："所以，你真的有孩子吗？你有几个孩子？没关系，告诉我，我不介意，一点都不介意。我可以和你一起养孩子。我喜欢孩子。"

"可是你一点都不奇怪吗？"若迷问。

"奇怪什么？奇怪你有孩子吗？"欧阳锐摇着脑袋，"不不不，我怎么会奇怪？你这样的女人，没有过爱人，没有过孩子，才叫奇怪。我甚至觉得你也许结过五次婚，有七个孩子。"

若迷终于被欧阳锐逗得笑出声来。

然后她正经地告诉欧阳锐，她未婚，有一个八岁的儿子。

但她也表明态度，自己没有结婚的打算，即便只谈恋爱，她也不会像他曾经有过的女伴那样对他千依百顺，或者能由他带出去作花瓶般的炫耀摆设。欧阳锐说他全不在乎，只要若迷肯见他就好。

若迷见他一片赤诚，又难得地单纯执着，便答应与他恋爱。

欧阳锐出手阔绰，经常送若迷钻戒皮包。若迷统统不收。

她说："我不喜欢那些，就算喜欢，自己也买得起。"

这天，欧阳锐又拿来一只丝缎小锦囊，说是礼物。

若迷打开一看，是两粒白色的小小乳齿，不由得呆住，接着笑了出来。

欧阳锐说："这是我小时候换牙时掉的牙齿，珍藏版的，全世界就剩这两颗了。"

若迷说："是吧，从小到大，交一个女朋友就送一颗，也是差不多分完了。"

欧阳锐叫起来："谁说的！统共就收藏了这么两颗！"一副气呼呼的样子；又说："你以为人家都像你啊？人家巴不得要钻戒名包呢，恨不得叫我送跑车、别墅。就没见过你这么不图实惠的。"

若迷不语，微笑，看着手心里晶莹剔透的小牙齿，觉得很温暖。

片刻后，她说："谢谢你，其实我很感动。我留一颗吧，剩下一颗还给你，你自己藏着作纪念。"

她把一颗牙齿放进自己的衣服口袋，把另一颗装回锦囊，交还到欧阳锐手上。

欧阳锐见若迷终于破例收下自己的馈赠，开心地笑起来，一把将她搂进怀里，用力亲吻她的额头。

若迷靠在欧阳锐胸前，手在口袋里轻轻捏着那颗小小的牙齿。

如此细腻、敏感又多情的男人，适合与之谈情说爱。

这天两人在一家西餐厅吃饭，是若迷推荐的地方。她尤其喜爱这家店的中东小米沙拉，每次来都吃一份，再打包一份回家。

若迷的饮食习惯很随意，喜欢吃什么就放开吃，少有忌口，也不刻意节食。欧阳锐坐在她对面，自己不吃，只看着她吃。若迷问他看什么。他笑说："看你吃东西这么香，真是一种享受。我见过太多女孩子为瘦身而节食，饭就吃那么一点点，既不健康，又不美观。"

若迷笑笑，又说："那你怎么不吃？"

欧阳锐伸个大懒腰，"天天应酬天天吃，胃口养刁了。"

若迷说："炫富，没意思。"

欧阳锐笑了，"家父总说，世上最好吃的东西是炒青菜配白米饭。"

若迷撇撇嘴，"最烦听到这样的话，做作。"

"他是真心这样觉得。"

"真心这样觉得，放在心里就好了，何必说出来让全世界知道？摆谱？示威？还是存心气人？"若迷半开玩笑地说着，"只有吃腻天下美食的人才有资格说青菜白饭最好吃。"

欧阳锐无奈叹气，"好好好，说不过你。"

他心里是纳闷的，从小到大都是女人围着他、宠着他、讨好他，他还从没受过这种挫折，讲什么都被顶回来。

若迷知道欧阳锐心里想什么，但笑不语。很多女人懂得扮柔弱，扮无知，顺人说话。只可惜，她不是很多女人，她是李若迷。

餐厅放的是 Tori Amos 的老情歌。若迷说："这家店东西极好吃，就是音乐不好，永远这样哀哀怨怨的，没意思。"

欧阳锐说："那你想听什么？"

若迷手撑着头，随口说道："天使之翼合唱团。"

欧阳锐即刻召来服务生，"烦请更换音乐，播放天使之翼合唱团的歌曲……"

若迷忙拉住他，"喂，算了。你叫人家一时间上哪去找唱片？再说这样小情小调的餐厅，怎能放圣乐？我不过开开玩笑……"

欧阳锐不理，只简单而快速地对服务生交代了几句，然后转过来对若迷眨一眨眼，"我说可以放就可以放。"

这么霸气、任性，简直像个小皇帝。

几分钟后，餐厅的背景音乐真的换成了天使之翼的著名曲目《Abide with Me》。第一句天籁般的童声唱响时，店里的顾客都诧异而茫然了一瞬，不知是什么原因让这整间餐厅的风格骤然大变。

欧阳锐却恶作剧得逞般地对若迷笑，那样子好像在邀功。

若迷只是低头笑，不去理他。后来她才知道，这间餐厅及其连锁店都是欧阳家的附属产业。

伟慧羡慕若迷交了这样的男朋友。

她说："我活到这个岁数，其实还从没见过真正意义上的有钱人。哪怕我们公司那些高端客户，基本也都是暴发户。"

若迷笑，"什么叫'真正意义上的有钱人'？"

"就是……"伟慧一时也说不上来。

"住一千平的房子，睡三十米的床。小龙虾吃一盘倒一盘，拉菲喝半瓶倒半瓶。看中一款跑车，有三种颜色，一种颜色买一辆，是这样吗？"若迷笑嘻嘻地说。

伟慧被她逗得笑起来。

"好了，别以为有钱人过的是神仙日子，也别以为有钱人都很大方。告诉你，越有钱越吝啬。有钱人是因为爱钱才变得有钱。"

"可欧阳公子看着不像吝啬的人。"

"呵。"若迷笑道，"那是因为，他花的钱又不是他挣的，都是他老爹和他哥哥挣的。"

21

若迷与欧阳锐本不是一个世界的人，拥有不一样的社会属性。

但他们本性相似，都善良真挚，渴望热烈而真诚的感情，懂得世俗，又与世俗保持一定距离，内心存有浪漫情怀。

所以若迷喜欢欧阳锐，和他在一起感觉愉悦、舒适，没有负担，也不用想未来。她知道，他一定会有一个门当户对的婚姻对象。

再者，两人的身体契合得太好，也是带来沉迷的一个因素。

这日午后，欧阳锐约若迷见面。

若迷正在家写剧本，不想出门，问欧阳有何事。

欧阳说，也没特别的事，就想见见她，聊会儿天，半小时也好。若迷看看时间，儿子还有两小时才放学，便让欧阳来家里。

欧阳锐来了，一进门就说要给若迷一个惊喜。

若迷淡淡地说："什么惊喜？"她既不好奇也不兴奋，只管在小餐台前不紧不慢地调制饮品，做欧阳锐最喜欢的热巧克力。

欧阳锐把她扳过来，"哎呀，你先别忙了，先来看这个惊喜。这可是真正的惊喜哦。"他这时候就像个小孩子。

若迷还是淡淡地笑，"我不太喜欢惊喜，惊喜一般没什么好事。"她把调制好的热巧克力递给欧阳锐。

"哎呀，现在不喝。"欧阳锐把巧克力放回桌上，然后微微掀起自己的 T 恤下摆，说："来，快点，你自己来看。"

"看什么？"若迷并不接手。

"掀起衣服来看啊。"

欧阳锐急了，抓过若迷的手来掀自己的衣服。

"有什么好看的？又不是没看过。"若迷嗤笑。

"哎呀，你看嘛。"欧阳锐又气又急，完全成了个孩子。

"你先告诉我看什么，不然我不看。"若迷还是不紧不慢，带着笑意，像是很欣赏欧阳锐这副火急火燎的样子。

"我把你的名字纹在我身上了。"

欧阳锐终于还是忍不住，自己把谜底揭晓。

若迷稍愣了一下，随即轻轻叹出一口气，"我最不喜欢别人做这种事了，你又不是不知道。而且我也不觉得纹身有什么美的。"

若迷这副既不惊喜又不感动甚至还有一丝淡淡不快的态度让欧阳锐非常失望，但他还是握起她的手，掀起了自己的 T 恤。

若迷这时看到了，欧阳锐胸前，靠近心脏的位置，纹了一个"迷"字。看到字的一瞬间，若迷还是感动的，忍不住伸出手去轻轻抚摸那个字，她的名字，与他的皮肤糅合在一起，仿佛生来就是如此。

"傻瓜。"片刻的怔愣后，她回过神来，轻声嗔道，"将来你太太看到算什么？"

"我将来的太太就是你啊。"欧阳锐握住若迷的手，放到唇下轻轻一吻，"我发誓，从今以后我欧阳锐就只有你李若迷一个女人。"

"发这种誓又有什么意思……"

若迷说到一半的话被欧阳锐俯身一吻截住了。

他一边吻她，一边褪去她的衣衫，将她拉进自己怀里。她稍稍抗拒了一下，很快在他温柔的进攻中缴械投降，与他共燃。

两人相拥着倒在床上。她伸手按了一下床头的开关，窗帘缓缓合上。帘幕后，阳光渐渐隐没在一片温暖的暗色之中。

阵阵婆娑来

1

对于男女之情，若迷一向是真诚、坦然的，但绝不是奋不顾身。她懂得控制感情的尺度、浓度，始终给自己留有后退的余裕，也始终不带给对方任何要求、占有、逼迫，或是控制。

可对于怀孕生子这件事，她又全然不在乎世俗尺度。换言之，她不在乎独立生子这件事在世俗标准中是否吃亏、是否划算、是否看起来奋不顾身。她的愿望很单纯，爱这个男人，就生下他的孩子。

生育所爱之人的孩子，这才是关系中最为本质和真实的内容。而其他一切世俗包装如婚房钻戒、证明文书，都只是流于表面的形式。

并且她始终认为：生养一个孩子，是属于她自己一人的事。

这也是她生下悦农时的想法。

与欧阳锐交往的第五个月，若迷发现自己怀孕了。

这并非刻意为之的事情。也许是某一次的疏忽，也许是冥冥中的天意。但既已发生，就无可回避。思量之后，她决定生下这个孩子。

当然也有另一选项——去做人流手术。但若迷一直觉得，人流手术是世上最可怕的手术。并非肉体疼痛，而是心灵遭罪。一个将要成为母亲的女人，须有怎样强壮的意志，才能忍心把自己的孩子杀死在腹中，让冰冷的真空吸盘把小小人形一下子扯碎，吸出体外，变成血肉模糊的一团？这样残酷的事，她不愿做，不忍做。

她宁可调整自己的生活，付出更多，来让这个孩子获得生命。

孩子的到来并没有被期待，但确是一种因缘纠葛。既然来了，她就容纳、接受、承担，尽一个母亲的职责。只是在另一方面，她也并不希望因为这件事而改变自己和欧阳锐的关系状态。

这意味着：她要生下这个孩子，但不与欧阳结婚。如果需要，可以将此事隐瞒，欧阳永远都不知道有这样一个孩子，她也无所谓。

她唯一需要沟通的对象，是悦农，她的长子。

她对九岁的儿子说，妈妈怀孕了。问他，是否欢迎一个弟弟或者妹妹来到身边？是否介意这个家里多添一名成员？

男孩认真地说："我不介意。我会陪他玩。我会保护他。"

若迷觉得欣慰，轻轻抚摸儿子的头发。她知道他心中有困惑，知道他曾在学校里听过一些风言风语。但他一贯懂事，从来不问。等他再大一些，她会告诉他自己曾经的经历和所思所想，告诉他有关他父亲和母亲的一切一切。她希望他会懂得生命的美好以及无可奈何，学会尊重并珍惜这世上一切形式的爱与自由。

欧阳锐或许有所察觉。这天他忽然来找若迷，心事重重，像是要与她深谈的样子。

若迷不作声色，表现得和以往一样，给他做了一杯热巧克力，放了许多奶油和海盐。一个大男人不爱喝酒、不爱喝茶，就爱喝带点咸味的热巧克力，也实在是孩子气十足。

欧阳锐捧着海盐巧克力，痛饮一大口，然后重重放下杯子。

他看着若迷，沉声说道："知道吗，你是个真正的恋爱高手，李若迷。真正的恋爱高手从不恋爱，而是一直在制造局面。"

率真的欧阳公子也开始打暗语，这倒新鲜。

若迷用脚趾头都听得懂欧阳锐在说什么，但她装作不解，问："我没有在和你恋爱吗？"

欧阳锐微微一笑，答非所问："你好像从来没说过你以前的事。"

"以前的事？"

"对，以前的恋爱，以前的男人。"

"你是说，悦农的父亲？"若迷微笑着，不再绕弯。

"啊，对，悦农的父亲。悦农有父亲吧？他不来自于精子银行的某个精英样本吧？"

"你想知道什么呢？他姓甚名谁，现在何方？"若迷微笑着，她已听出欧阳话语中反常的挑衅。往日他不是个善妒的人。

"我想知道，你爱他吗？现在还爱他吗？"

若迷仍微笑着，说："我爱他。但大家都说他是个浪子。"

"哈，对，大家都说他是浪子。他就干脆做个浪子给你们看看。"欧阳锐笑道，"就像我，从小别人就讲我是纨绔子弟、公子哥儿，后来又出来个新名词叫富二代。我想，嘿，反正被你们看死了，老子就干脆做个纨绔子弟，干脆做个叫你们恨得牙痒痒的富二代。"

"所以，难道你不是？"若迷反问。

欧阳锐笑笑，不答反问："所以，你不嫁给浪子。那你会不会介意嫁给富二代？"

他是在求婚吗？若迷心中一怔，不露声色。

"是的，我在向你求婚，李若迷。此刻我真心诚意地求你嫁给我。"他说着，拿出一只锦盒，打开，里面是一枚钻戒，钻石大得像只灯泡。

若迷略有意外，但表现镇定。她微笑着，问："为什么？"

为什么？欧阳锐愣住了。什么为什么？

他不相信还会有女人问他为什么求婚。他以为若迷一定是在要性子、端架子，便说："因为你已经是我的人了啊。"

"Excuse me？^①"若迷正色看着他，"谁是你的人了？"

"你是我的人了啊。"欧阳锐微笑，"你是我的女人，所以，在我面前别端架子了。你知道我爱你，你也不用非逼我说出来吧？钻戒还不够分量吗，嗯？"他说着伸手捏一捏若迷的后颈，像捏一只猫。

若迷看出欧阳锐此刻不过是故作强势，他对于向她求婚实在没有足够的底气和把握，但他一贯的骄傲不允许他示弱。她忽然有些心疼他，但还是避开了他的手，敛了笑容，说："我谁的人也不是。"

欧阳锐怔住了，像是被触怒，片刻后他嚷起来："喂，你是不是一直就是这副铁石心肠啊？告诉我，李若迷，你有没有心？还是从前受过什么伤害，吓怕了？谁伤害你了？悦农的爸？从此你就不再爱任何人，也不再付出任何感情了，就永远玩着感情

---

① Excuse me：英语，"对不起，不好意思。"也作"对不起，打断一下。"

游戏，优哉游哉，可进可退，像个情圣一样。是不是？"他忽然发起小孩脾气来。

"你要这样讲话那我们没什么好谈的了。"若迷冷静地说。

欧阳锐意识到自己失态，马上后悔了，语气软弱下来，"若迷，若迷，对不起，是我反应过激，对不起。你看着我，看着我，让我们好好谈谈，好吗？其实，我向你求婚，是因为，我知道，你怀孕了。"

若迷略有惊讶。但她明白，欧阳有办法了解他想了解的事。

他看着她的腹部。她的腹部平平坦坦。但他相信，有属于他的一部分正在那里快速生长。这让他激动，却又诚惶诚恐。

"那又如何？这事跟你没有关系。"若迷既温柔又冷酷。

"怎么跟我没关系呢？这明明是我的孩子。"欧阳锐又出来一股孩子气的鲁莽与委屈。

"是我的孩子。"若迷依旧淡然镇定。

"好好好，你的孩子。但也是我的孩子啊。我想和你一起养他。"

一起养他？若迷看着欧阳锐，勾起唇角微微一笑。她说："多谢你的好意了。但我想，我能够独立抚养他。"

"若迷……"

"你若再烦，我就告诉你，孩子不是你的。"若迷像是恶作剧一般抛出这句话，似笑非笑地看着欧阳锐。

"你……"欧阳锐有一瞬的愤慨，随即苦笑起来，"好了，别闹。我知道孩子是我的。"

若迷但笑不语。她不想继续讨论这个话题。

欧阳锐却陷入迷茫。他说："你要我怎么做？若迷，我向你发誓，我会对你好，会善待悦农，将他视如己出。我会照顾你们母子生活无忧。我只想你一直留在我身边。我爱你，胜过爱我自己，没有你我不知怎么过下去。我求你了，我们结婚，好不好？"

三十郎当岁的人，竟说出这孩子气的话。是从哪一出拙劣的言情剧里学来的台词？若迷笑着，目光里存着心疼、怜悯，还有婉拒。

"嫁给我，好不好？"欧阳锐又求了一次。

若迷微笑着，慢慢地摇了摇头。

"究竟为什么？"

"不为什么。"

"你就不能再考虑一下吗？我们明明这样相爱。"

"是，我们相爱。但结婚，是另一回事。我已经考虑好了。"若迷回答。她微笑着，眼神清透、坚韧，透出一股力量。

伟慧见过欧阳锐，也劝若迷，"欧阳公子条件这么好，长得又高大神气，与你这么般配，正是不可多得的丈夫人选。"

伟慧又说："嫁给他就像中头彩，走捷径，平步青云了，多少女人求之不得呢。"

若迷微笑摇头，说："人生没有捷径，捷径都是最远的路。"

伟慧听了不说话。捷径都是最远的路。若迷有她的智慧。

可是，欧阳爱她啊。嫁给爱自己的人，又谈何捷径不捷径呢？

若迷说："有些事情，以当下的眼光来看似乎是对的，它像一条光明大道，正确得理所当然。可是，若放到人生的长度来看，它却有可能是个极大的错误。"

"对与错，谁又能料呢？"伟慧说，"世事本无常。或许你可以尝试一次婚姻。既然结不结婚对你来说都不重要，那么，结一次婚，应该也不重要吧？也许你会喜欢呢？虽然我自己的婚姻并不完美，但对大部分人来说，婚姻依然可算个安全的港湾。"

若迷笑道："这么多年了，你还没放弃游说我。"

伟慧苦笑，摇头叹道："我就是想不明白。有这样好的一个人肯娶你，陪你过日子，你还不满足。"

若迷说："我不选择他又不是因为不满足。再说，满足也不代表什么。深刻的感情与满足无关。"

伟慧凄凉地想：的确。曾经她觉得能和周家行结婚，感觉万分满足，但那又如何呢？若干年后，还不是心怀不满，彼此忍耐？

感情、关系、婚姻，都是双刃剑。有舍才有得，有得必有舍。

许久，她问若迷："你真的已经想好了？"若迷怀着欧阳的孩子，欧阳条件充沛又想娶她。如此她都不嫁，这辈子定然不会再嫁了。

若迷笑，调皮地说："真的、真的、真的，已经想好了。"

伟慧叹了口气，说："恭喜你已练就铁石心肠、金刚不坏之身。这辈子再没有一个男人可以控制你或者伤害你了。"

2

欧阳锐自那天求婚被拒绝后，百思不得其解。他从未遇到过若迷这样的女人，无法理解她的情感方式以及她在这世间的生存态度。

若迷自然明白欧阳锐的不理解。从这件事之后，她也看清了，欧阳锐和她毕竟还是两类人，分属不同的社会层面。性情上再如何天真至纯，身为富商之子的他恐怕也永远无法理解她的理想主义。

可是欧阳锐却并没有放弃。几天后，他再次前来求婚。

他说："我知道你对我无欲无求，知道你看不上我的财富，甚至也许都不认为我富有。可我的确爱你，愿意把自己的一切都给你。"

若迷笑了，"谁说我对你无欲无求？我喜欢你的一切，你的容貌、身体，你的脾气、性格，你的优点、缺点，当然还有……你的财富。"

"但那也不意味着我就想嫁给你。"若迷微笑着，"喜欢的东西不一定要拥有，更何况，结婚也不意味着拥有。"

"我不懂了。"欧阳锐说，"你既然这般洒脱，什么都不在乎，既然觉得结不结婚都无所谓，那应该也不会怕结婚啊。我向你保证，一切还会和从前一样。我不会干涉你的生活，我的家人也不会……"

"请不要再说了。"若迷微笑着打断他，"谢谢你的一片心意。但我想好的事情，不会变了。"

欧阳锐沉默了。许久，他气了。

"简直没有逻辑！"他说，"人不会做违背本性的事情。女人的本性是什么？择木而栖。我这样的男人如果还算不上一棵值得托付的参天大树的话，那世上根本也没有几棵能算得上是树了。你不为你自己考虑，也该为你肚子里的孩子，我们的孩子考虑吧？"

若迷依然微笑，"我承认，你算是一棵参天大树。只不过，我自己也是一棵参天大树，而不是需要择木而栖的小鸟。"

"你……你看看你，这副德性。有你这样的女人吗？高高在上的样子，参透一切的样子。你还不如去做尼姑！"

欧阳锐口不择言。若迷却不为所动，微笑着说："做什么尼姑呢。最好的修行不是在山上，而是在关系中。"

"别跟我扯你的宗教、哲学，别装成一副优雅的理中客的样子。就一句话，你嫁不嫁我？你不嫁我，我就娶别人了。"

若迷微笑着回答："你娶别人吧。"

"你……你以为我不会娶别人吗？你有什么好？不过是有点个性有点才能，又不是倾国倾城。你以为我有多喜欢你？"

"你有多喜欢我？"若迷脸上笑意不变，语气里有种笃定淡然。

欧阳锐听到这一句，怔住了，再也说不出什么。片刻后，他突然将若迷一把拽进怀里，狠狠地用力抱住。

"我喜欢你，真的很喜欢你。我也不知道为什么，就是这么喜欢你。你说我该怎么办，我该拿你怎么办，我该拿我们怎么办……"

若迷一动不动，任他抱着，任由他说。许久许久，等他说完，她才轻轻地回答："我们是不自由的。你知道的。我们都是不自由的。"

"管他妈的自由不自由。我就是自由的。我就是想和你在一起。我跟你私奔了又怎么样？谁敢拦我跟谁拼。"

这样鲁莽的孩子气，怕是一辈子都不会改了。

若迷没有说话，只是轻轻将他推开一些，然后抬起头来看着他。她的决定都在她的眼神里。

欧阳锐也看着若迷，心里一点一点地沉下去。他觉得自己这辈子都无法忘掉此刻，这女人眼中的温柔与决绝。

许久，他崩溃了，忽然放开若迷，抬手掩面，叹道："你知道吗，若迷，我压力太大了。我实在受不了了。你知道我顶着多少压力在拖延家里安排的婚事，偷偷跑来见你吗？你知道我身处怎样的环境之下吗？你非但不做我的同盟，还把我往外推。"他的声音哽咽了。

果不出所料，他另有婚姻之约。他从未向她透露过半分，但她已全部猜到，并且理解。

他的家庭，握有权力和物质。尽管他是次子，但仍需为他父亲的商业帝国南征北战，开疆扩土。他的婚姻，是这征战中的一步棋。

没有什么可委屈的。这本就是他们应当面对的命运。

欧阳锐眼眶湿润，喉结滚动了一下，又一下。若迷握住他的手。这个世家公子，性格太软弱，对感情太执着。

欧阳锐的哭腔中带有一丝愤怒，"你啊你，李若迷，你太理智、太理智了。你根本就不懂感情，轻视感情。你以为自己在感情上保有理智就可以高贵、优雅、拿到主动权了。可实际上，你根本就是个寡情的人。你拿着理智的大剪刀，咔嚓咔嚓剪掉自己的感情枝杈。你根本不懂得体验热烈的情感和难舍难分的感觉。你是个自私的人！"

若迷任他抱怨，任他发泄，末了只是淡淡地说："时间也不早了。我送你回去吧。"

"不用你送。"他忽然发了狠，甩开她的手走去。

若迷不说话，陪他往车库走。他来找她之前明显喝过酒了，此刻又情绪波动，不宜开车。她要保证他安全。

欧阳锐嘴上说不要若迷送，可若迷陪他一起走到车库取车，他也不再说什么。毕竟还是很爱她，能和她多待一会儿也是好的。

若迷替欧阳锐开着车。两人一路都不说话。久久的寂静。

若迷心里是有些紧张的。她怕欧阳锐在这沉闷的寂静中酝酿着什么大动作，怕他做出什么浪漫的、过激的、危险的事。

同时她心里也是感动的。有什么在她心里奔腾着、渴望着、流泪着。但她平静的脸上没有任何情绪波动。

她与他之间，她始终都要做那个更加清醒的人，为了彼此都好。此刻，唯有她坚持到底的冷静才能熄灭他压抑的狂热。

快到欧阳府邸的时候，若迷停下了车。

她想说：还有一小段路，你自己慢慢开回去。我打车回就好。可此时此刻，她忽然觉得这些文不对题的话说出来会十分可笑。

车里还是很安静。两人都觉得彼此之间的话还没有说完，便都没有动。可他们也都不知道还能说什么。此时说什么都显得不合时宜。

静了一会儿，欧阳锐忽然笑起来。若迷转头看向他，只见他看着前方，出神似地，慢慢说道："在没有认识你的时候，我从来没有意识到，我交往过的那些女人是那么地懒、那么地蠢、那么地丑。不，她们其实是不丑的，但因为她们懒和蠢，所以显得那么丑。在认识你之后，你知道吗，在认识你之后，任何别的女人都入不了我的眼了。"

若迷没有回话。这些话她并不爱听。爱一个人便排斥全世界，这本也算不得稀奇的事，这不是两个人应该结婚的理由。

欧阳锐依旧看着空中某处虚无，恍然若失，继续说下去："就在不久前，我还说，我从今以后就只要你李若迷一个人。"

若迷无声微笑，轻轻道："我听说纹身也是可以洗掉的。"

欧阳锐用鼻子发出很轻的一声哼笑，仿佛在讥讽若迷此刻故作幽默、故作冷酷。他说："从来没有一个女人，这样对我。"

若迷看着他，忽然难过。她说："请原谅。"

"你没有做错什么，不需要我原谅。"

说完这句，欧阳锐打开车门下车，要走之前，又停了一停，似乎想说什么却犹豫着，最终他只是说："剩下的路，我自己走回去。车你开走吧。路上小心。"又停了一停，道："以后，我们别再见面了。"

他说完，重重地关上车门，径直走去。

若迷在车里坐着，久久不动，看着欧阳锐的背影渐行渐远。

似乎是第一次，她看到他这样的背影，拖着步子慢慢走着，像一个孤独的老者，没有了洒脱，没有了张狂，似乎，也没有了自由。

她在心里说：自由，自由，曾几何时我是那样地信仰你。可你真的真的存在吗？绝对的自由。人怎么可能绝对地自由呢？人的身体就是不自由的，需要饮食，需要睡眠，需要亲吻。人的思想也是不自由的，我们生活在一重又一重的固有观念中，从生到死，难以挣脱。或许唯一自由的，是我们的灵魂。唯一自由的，是爱。

但这一切，只有我自己，一人能够体会。

而你，永远不会知道，这一刻，我有多爱你。

3

不久之后，报上刊出消息：地产巨头欧阳正光的次子欧阳锐大婚在即，女方家里也是做地产开发的，与欧阳是世交。

伟慧把报纸丢给若迷。

"看看，看看。你敢说，要是站在欧阳公子身边的人是你，你会没有一点点幸福感与骄傲感？全国人民都会羡慕死你的。"

"全国人民？"若迷笑起来，"我又不为全国人民而活。"

她拿起报纸，细细端详那张照片。

那位富商之女看起来十分贤淑，略有一点傲气，但一点也不丑。相反，她非常非常地漂亮。欧阳锐与他的未婚妻站在一起，脸上是带有微笑的，不用心辨别的话，看不出那个微笑的勉强。

并不是每一个人都可以自由地说出自己爱谁、恨谁。

若迷对着那张照片看了良久，微微一笑，合上报纸。

深夜，欧阳锐发来信息，没有文字，只有一排省略号。

一切尽在不言中。又或者，他不知该对她再说什么，却想让她知道，此刻，他在惦念着她。

他没有变。还是这样单纯、幼稚、孩子气，但真诚。是的，真诚。若迷对着那排省略号看了一会儿，几乎被感动了。

但没有用的。只要他还是对她抱有期待，她就不想鼓励他。所以她没有回复。就让一切，尽在不言中。

爱情是一回事，婚姻又是另一回事。

婚姻需要的不仅是赤诚之心，更是智力与耐力。最重要的，世俗中的婚姻讲究的是门当户对，以及社会价值的趋同。

此刻，他不过是玩在兴头上，不服输。他渴望扮演王子的兴趣与热情更多来自于孩童式的叛逆、贪玩，以及好胜心。

而她，却对跨入更高阶层的生活没有一丝兴趣。

婚礼的前一天，欧阳锐忽然情绪反复，致电若迷，要求见面。

若迷推脱不见。但欧阳已驾车到她楼下等候，不停打来电话，只求再见最后一面，她若不见，他就一直等下去。

无奈之下，若迷安顿好悦农，出来见他。

若迷一上车，欧阳就发动了汽车。

"你要带我去哪儿？"她说，"悦农在家，我不便走远。"

"放心，我没有歹意，只想让你陪我一会儿，我想喝酒。"他说。车开出一段后，他把车停在了一家酒吧外面。

他素是不爱喝酒的人。他只喝热巧克力。

那么，今晚让他喝个够吧。今晚若不让他喝，明天开始他就要靠喝酒度余生了。而今晚让他喝个够，明天他就重新做人了。

若迷怀着身孕，只要了柠檬水。欧阳锐叫了自由古巴。两人刚坐下，欧阳锐的手机就开始不停地响，他不停地把它按掉。

若迷看看他的手机，又看看他，什么都没有说。无论在怎样的境况下，她一直就是这般温柔平静、安之若素的样子。

欧阳锐喝着酒，并不看若迷，而是看着自己杯中的酒。过了片刻，他慢慢说道："你知道吗，很多时候，我都觉得，你就像个老人。"他仿佛是独坐独斟，仿佛是在对自己的杯中酒说话，"我真想知道，你到底经历过什么。仿佛这世上已经没有能叫你在乎的事了。"

若迷抬眸，轻然笑道："好了，被你发现了，其实我有一百三十五岁了，跨过三个世纪，历经沧桑，看遍百态，所以见怪不怪。"

"哈。"欧阳锐发出一声讽刺的冷笑，带着一股痛快的戾气，缓缓点着头，"还能开得出玩笑，说明你一点都不心痛。"他说着，又苦笑起来，慢慢摇头，神情里弥漫起悲怆凄凉，"真没有意思。我一直忍不住想，如果你和那些小女人一样，痴痴傻傻，或者欲望明确，哪怕蠢一点，也就好了，你就会一辈子跟在我身边了。"说到此，他深吸一口气，又长长地吐出来，"但我知道，如果是那样，你就不是你了，也就不会叫我这样魂牵梦萦，百般不舍了。"

若迷没有说话，神色平静地看着欧阳锐仰头将杯中酒一饮而尽。他马上又要了第二杯。酒在杯中微微晃动，映出射灯微暖的光色。

"说真的，若迷，今天我们就坦诚相对，好不好？请你告诉我，你是不是真的一点都不心痛？如果你痛，请你承认，请你告诉我。不要逞强，不要伪装了，好吗？告诉我。"他握着她的手。

若迷不动，也不抽回手。她就那样无言地看着空掉的酒杯，静默着，许久，叹出一口气，慢慢道："此刻的心痛，若干年后回头来看，不过淡然一笑。此刻你觉得离不开的人，不消多久，便会遗忘。"

欧阳锐仿佛已猜到了若迷会这样回答，苦笑着摇头，什么都不再说，只向酒保又要了一杯酒，仰头喝干。

若迷看在眼里，有一瞬间似乎想要劝阻，又放弃了。

欧阳锐喝下第三杯酒之后，若迷说："我想，你要说的话都已经说完。你要见我，也已经见了。那么现在，让我们走吧。"

欧阳锐不动。若迷又说："我的确该回去了。你想必也有事在身。"她看了一眼被他关掉的手机，"我们都不要在此流连了。走吧。"

"是，是。不要贪恋温柔的黑夜。明天太阳照常升起。"欧阳面无表情地看着面前三只空掉的酒杯，怔怔吐出这几句。

饮下三杯酒，他却还是这样清醒。

两人一前一后地走出酒吧。欧阳锐打开车门。若迷劝阻，说还是由她来开车比较好，他喝了太多酒了。但欧阳锐不作理会，兀自坐上驾驶座，发动了引擎。若迷也只好坐到副驾驶。

欧阳锐开车一向勇猛，总是一脚油门踩到底，此刻借着酒劲更是有一股疯狂的蛮劲。车在路上飞驰。有一瞬间，若迷有种幻觉，觉得欧阳锐是想殉情，拉着她和腹中孩子同归于尽。黑色的风在她耳边呼啸，可她心里却没有一丝害怕。她并不怕死，知道一切有命。

欧阳锐其实是十分清醒的。他知道自己手中握着三条人命。可若不经历这样一场宣泄，他怕自己会撑不到明天。

车子飞驰，很快到了若迷家门口。可欧阳锐还不停车。他失神地望着路前方，任由车子往前跑，不知要去哪里。

若迷说："你停车吧，让我回家。"

欧阳锐不说话，也不停车。他表情沉郁，不知在想什么。

"停车吧。"若迷重复了一遍。她的声音很温柔，也很平静。

她说完，伸手轻轻抚住欧阳锐握着方向盘的手。她的手让他松弛下来。终于，他靠路边停下了车。

在静止的车里，她看着他，沉默了片刻，然后抬起手，搂住他的脖子，探身过去在他的脸颊上轻轻一吻。

"再见了，多保重。"她说。心里知道，或许后会无期。

欧阳锐什么都没说，也没有看若迷，只是深深地叹出一口气，闭上了眼睛。

若迷又看了他一眼，然后转身，打开车门下车。

她走了几步，听到身后传来声响。她回过头，看到欧阳锐打开车门下车，几步追了上来。到了面前，他用力一把抱住了她。

午夜的街道，行人稀疏。两人紧紧相拥，都说不出话来。

他把她的头按在自己胸前，亲吻她的头发，泪水在他的眼眶里。"我们还会见面吗？我们还会见面的，是吗？"他哽咽着问道。而他并不是在向她讨要一个答案。答案他心里早就有了。

"你会让我看我们的孩子的，是吗？你会告诉他，谁是他的父亲的，是吗？你会是一个好母亲的，是吗？"他哭了。

她轻轻挣脱出来，抬眸看他，目光温润如水。她什么都没说，静了片刻，重新抱住面前哽咽哭泣的男人。她在心中默默地回答他：是的，我会是个好母亲。是的，终有一天，我会告诉我们的孩子，他的父亲是谁。是的，或许有一天，我们还会相见。

然而，再见或者不见，又有什么重要？相爱、分离，都只是平常的事情。生死轮回，亦只是平常的事情。

学会将眷恋与不舍深藏心底，学会不为任何事情疯狂，这是在世生存所必需的能力。

她紧紧抱住他，用力记得这个夜晚。

若迷将欧阳锐送的乳齿放进一个小锦盒，锁进抽屉。从此以后，很长一段时间内，她都不会再向任何人提起这一段情缘。

伟慧替若迷惋惜，"欧阳对你实在太好，连李东元都比不过。"

若迷说："是，再也不可能有人像他对我这样好了。"又说："他这般热烈、疯狂，大情大性，其实是难得的。"

伟慧说："那你为何固执如此？"

若迷说："这世上男女兜兜转转谈情说爱，但最终其实只是要找一个对自己好的人而已，对不对？"

伟慧不语，心想其实是这样的。

若迷说："看，这就是俗世情爱的本质。"

她又说："我不在乎别人对我好或不好。我应该对得起我自己，我应该对自己好，这才是真。做了欧阳家的媳妇，或许能换来一个对我好的男人，但我这辈子作为李若迷的人生，就结束了。所以，你该为我庆幸。"

伟慧沉默片刻，轻轻说道："我是觉得你幸运，若迷。你是个美人，又有多情多金的男人愿意宠爱你。只是你不屑使用自己的运气。"

"不，我不是你说的那种美人，伟慧。你说的那种美人，无需工作，无需辛劳，甚至也许，永远不会生育，华屋玉食自有男人送到她们面前，而男人不过是她们的跳板，助她们一步步跳入自己想要的生活。是的，那是一种运气，但我不要那样的运气。"她说。

"我只想要一个单纯的爱人。男人，你不嫁给他，他才是一个单纯的爱人。你做了他的女人，冠以他的姓氏，得到他的财产，他便对你有了威信，一种建立在经济和社会制度上的等级地位。这也许无关对错，无关善恶，只是一种传统，或是一种生存法则。你可以说我是个遁世的人，也可以说我是个冒险的人。但我的确已经得到了我想要的一切——单纯的爱人、孩子、事业，以及我所期待的人生。这些都让我获得了快乐与满足，我不想再要更多其他的了。"

4

欧阳的婚礼如期举行，媒体大肆渲染报道。

若迷窝在家里的沙发上一边吃西瓜一边看娱乐新闻。

电视画面上，欧阳穿一身深色西装，英俊挺拔，与打扮得宛若天仙的妻子确为一对璧人。娱记用一种兴奋过度的声音向人们起劲地介绍：新娘的礼服由纽约著名设计师为其量身定制，全球仅此一款；新娘头顶的皇冠嵌有五克拉粉红钻石……

伟慧想必也在看新闻，发来信息：不过是个商人的儿子，真以为自己是什么电影明星，还是迪拜王子？

若迷笑出声来，同时感觉腹中的孩子用力踢了她一脚。

她回复伟慧：是不像话，他儿子都在我肚子里抗议了。

伟慧知道若迷在说笑，知道她心里其实毫不在意。

伟慧又发信息来问若迷：已经知道是男孩了？

若迷说：我猜的。

三个月后，若迷分娩，真的生下一个男孩，取名李镜中。

李若迷未婚产二子的消息在同学和熟人中间传开了。她收到很多朋友的关心和祝福，也包括林景聪的。

林景聪这样对若迷说：我一直很欣赏你，只可惜我们的生活轨迹相距太远，注定一生遥遥相望。祝你幸福，祝你安康。

林景聪适合娶一名温柔乖巧的贤妻，风平浪静地生活。

这世上的人，道不同不相为谋。欣赏和喜欢一个人也不能改变彼此间互为过客的事实。她回信说：谢谢，珍重。

伟慧将喜讯告诉家行的时候，家行不屑地"哼"了一声，又说，这个女子，不走人间正道。言下之意要伟慧别学样。

伟慧不理家行，照样买足礼物去看若迷。什么是人间正道？拿去问若迷，她肯定哈哈大笑，说正道多么乏味。

伟慧赶到妇产医院，进门时正好听到保姆在问若迷："刚才冲的奶粉，宝宝只喝了一口便睡着了，不喝了，您看是不是倒掉？"若迷却说："放着吧，等他睡醒了再喂。"保姆像是有所犹豫。若迷又说："奶粉放一会儿不会坏的。"

伟慧进来，搁下礼物，假装生气地说："李若迷，你也太自私了，为了自己所谓的人生、自由、理想，苦了孩子。"

若迷骇笑，"哪来的火气，一来就骂人。我怎么苦了孩子了？"

伟慧指指奶瓶，"奶粉冲出来了还能放吗？放一会儿就该变质了。这可是你自己的孩子啊。节约得没名堂。"

若迷笑道："瞎讲究。我们出生的时候，别说奶粉，连藕粉都是紧俏商品。可我们照样健康聪明，长大成人。"

"能一样吗？"伟慧说，"现在什么年代了，人人锦衣玉食，你就舍得让自己的孩子输在起跑线上吗？喝口奶还这么节省。要知道，这孩子的爹可是国内数得上的土豪。你若肯让他来认孩子，别说两勺奶粉了，十个八个奶粉厂他都送给你了。"伟慧摇头叹息，又说，"若有人知道欧阳公子的孩子被亲妈这么虐待，真要笑死了。"

若迷笑起来，"哪里虐待了？节俭是美德，我只是反对浪费食物。再说了，锦衣玉食长大的孩子就一定有出息吗？不，我不想在吃穿上动太多脑筋，也不想找什么人来认孩子。孩子是我生的，跟着我。我吃什么他就吃什么。"

若迷正说着话，欧阳锐就发来了信息，问她情况如何，是否已经生产，是否母子平安。

若迷看着那条信息，想了想，不打算回复。

欧阳锐紧接着发来第二条信息，说他目前在国外，有些棘手的事情在处理，一时回不来。

若迷读完信息，关掉屏幕，把手机放下。

伟慧在旁边看见了，说："怎么？不回他信息吗？"

若迷笑笑不语。

伟慧说："你啊，就是心肠太硬，对自己太狠。一个资源富足的男人愿意善待你，免你惊，免你苦，免你四下流离、无枝可依。你却偏偏故作高冷，把他推到八千里外。"

若迷还是笑，说："我哪里故作高冷了？我本来就高冷。"

她又说："我可不需要男人来让我有枝可依。我自己就是棵参天大树，这会儿正开枝散叶，舒服自在得很呢。"

伟慧也笑，"好了，我懂了。你不是对自己太狠，而是对男人太狠。爱上你的男人都倒霉。够得着，却得不到，一辈子忘不了。"

"哈，你以为男人都像你这般长情呢，除了恋爱不想别的事？"若迷嗤然一笑，"人家忙着平地起高楼呢，转眼就把你忘了。"

她说着，看向窗外。远处，正在拔地而起的新楼盘正是欧阳家的生意。

5

和生悦农的时候一样，若迷出了月子便开始自己带孩子。

小小婴儿最需呵护，一天要吃八顿奶，做母亲的昼夜不得歇息。

伟慧时常去帮忙。她问若迷："一个人带两个孩子，辛不辛苦？有没有想过叫欧阳来出把力？"她想起家行说过的，若迷生活有缺陷的一面不会示人，她午夜寂寞哭泣不会同人说。

若迷却笑，"谁不辛苦？做人的目标就是要不辛苦吗？"

她又说："我觉得很快乐。我明确自己内心的所求，并付出意志，去做成自己想做的事，去过自己想过的生活。我都做到了。"

伟慧看着若迷和孩子们。十岁的悦农生得健壮清秀，在一旁读书写字，功课做好就帮母亲做家务，俨然一个沉稳孝顺的小男子汉。现在又有了镜中。若迷这两个儿子都是她和所爱的男人生的，尽管那两个男人从未真正走进她的生活。但这样的结果，何尝不是一种幸福？

伟慧问起若迷的父母。若迷说，已将喜讯告知二老。

伟慧又问："那他们怎么也不来看看你和小毛头？"

若迷笑道："他们都忙呢。"她告诉伟慧，母亲此时在国外，她后来生的那个儿子前年小学毕业，去美国读初中了，她过去陪读。

伟慧瞠目结舌，半晌说："那个小东西，已经上初中了？"

"可不是嘛。"

"记得那年，你妈妈来学校看我们。他被保姆抱着，连话都不会说呢，一晃都上初中啦？"

"是啊，个头都快超过我了。"

伟慧啧啧摇头，"时间都去哪儿了？我们真的老了。"隔了一会儿又说："初中就留洋，你妈妈现在真有钱。"

若迷苦笑，叹道："不过跟风罢了，以为国外的月亮有多圆呢。他们也是卖了一套房子供小孩留学的。"

"唉，可怜天下父母心。"

"是可怜中国父母心。不会唐诗不要紧，外语至少会两门。"

伟慧哈哈一笑，又问若迷："那你爸呢？"

"他？"若迷笑道，"他刚结婚。"

"什么？你爸结婚了？"

"是啊，股市好的时候，他小赚了些，把老房子装修了一下，找了个比他小十多岁的。那女的也是二婚，有个未成年的女儿。"

"不是上海人吧？"

"贵州的。"

"可别是图他的钱。"

"图他的钱又如何？"若迷笑起来，"他多年孤苦，手又有残疾，有个人一起生活到底有些照应。我希望他晚年能过如意的生活。"

伟慧点点头，"就是难为你了，最困难的时候，父母都不在身边，一点都照应不上。"

若迷笑道："这不是有你吗？"

伟慧一有空就来帮若迷的忙。两人都是熟手妈妈，一起把小镜中照料得白白壮壮，健康顺遂。小家伙特能吃，不满三个月就有十五斤重，比出生时长高了十几厘米。伟慧笑说，欧阳公子的基因真好，这小家伙将来定能长成个一米九的大帅哥。

伟慧和若迷待在一起的时间久了，若迷就观察到，伟慧的手机经常响，她时不时地忙着回信息。

若迷问她："是谁啊？老给你发消息。"

伟慧犹豫了一下，说："你不认识的。"

若迷只看一眼伟慧的神色便立刻知道发信息的人是谁，笑道："怎么，连我都要瞒了？"

伟慧见瞒不过去，放下手机，叹口气道："怕你说我不争气。"

若迷说："什么时候又开始恢复联系的？"

伟慧答："也就是这几天。"又说："他发消息来，我本不想理会。但我反正也无聊。家行除了工作就是应酬，天天不着家。我一直都很寂寞。平时上班虽忙，但工作琐碎，精神上很无聊。下班回去就是做家务、哄孩子，没有社交，连逛街都很少。所以难得有一次，他约我吃饭，我就去了。"

若迷无声地叹出一口气，没有说话。

伟慧说："你放心，我和他，现在就像老友一样，见面吃个饭。我们没有做什么。我们都算是分手了，我不会再和他做那种事的。"

若迷看着伟慧，握住她的手，说："做，或者不做，都不要紧。要紧的是，你不能再让自己陷进去。记住我的话，保护好自己的心，不要再给他伤害你的机会。"语气中有隐忧。

伟慧垂首不语，片刻后，轻轻点了点头。

6

不久之后，李东元归国来上海。若迷去接他。

飞机晚点，她在机场等了三个多小时。在等待的时间里，她发现自己心平如镜，毫无激动，也没有丝毫忐忑。

算来他们已有十年未见。期间写过信、打过电话，也有过视频联络。但见面相聚，这是毕业之后，第一次。

十年间，东元也曾回国探亲，但因其父母早年已迁回北京，他每次回来都只在北京停留。时空相阻，加之各种机缘不巧，两人又没有刻意相约，甚或有段时间各有伴侣，所以一直没有相见。

一如从前，他们之间，没有誓言，没有承诺。彼此来去自由，相逢离散都仅凭因缘。但两人皆知，对方心中有一席之地留给自己。

远远地，她看到他从人群里走来。他穿着亚麻衬衫和牛仔裤，背着一只硕大的旅行包，整个人显得黝黑健壮，落拓潇洒。

他朝她挥手。她看着他，朝他微笑，心中平和温然，不觉伤感，只觉得是一个故人归来，满心安宁喜悦。

隔着那么远的距离，她已觉得他亲切、熟悉，眼神间的默契恍如昨日，仿佛这中间过去的十年并不存在。

可是，当他走到她面前，扔下行李，当他在人头济济的接机大厅旁若无人地将她一把抱住的时候，她还是一阵哽咽，克制不住地湿了眼眶。十年了。毕竟十年了。一个人有多少个十年可以等待？虽然也许她并未曾等过他。

若迷邀东元到家中小住几日。

东元登门，赞赏若迷的居所十分温馨别致。三居室的房子，位于市中心高层公寓楼的顶层，装潢精巧而简洁，有很大的玻璃窗，视野辽阔，能望见大片天空，仿佛踏足云端。

十岁的悦农是初次见到父亲真人，倒也并无生分。悦农一向早熟懂事，为父亲端茶倒水，然后坐在一旁静静聆听父亲与母亲交谈。

倒是东元，第一次见到自己的亲骨肉，各种滋味涌上心头，只是他一贯克制内敛，没有流露太多情绪，稍许，只是对若迷说："你把孩子养得很好，把自己的生活也料理得很好，我为你高兴。"

若迷浅浅一笑，一切尽在不言中。

此次东元回国与若迷相见，颇有些家庭重聚的感觉。可两人之间的关系与相处方式却还像少年恋爱时那样，白天喝茶、逛书店、看电影、吃冰激凌，开车六十多公里去郊外看一座人烟稀少的古镇；傍晚接了悦农放学，带上镜中，一家四口出去吃饭。

东元没有过问有关镜中或者他父亲的任何事，只是坦然相处，仿佛这是生活中最平凡普通的一件事。他理解并支持若迷的生活方式及其一切决定。若迷也知道这方面无需对他作出解释。

她明白，这世上最能够懂她的，就是东元。经过这么多年、这么多人，真正能走进她内心世界的，也只有东元一人。

东元对镜中十分和善，常常颇有耐心地教这小人儿开口讲话。若迷在一旁看着笑，他都不曾教过自己的亲生儿子说话写字。

夜深人静时，两人依偎在一起絮絮交谈。

若迷问东元，这十年间，可有挂念过儿子。

东元沉默了一会儿，说："有过很多次，非常想见到他、见到你，曾有过冲动立刻买机票来看你们。但最终，还是打消了念头。"

若迷笑了笑，没问为什么。她觉得自己是能够懂得他的。

东元并非不喜欢孩子，也并非铁石心肠，只是他更爱自由。又或许，他不愿让自己有弱点。一个男人有了孩子，就有了弱点。

东元也问若迷，有无再遇到喜欢的人，是否考虑过结婚。

若迷想了想，说："人生知己难觅。遇到一个样样恰当并且投缘的人，不是容易的事。"

东元微笑，全部懂得。

与相爱的人在一起，不需要说太多的话，一个眼神、一抹微笑、一声叹息，就已能让对方明了自己的心意。

他们请伟慧来相聚吃饭。

伟慧见到这一对恋人，在同一屋檐下为伴，彼此相爱，没有任何隔阂，仿佛就这样一起生活了许多年。

不是每一对恋人都可以达到他们这样的境界。分别十年，回来重逢，山还是山，水还是水，实在难得。

傍晚，东元在厨房做晚餐，一边掌勺一边用手机放着音乐，是八十年代的爵士乐。十岁的悦农缠着他。他教儿子调酒、做披萨，哼唱英文歌。父子二人嘻嘻哈哈十分快乐。他们长得很像。

伟慧看看厨房，又看看若迷。若迷穿着宽大的白衬衫和细腿的牛仔裤，头发闲闲编成一条粗麻花辫搭在胸前。她唇角挂着笑意，一副慵懒愉快的样子，一边整理餐台，一边照料小儿子镜中，与他咿咿呀呀地对话。此时此刻也许是她这些年来最快乐的日子了。

伟慧问她，这十年来东元在国外做些什么。

若迷一边摆放餐具一边说："毕业那年，他入职墨西哥东方矿业，被公司派往曼萨尼约，主管铁矿石业务，从此开始了探险生涯。"

曼萨尼约是一座港口小城，位于太平洋沿岸，人烟稀少。东元长期在野外奔波，职责包括选矿、看矿，以及统筹当地的联络。

十年的时间，他把车开了四十万公里，跑遍了墨西哥境内几乎所有矿区的山脉和村庄。路途是艰苦而寂寞的，但他乐在其中。

他用了他人生前二十二年的时间登遍了世界各大高峰。二十二岁以后，他开始寻找新的目标。以他的性格和志向，他适合这份工作，并且极为享受这种不停行走、不

182

停寻找、不停实现的感觉。

听到这里，伟慧是惊讶并佩服若迷的。若迷能够这样快乐地对她介绍这些有关东元的往事，表明她毫不在意东元为追寻自己的梦想而远行。她是为他的快乐而快乐，为他的成就而自豪的。

若迷继续说下去，又说到一件惊心动魄的事。

就在去年夏天，东元独自到墨西哥最北部的索诺拉州去勘察一座未开采的铁矿山。他从一个叫作阿拉莫的小镇出发，没有带向导，自己研究了地图和驾车路线，就独自去执行任务。

当时气候非常炎热，白天气温高达摄氏四十五度。他的体力消耗巨大。然而为了在天黑之前赶回镇里，他不能停下。在一个多小时的攀爬之后，他终于找到了矿脉的露头。他说那种独自行动并发现矿宝的感觉太快乐了。他做这一切也并非全为了工作。他热爱大自然，热爱挑战。能够克服万难去达成一个目标，付出什么都值得。

在下山途中，他遇到了险情。为了更好地看清这座矿山，他选择从另一条没有走过的路下山。快到山底时，有一段大陡坡。他抓着身边的树枝慢慢下行。然而有一瞬间，他手中的树枝突然断裂松脱，他身体失去了平衡，从山坡上摔下去，最后被一棵树挡了一下才得到缓冲，没有直接摔到山下。

他起身检查自己的伤情，幸好没有大碍。可当他打算站起来去找车的时候，忽然听到身边的树丛里有异常的响动。他回头一看，一条大蛇在离他不足一米的地方慢慢游动着，发出嘶嘶声响。

由于长期在野外工作，他对当地的野生动物有一些了解。此时他看清了身边这条蛇正是当地剧毒的响尾蛇，若被它咬到，三十分钟内致命。那时他孤身一人在这荒郊野外，到最近的村庄也要两小时的车程，情况有多危急不言而喻。

他强迫自己冷静下来，不惊不慌，做深呼吸，然后小心而缓慢地起身，一步步从那条蛇身边退开。

"你知道，当他最终脱险，离开那片树丛，回到车上的时候，他做的第一件事是什么吗？"若迷问伟慧。

是合掌祷告，还是激动流泪？伟慧茫然地摇了摇头。

"是给我发了一条信息。"若迷说。

"发了什么内容？"

若迷翻出手机里一条信息给伟慧看，信息只有一句话：

我们还会再次相见，为此我感谢上帝。

若迷说："我当时完全不知道他是在怎样的情形下给我发了这条信息。这次他回来，跟我聊起遇到响尾蛇的事，我问了事情发生的确切时间，才知道他是在捡回一条命之后给我发来了这条信息。"

"你后怕吗？"伟慧问。

若迷想了想，微笑，说："有一点。"她停顿了一下，又长长地叹出一口气，道："但其实，生死并不是最重要的。最重要的是，我们从未因胆怯而放弃过想走的路、想做的事、想爱的人。"

伟慧看着若迷，听她细细说着这些，心中万分感慨。

若迷的眼中充满了光彩和幸福感。她是真的很爱东元，哪怕这些年他们二人相隔万里，各自有各自的生活；哪怕他们从未承诺过彼此什么，她的这份爱，从未减少，又超然独立于世俗之外，有了更高的境界，更大的格局。

伟慧这时想到一个问题，忍了忍，还是没忍住，问若迷："那么，他在墨西哥这么多年，一直都是一个人？"

若迷笑笑，"应该有过几个女友吧。"似乎是不在乎的样子。

是的，她又怎么会在乎？怎么会拘泥于世俗准则？她自己何尝不是有过数位恋人，并又生下一个孩子？但这些都是美好的事情，都是给自己和他人带来快乐的事情。他们彼此都不介意。

这时东元从厨房端着盘子出来，悦农像个小跟班一样跟着出来，嚷嚷着对若迷说酒是他调的，披萨上面的蓝莓和洋葱也是他切的，又缠着若迷说能不能让他也喝一点酒，他十岁了，是个男子汉了。

若迷拿儿子一点办法都没有，笑着答应了，说只能喝一点，又说："是看在爸爸的面子上。"

多么快乐的一家人啊。伟慧把一切看在眼里，为若迷高兴。

这么多年了，只有东元能让若迷如此放松、快乐。毕竟他才是她唯一真心爱过的男人吧，也是让她牵挂最久的男人。

可他一直流浪在外，登山，寻矿，四处漂泊。这样的男人，即便再优秀、再有魅力，也还是让女人消受不起。

爱是一回事，陪伴又是另一回事。时光一去不回头。也许对大多数女人来说，最重要的并不是与谁相爱，而是当下这一刻，有谁陪在身边，以及有谁能够永远陪在身边，难道不是么？

所以，也只有李若迷这样观念跳脱、心志坚强的女人才能够去爱李东元这样桀骜不羁、梦在远方的男人，伟慧想着。而大多数女人，比如她自己，都只想要周家行这样平凡顾家的男人。

只是……

即便和家行这样的男人结了婚，又如何呢？他们的爱情，到头来还不是被世俗生活磨损得面目全非？

伟慧重重地叹了一口气。

晚上，东元还有别的应酬，出去了。

若迷安顿两个孩子睡下，与伟慧聊天。她告诉伟慧，东元这次归国也不会久留，很快又要走了。

伟慧愕然。她本以为，东元这次回来就不走了，会从此和若迷相伴相守，哪怕不结婚，也会一直在一起。若迷因为爱他，已舍弃半世安稳，可她毕竟是个女人，是个母亲，她心底或许仍是希望将这场爱情变为世俗中的一场安稳的。谁知却至今不得。

可若迷却说："我对他没有任何要求。如能得到一些时间，让我和他在一起，留下一些回忆，我会很开心。但至于是多少时间，我不去猜，不去想，也不去期待。"

伟慧怔怔，问若迷："爱究竟是什么？"

若迷反问："你觉得爱是什么？"

伟慧思索着，说："在我看来，爱是相伴到老，是承担责任。《圣经》里说，爱是凡事包容，凡事相信，凡事盼望，凡事忍耐。爱是永无止境。但也许你会说，爱是舍得，是给予对方自由。"

若迷微笑，"这些都对。但在我心中，爱一个人最好的方式，是让自己变成更好的人。你们关注对方，而我关注自己。任何忽略自身的爱，都会削弱彼此的力量，也无法带给对方有益的气象。"

伟慧叹息，用这般大气疏离的心去爱，须得忍受多少寂寞春秋？她问若迷，东元此次又要去哪里，去多久。

若迷说："他先去玻利维亚旅行，然后回墨西哥交接工作，明年开始会常驻纽约，以后，应该会一直在纽约。"

"他可曾提过要你同去？你又是否愿意？若你真的爱他……"

"我不愿意。"若迷打断伟慧，"我的工作和生活都在这里，我不打算离开祖国。我和孩子们在这里生活，已经很好。"

"可是，多少人心心念念要去美国，拿绿卡、移民、换国籍。偏偏你，明明可以去，却不……"

"美国那个大农村，待三天就觉得闷了。"若迷笑着打岔。

"可东元去的是纽约。纽约和上海不是一样？都是繁华都市。你又是在家工作，到了那边还是可以继续写你的剧本。"

"不一样的。我随他过去，他是主，我是客。客居他乡，心情不同。更何况，我仍旧希望我的孩子学习汉语，在家乡成长。"

"可是，谁不想和自己心爱的人长相厮守？为所爱之人做出一些牺牲和妥协，就这么难吗？你就不想和他结婚吗？"

"结婚？"若迷微笑，轻轻叹出一口气，"不，我不想。一夫一妻的婚姻制，原本也只是性资源分配的政治制度。它与爱无关，却被渲染为爱的证明。不，我和他相爱，无需这种证明。"

又来说这些。伟慧无奈苦笑。理论是理论，普世的常理却是另一回事。正常、稳妥，是人的普遍心理所需。她无言。

沉默许久，她对若迷说："我理解你和东元的相处模式，也相信你们彼此深爱，不拘泥于一纸婚书或是一朝相守。但假设，只是假设，假设有一天，你们中间有一个人叛变了，假设那个人是东元，假设他突然有了新的爱人，不是之前那种随意游戏的，而是一个真正志同道合的伴侣，一个刻骨铭心的爱人，一个比你李若迷更加令他难舍的深刻爱人，他宣布他要和那人结婚了。你又该怎么办呢？"

若迷看着伟慧，听她说出这个残酷而尖锐的问题。

这么多年了，你以为我没有想过这些吗？若迷的眼睛在说。

"没有怎么办。接受变化，接受损失，接受一切无常。"若迷冷静而平淡地说，"这是我面对人生所有问题的基本态度。"

伟慧轻轻点了点头，若有所思，没有说话。

过了一会儿，她起身，向若迷告辞，说她有事要先走了。

走到门口，她忽又回过头来，看着若迷，说："其实，一直以来，你从来就不把别人的去留放在心上，对吗？"

若迷看着伟慧，目光平静，没有说话。

"其实，一直以来，你就是要自己做到无情、寡欲，这样才能够保护自己，对吗？"

若迷轻轻叹气，"人对他人的需求越少，就活得越自由安详。"

"是，自由安详。你就是自由安详的典范。"伟慧说，"可你若真想获得自由安详，真对他人没有任何需求，你隐入深山就行了，又何必在这红尘中四处留情，却又无情呢？"

伟慧说完，并没有等若迷回答，转身离去，带上了门。

若迷望着那扇门，目光空空地呆了一瞬。

或许是的，她自己也弄不清，得道与无情的界限在哪里。

7

生命渺小，时间强盛。茫茫宇宙，时空广袤无垠。人生几十年不过转瞬间。

然而就在这转瞬间，人们依然要蓬勃地活着、相爱，与孤独和虚无抗争，仿佛不会死、不会遗忘，仿佛明天永远会来。

因为若不如此，人又靠什么活下去？

若不去爱人，生命的意义又何在？

东元这次回来，在上海不过逗留短短两周。他迁往纽约后就是永久定居，此次特地回来看望若迷和孩子，也是询问他们的打算。只是若迷早有打算，并无意舍弃自己的生活，跟着一个男人奔赴彼岸。

因此，相聚有时。转眼，东元留在国内的时间只剩下三天了。

若迷给伟慧打电话，问她是否有空再来相聚，为东元送行。

伟慧感慨，那天她丢给若迷的问题，其实她知道若迷无法回答。她也并不是想挑衅她、质疑她。她只是实在心疼她。若迷在感情上这般坚定自持，最终受苦的还是她自己，只是她从不承认。

伟慧来了，见若迷笑脸相迎，屋内已备好一桌菜。伟慧哽咽着说道："你怎么舍得？换作是我，哭都来不及。可你还能笑。"

若迷说："人只能活在当下。因为每一个当下都不会再度重来，所以时时刻刻珍惜、珍重。但我不贪恋，不沉溺。因为人没有过去，也没有未来。眼前的这一刻，就是全部，就是永恒。"

东元此次出国，带父母同去。他父母皆已退休，随儿子去大洋彼岸定居。东元再回来将不知何时，也有可能再不回来。

饭桌上，东元忽然对伟慧举杯，说："若迷在国内，有你这样的朋友，是幸事。"他声音低沉，态度恭谦，永远是那副淡然的样子。在伟慧的印象中，从未听过他提高嗓音说话。

伟慧笑笑，也拿起酒杯，但没有作声。她心道，若迷有你这样的男朋友，却是不幸。

东元仿佛看出伟慧心思，微微一笑，声音仍旧低沉，"就有劳你多多看顾若迷和孩子们了。我敬你。"东元说着喝掉了杯中酒。

伟慧仍只是笑笑，点一点头，抿了一口自己的酒。其实一直以来都是若迷看顾她更多，她黯然，可偏偏她自己是有丈夫的人。

吃完饭，东元去厨房洗碗。

伟慧悄声问若迷："他几时走？"

若迷说："三天后。确切地说，68 小时后。"

呵，精确到小时，可见不舍，可见凄楚。

伟慧苦笑叹息："安得与君相决绝，免教生死作相思。二十一世纪了，还要体验古人的痛苦。我真弄不懂你俩究竟算新潮还是古董。"

伟慧见若迷不作声，又轻声对她说："或者，你试试开口求他留下来呢？我知道你的脾气，你一定是没有求过他。我也知道你的心，如果他能留在你身边，你一定是开心的。那为什么不试试呢？"

她看到若迷想打断她，抢白道："先让我说完。你为什么这么骄傲呢？也许他也在等你开口。也许你一开口，他就答应了。你们毕竟有个儿子，好好在一起做夫妻，养孩子，多么开心。你和你爱的男人比傲娇、比高冷，有什么比头？到头来最可怜的是孩子。"

若迷微笑，轻轻摇头，"我不觉得孩子有什么可怜的。悦农有我足够了。我也不觉得自己是在和他比赛谁更骄傲。我们都是理智而客观的人，知道自己要什么，绝不勉强自己，也绝不勉强别人。"

她又说："女人最容易犯的错误，就是对男人抱有种种期待，尤其是对亲密关系中的男人，似乎永远在等着他来实现自己的一个又一个愿望。而大部分情况下，最终等来的是失望。"

她说："我很早就明白这个道理。不论男女，有什么愿望，自己去实现。想过什么样的生活，自己去创造。即便是你最爱的人，即便是最爱你的人，也不能替你创造，或是听你调遣。你说对吗？"

伟慧叹气，"也许你说得对。可相爱却被迫分离，你无法回避这件事带来的痛感，你无法否认你最切身的感受。"

"我们不是已经获得相守的时间了吗？即便是相爱到白头的夫妻，也最终有分开的一天。"

"可那是不同的。你们只剩 68 小时了。"

"这样多好，分分秒秒都珍惜，每一幅画面都印刻在脑海里永世难忘。"若迷微笑着。

"68 小时，岂不是连觉都舍不得睡？"

"的确，舍不得睡。"若迷笑。

"那我不在此浪费你们的宝贵时间了，你与他一定还有许多话要说，许多事要做。"伟慧告辞。

8

这是一个爱情至上的时代。好莱坞、文艺片、言情小说、广告媒体……无不在向人们展示爱情的浪漫、婚姻的美好。

因此，独身可耻，孤独可耻。尤其对女人而言，没有男人，可耻。

而若迷，她是个特别的女人。她要的不是男人，是自由。伟慧知道。可她自己不同，她是个需要男人在身边的女人。

此刻她匆匆离开若迷的家，就是因为她要去见一个男人。

就在几星期前，廖德忠在沉寂一年之后，再次发来消息，问候伟慧。伟慧当然吃惊，也有警觉。但她那时反正寂寞无聊，有这样一个故人来撩拨，多少是种消遣。只是聊天而已，她想。老廖再不济，总好过网上随便一个陌生的聊友。再说她也好奇，想知道：他与她分开之后过得是否开心，他有没有再找别的情人，他是否后悔曾经那样对她。空虚加上好奇，伟慧便一来一去地和他聊了起来。

聊了不多久，老廖说要请伟慧吃饭。伟慧先是犹豫，又想想日子也实在平淡无聊，很久都没有外出吃饭了，便答应赴约。

这一赴约，便有了既往不咎的意思。事后伟慧自己也恼自己，怎么就能这样稀里糊涂地与一个负心汉言和了？

就像伟慧告诉若迷的那样，那次吃饭，两人真的没有做什么，只是吃饭闲聊，像一对许久不见的老友。

可女人的心思到底细腻婉转，有过不能当作没有过。廖德忠在吃饭时表现出的那种恰到好处的温暖照拂，令她再度起心动念。

曾经的伤害被淡化了、消融了。那种既熟悉又陌生的刺激感又回来了。伟慧只觉得廖德忠的每一句话、每一个动作、每一个眼神，都像一把温柔又锋利的刀，细细地切着她的心，将她的心切成碎碎的一丝丝，炖成一锅情欲的浓汤，端到她面前。

他什么都没说，什么都没做，但他的眼神和气息都在问她：你要不要与我共饮这一锅鲜美的浓汤？

当天伟慧无所表示，吃了饭就跟对方匆匆别过。她甚至没有让廖德忠送她回家。她强忍着，避免进一步接触的可能。

毕竟已分手这么久了，她有自尊，不是一顿饭就能请回来的。

可到了家中，她又忍不住时时去看手机，看看有无廖德忠发来的消息。照常理，照他今天所暗示的意思，他应该会联系她的。

廖德忠自然懂得以退为进，偏就晾了伟慧三天没有理她。

到了第四天，正是伟慧患得患失、心神不定、抓心挠肺的时候，他才忽然发来一句暧昧的消息：我想你了。

这一句，难道不是伟慧这三天里日日盼夜夜等（没盼到等到便觉得浑身不自在并开始怀疑自身魅力）的一句话吗？

于是，这句话一到，伟慧瞬间就被击中了。只此一句，她就彻底心软了，顿时觉得喉咙一阵哽咽，浑身虚乏无力，耳边万籁俱寂。

接下来，他想什么，他要什么，她都会给他。

再往后，发信息，打电话，撩拨和调情都是熟门熟路。男人虽喜新厌旧，但旧人也有旧人的好处，上手快，不费事。

再次躺在这个男人的身下，伟慧脑中一片茫然。那短短一瞬间的兴奋与刺激过去之后，余下的都是空白和虚无。

床单和枕套上，洗涤剂与漂白粉的气味透着五星级酒店过于冷酷的干硬洁净。厚重的窗帘并未完全拉拢，透进一丝寂静的微光。

她知道自己此刻走在悬崖边缘，知道这是一做即错的事情。可她不知自己为什么还要去做，为什么无法停止。这件事本身也并不给她带来多少快乐。见他，只是为了逃避日常生活的无聊匮乏。

他能为她提供的，只是一针麻醉剂。仅此而已。

只是这麻醉剂的时效越来越短。事情一结束，药性一过，那种翻江倒海的失落与空虚比之从前更甚。

几乎是重蹈覆辙。一切又回归到原先的模式。上床之后，男人又失去了之前的温柔，变得极为冷淡，极不耐烦。变得很忙。

无可避免地，伟慧感到后悔。她深知自己对他的感情与爱无关，不过是因为自身软弱、匮乏、无聊，找他作为感情寄托。但毕竟，他利用了她的软弱、匮乏和无聊，利用了她可怜的感情。

他本可以做得更好，只需稍稍顾及她的感受，不要回避整件事中他的获益，以及由此应当承担的责任；他本可以让她不那么失落，不那么难过，假如他还存有一丝善心和怜悯。

可他没有。结束之后，立刻降温。没有电话，没有短信，没有任何消息，没有任何问候。仿佛从一开始就目标明确，只要性爱。目标达成，立刻撤退，不再投入任何成本，哪怕一点点的时间与精力也不愿付出。伟慧发去消息，不再得到回复，若任性地再发，他就答："我很忙。你为什么总有那么多要求？"毫不掩饰他的厌烦。

可她要求的是什么？

不过是他的一点点在意和理解，一点点走心的回馈。

他连这些都不愿给她。

因此她再度感到内心萧瑟，失去平衡。她花了数月时间走出这段感情，心绪本已渐渐平复，如今却又被拽了回去。

他只顾自己所需，拽她回去，利用完了，就再次丢弃。如此不负责任的态度，叫她心寒。

此刻伟慧从若迷家出来，就是为了去找廖德忠面谈。她咽不下心中这口气，必须当面找他说清楚，才能罢休。

可廖德忠似乎真的很忙，与伟慧约好了见面时间，又一改再改，一拖再拖，总说自己有推不掉的应酬，分身乏术。

于是伟慧明白了，廖德忠根本不想见她。

他是什么人？一个生意人。所以他为人处世自然是逻辑清晰，趋利避害。他的趋利避害是一种简单粗暴的方式。

早就约好了见面的时间地点，末了却临时发一条消息过来：今天太忙，不能见你了。这就算取消掉约会。没有一丝尊重和歉意。

他可以因为任何临时出现的事情而推掉和她的约见。并且他拥有多重社会责任，每时每刻都可能碰到临时出现的事情。至于见谁、不见谁，先见谁、后见谁，不过由他高兴而已。

说白了：想见你的人，二十四小时都有空。余皆废话。

伟慧憋屈难忍，打他电话。被他按掉。

再打。再被按掉。然后他回复三个字：不方便。

伟慧再发信息过去发泄、抱怨和恳求。他就态度强硬地回答："不要随意发短信给我。我说了，不方便。"

伟慧猜想，可能他太太在他身边。伟慧哭了。

她知道自己并不是有多爱他，只是不甘心。不甘心被欺骗、被玩弄、被利用。可她现在非要见他，又要他给出怎样的答复呢？或说要他付出怎样的赔偿呢？明知是妄念邪惑，为何就抛不开呢？

要完全放弃一个毁灭性的情人，有多难？

她用尽全力不打扰他，不介入他的生活，对他有求必应，但他仍希望她更"懂事"，要得更少一点，最好什么都不要。她一旦流露出不满，或是认真了，他便以难以察觉的方式疏远她。持续的负面情绪不停地摧毁她的自尊和自我评价。可为什么，可怜的女人还在原地反复纠缠，或间歇性地徘徊于坚强与脆弱之间？

伟慧留在约好相见的咖啡馆，不愿走，还在等他，但她知道，他不会来了。她伏在桌上无声饮泣。是她傻，从一开始就不该踏入他设置的陷阱。尽管开头看起来还算美妙，但两人的需求根本不同，关系破裂在所难免。她在关系中全然被动挨打，得完全靠他的怜悯而活。

这种堕落，夹杂着自毁和被虐的痛感，无法自制，无法自救。

她给廖德忠发去最后通牒：今晚必须见面，否则我会一直打电话，直到你接听为止。她知道他生意忙、应酬多，不能轻易关机。

如此情形下，廖德忠才勉强答应赶来见面。但他说，只有半小时，他来咖啡馆陪她坐一会儿，有什么话当面说清楚也好。

放下手机，伟慧情绪低落，内心惘然。廖德忠已经答应来了，很快她就能见到他，将心中的怨怼一吐而快了。可她却高兴不起来。因为她本能地知道，就算她把委屈都说了，把诉求都提了，廖德忠给她的答复也绝不会令她欣慰的。

她又想起了那时，他第一次约她出来喝咖啡，对她说，他渴望能经常见到她，愿意支付她薪水，不用她上班，只要她能偶尔出来见见他，与他喝喝咖啡，他便觉得满足。可现在，她在咖啡馆苦苦等他，他却万般不情愿来。多么讽刺。多么可悲。

若说婚外情不过是双方互相征服、互相利用的一场游戏，那么她在这场游戏的角逐中彻底败了，败给了他的老谋深算、铁石心肠，更败给了她自己的懦弱与天真。

而此刻，败者又能向胜者乞求些什么？

好不容易，千呼万唤，廖德忠终于是到了。

　　他像是真的很忙的样子，一边走进咖啡馆一边还和什么人通着电话，谈着生意。他看到她，走过来到她面前坐下，同时还继续和电话里的人讲着生意上的事，直讲了七八分钟才挂了电话。

　　放下手机，他看伟慧一眼，万般无奈的样子，像是在说：你看看你，多么烦。我从百忙之中抽身出来，放下一千件无比紧急、无比重要的事情，放下几千万的大生意，就为了赶来见你，听你发泄你那些无关紧要、鸡零狗碎的小情绪。

　　被廖德忠这样看了一眼之后，伟慧忽然就开不了口了。满腹的委屈、积怨，不知从何说起。

　　廖德忠一副漠然的样子，高高在上的态度，他挥手叫来服务生，傲慢而快速地点了两杯咖啡，神色是那种最忙的人才有的不耐烦。

　　咖啡端来，他自己却一口不喝，仿佛咖啡只是道具，而他压根一口都不想碰，因为他只是不得已来演这场戏、这个角色。

　　他通过这些利索而冷酷的态度、语言、动作，来直白地表现，此时他来赴约是多么地不情愿。他一点都不想见她，只是把她当作一个不得不处理的难题来对待，就希望早处理好早走。

　　此时他看伟慧的眼神就是这样：有什么话就快说吧。我不是都坐在你面前了吗？倒是快说呀，我听着呢。

　　在男人这样的气场逼迫下，伟慧心中的委屈更甚了。她想：我和你是平等的两个人。我好歹是你喜欢过、追求过的女人。我又不是你的员工，又不是你的下属，你何须用这样一副面孔对我？

　　伟慧这时却不知道，她掉进了一个女性心理怪圈，那就是：一旦和一个男人有了亲密关系，从此就有了放债心理，开始理直气壮地等着男人对她好。男人若是对她不周，就是狼心狗肺，伤天害理。

　　殊不知，不要说男人，就说任何一个人，不论男女，整日对着一个苦大仇深的大债主，心情肯定不能愉快，最有可能的反应是回避或敬而远之，而最佳的表现也无非是还了债然后敬而远之。

　　廖德忠此时对着伟慧的一张苦脸，正有这种被逼债的感觉。

　　伟慧却毫无知觉，只沉浸在自己的感受与体会中，接着开始慢慢诉说自己的心里话。她说自己一片赤诚，只是希望他能回应。

他说："我回应啊。怎么不回应了？我就是最近太忙了，顾不上。你的消息我不可能每条都回，也不可能每次都及时回。哦，我放着正事不管，来回你那些消息，你觉得可能吗？"他理直气壮。

但她知道，这些只是托词。一个人再忙，也不可能忙到几天都没时间发出一条信息。他想找她上床的时候，怎么就不忙了呢？

于是她说："我只是希望我们能坦诚相待，不作欺骗。我也不求你给我更多感情或者时间，但做到基本的人际礼仪，不难吧？我问候你一声，你哪怕回个笑脸也好啊。回个笑脸会耽误你几秒钟？"

她一边说，一边留意廖德忠的脸色。廖德忠的脸色并不好看，像是在竭力忍耐她的话。她知道自己此刻自尊低到了极点，竟向男人乞讨一个短信中虚拟的笑脸。可她停不下来，只想继续说下去。

她说："你一天不回复，两天不回复，我只能觉得，你不是忙，而是不想回复，不想理我。你已经让我投入了感情，怎能就此抵赖，不承认我们之间有感情？你知道我这人的，心思单纯，情商不高。但你不能因为我是这样的，就利用我、欺负我。"

廖德忠彻底烦了，"我不管你情商高情商低，我和你在一起又不是因为你情商高低。但你情商低，做事幼稚，确实影响我的利益。"

"影响你的利益？什么意思？我怎么影响你的利益了？"伟慧气得心慌，声音微微颤抖。

廖德忠阴着脸，"你不停地发信息来，很干扰我的工作和生活。这么简单的事情还需要反复说吗？"

他的手机又响了起来，催促他回到他的一千件正经事里去。他看伟慧一眼，叹口气，转头叫来服务员买单。

他要走了。他不打算说下去，不打算解决他们之间的问题了。

伟慧不甘心，打定主意今晚要把话都说完。她说："从前，你拿喜欢和爱的名义来寻找我，做出对我好的样子，其实不过为了得到我的身体，对吗？不过为了填补自己内心的空虚、寂寞、无聊，对吗？"

"你和我在一起不因为我是谁，不为我情商高低、容颜美丑，那是为什么？就为了性，对吗？作为对你乏味婚姻的补充，对吗？可以为你在睡过的女人的清单上又添加一笔，对吗？"

面对伟慧步步升级的指控，廖德忠恼羞成怒，"你现在说这些有什么意思？你自己是什么好人吗？你是圣女贞德吗？我有强迫你吗？你既会偷偷出来跟我搞，自然也会跟别人。"

"你……你没有良心。你怎么能说这种话？"伟慧气得发抖。

廖德忠笑笑，不再说话，他现在对她只有轻蔑。

良心？良心值多少钱？再说了，你又有良心吗？你背着自己的丈夫，出来私会别人的丈夫。你有良心吗？

他把这些话放在心里，没说出来。但他的眼神把什么都说了。

"行了，闹也闹够了，早点回家吧。"他冷冷地说完，也不等服务员把账单送来，兀自丢了几张钱在桌上，随即起身离去。

<h2 style="text-align:center">9</h2>

伟慧基本上是崩溃的。

家行打电话来，她任由铃声响着，不去接听。她没法在如此恶劣的情绪中接听丈夫的电话，也没法在如此恶劣的情绪中回家。

已经十一点了，她从没有过这么晚还不回家，也从没有过这么长时间不接听丈夫的电话。要怎么圆谎、怎么过关，她都无力去想。

很快，若迷的电话也到了。她接起来。果然，家行找不到她，打给了若迷。若迷心中有数，谎称伟慧还在她家，替伟慧挡了这一道。

伟慧惭愧，颓丧，低落地说道："你与东元相聚时间无多，觉都舍不得睡，却还来替我应付这些不上台面的事。"

"不，不，别这么想。"若迷说，"我只是担心你。你有什么不痛快，都说出来吧，我听着。说出来你会好受些。"

听到这句，伟慧终于忍不住，哭了出来。

她说："我觉得自己现在就在地狱里。我是道德败坏的化身。我现在所承受的痛苦，就是对我的惩罚。"

"你又和他陷入纠缠了吗？"

"是，是我太傻。他叫我失望，可我竟会忘记之前的伤痛，他再来找我时，我又投向了他。现在，他再次让我失望。我恨他。"

若迷轻叹一声，说："不要恨。他没有做你期望他做的事情，带来失望的是你幻觉的破灭，与他无关。若你的失望变成了对他的恨，你本质上恨的是你自己，伤害的也是你自己。"

她说："一切怨怼于人无损，不过是让自己困于泥潭，无法举步向前，最终损伤的是自己。"

"可我如何才能放下心中的恨与不甘，放下自以为是的感情？"

"又何必非要即刻放下呢？感受此刻的感受，铭记自己的遭遇，又何尝不是一种体验和收获？"

她说："他带给你的感受也许非常不好，但这是你成长的课堂。从此你该知道，在一些男人眼中，女人只提供娱乐和消遣。廖德忠是个积极入世的商人，对他来说，时间最宝贵。陪伴你的时间，他可以用来应酬客户、培养关系，时间可以带来金钱、名誉和快乐。若你要得少，愿意吃亏，愿意被他召之即来、挥之即去，他就愿意和你维持平衡关系。这平衡建立在他的掌控和你的忍让之上；可你若稍微要得多些，他会转身即走。他不会珍惜你所谓的感情。因为你的感情对他没有任何价值，那不是他要的东西。"

她又说："你和他都有配偶。他与你偷情，风险是双重的。他要维护他自己婚姻的生态平衡，同时还要忌惮你的丈夫。而你所能提供的娱乐，他在很多更安全、更便捷的地方都能找得到。任何一个理智正常的男人都不会愿意长期陪你玩这走钢丝的游戏。只有偶尔的、不牵扯感情的交往，才是明智之举。他以为你该懂。"

"所以，给自己自由吧。自由不仅是不被控制，也包括不控制。在感情上，奴隶和奴隶主都同样不自由。"

这些道理伟慧又何尝不懂？可偏要若迷一次次说出来，她才肯面对。她悲哀地想：一个男人，在不正当的男女关系中，也许比在婚姻中更有权力。他怎样诱惑一个女人、征服她，然后轻松地甩掉她，都不必接受舆论的评审。他可以将关系私密化，神秘地消失或挑衅地提出分手。他不必负责，不必解释。他可以做一个秘密的暴君。

廖德忠于她，就是这样一个秘密的暴君。

"他是个骗子。他骗了我。"伟慧哭泣着说。

"好，就算你被他骗了。可被骗者损失了什么？感情？贞洁？无论你损失了什么，你从此就明白了——哦，那人原来是个骗子。反观骗子，他赚到了什么？赚到什么转眼也就消费了。倒是在时间长河中永远被人记得是个骗子。人最宝贵的是时间。有本事的骗子都骗别人的时间，长长久久地骗下去，一辈子不被揭穿。"

若迷又说："女人在情爱关系中，容易陷入自我折磨的怪圈——强烈关注对方，深切渴望与恋人相伴，失去恋人则感到不完整，时刻思念对方，离别就感到深深失望，不断生出重新相聚的渴望，重逢则会带来令人销魂的快乐和满足。这一系列心态会导致抑郁，还有嫉妒的折磨，以及得非所愿的心力憔悴。"

她说："而现在，你与那样一个甚至都称不上为恋人的男人纠缠，贪图那短暂的温情，却要付出辗转难眠的代价。你觉得值得吗？"

伟慧久久没有回答。

值得吗？值得吗？这是情爱之于女人恒久的迷思。

道理说得轻巧，无人不懂。然而自己身在其中，又有谁能豁免？又有谁不在时时与内息角逐？

若迷劝伟慧收敛情绪，早些回家，莫让丈夫和孩子担心。

挂了电话，她又觉得自己对好友或许太过严苛。伟慧从小循规蹈矩，顺风顺水，从无反叛。如今她遭遇这个男人，不过是人生路上最基础的课程。她在其中任性沉溺片刻，又何必非用理性劝止？

一个人若从未走过岔路，从未经历过黑暗，从未遭遇过荆棘，人生该是多么乏味。她自己与伟慧的区别或许就在于，伟慧走了太少的岔路，而她，自始至终都在岔路上披荆斩棘。

不愿意被胁迫，不愿意被规制，也不愿意去胁迫或者规制他人。这种任性必然伴随着脱离世俗常理的不稳定感。

但最终，人需要面对的，不过是自己。

许多事情，旁人觉得你辛苦、不值，但只要自己心里明白自己要的是什么，便无悔无怨。还有些事情，旁人无法理解，或者觉得你可怜，但只有你自己知道，你所经历的，是怎样的自由。

10

三天后，东元出发回墨西哥。若迷开车送他去机场。

一路上，他们谁都没说话。他们都是懂得控制、善于控制的人。正是这种出于对控制的共同理解，让他们彼此成为合适的人，也保全了他们各自对于感情、对于异性的自由。

车在通往机场的高速公路上飞驰。车里放着的，是声音玩具乐队十年前的老歌，《秘密的爱》。

> 青春的人儿啊，
> 想想一个人的十年会怎样。
> 足够让许多选择发生，许多人事来来往往。
> 此刻你深爱着的啊，
> 是那多少个十年后的少年。
> 他是否依旧那么年轻，是否依旧那么热情。
> 透过窗外夜色的迷雾，
> 和丝绒般光滑的肌肤，
> 我深深地亲吻着你，在这夜色不安的城市里。
> 和你在一起我已经快什么都已忘记。
> 每一个甜蜜的瞬间，我只想这样拥抱着你。
> 和你在一起我已经把什么都已忘记。
> 每一个短暂的瞬间，想象着我们永不分离。
> ……

歌是十年前的歌，歌里的故事时长也是十年。他们分别、相聚、再分别，是否又将是一个十年的轮回？而一个人，又能有多少个十年？

此刻，没有说话的两个人，因为心意相通，相互理解，彼此已在心里，把该说的话都说了。

人活在这世间，总有些事情，不能如愿。总有些事情，比另一些事情，更为重要。执着于特定的结果，便创造出捆缚自己的绳索。

而无需特定结果的生活，才是自由的生活。

人性中自有执着的弱点：美好的经历，经历过了，渴望再经历一次；美好的风景，看过了，渴望再看一次；美好的人，爱过了，渴望再爱一次；动人的情话，听过了，渴望再听一次。

接受美好的事情发生过了并且不再发生，心才可以获得自在。

接受相爱的人无法与自己时时刻刻、日日夜夜、永永远远地在一起，自我的生命才得以无拘无束，尽情生长。

因此他们懂得控制，懂得取舍，懂得珍惜每一刻的体会与感受。

此刻，她开着车，送心爱的人去远方。她目色坚定，意志专注，心却柔软，无悲无喜。她感受着身边的他，感受着这段独一无二、永不再来的时光，感受着自己的坚强与脆弱、理性与天真。

而他，一向是沉默的。沉默自有一种能量。眉眼间不动声色，气场笃定，心意流转。这样的时刻，被她永远铭记在心。

然后，终于到了分别的时刻。

候机厅的广播一遍遍地响着。

这一刻，与其说他们感觉悲伤、不舍，倒不如说他们彼此心间都生出一种惺惺相惜，那是终极的领悟与和解。

他们紧紧相拥，一再亲吻。他伸手抚摸她的头发。风带起她的发丝，拂到他的脸庞。这些触感他也会永远记得。

她抱住他，靠在他胸前，闭上眼睛，深深呼吸，轻轻发问："要到什么时候，我们才会忘却这些记忆？"

他微笑，沉声道："下一辈子，还会记得。"

远处，一架波音客机沿跑道飞速驶过，腾空而起，冲入云霄，带走一生的爱人与永不再来的时光。

但此刻，他们都懂得，贪爱是苦海。

唯有这样，两厢清欢。

11

回到三天前的那一晚。伟慧深夜才到家。一进门就看到家行还没睡，坐在沙发上玩手机，也可能是在等她。

见伟慧回来，家行放下手机，然后立刻看出，伟慧哭过了。

他一阵愕然，目光跟随着她，等她解释。

可她一句解释都给不出。

伟慧在那一刻明白了，婚姻中的人是没有权利带着一双哭红的眼睛回家的。

顶着家行审问般的目光，伟慧只能低头回避，面无表情地换鞋，满脸的疲惫透出敷衍，只求对方饶过自己。

是的，她没有力气来应对丈夫了。她的力气全在向情人"要个说法"的时候用完了。

家行静静观察了妻子一会儿，见她不打算主动说什么，便旁敲侧击地问："怎么和若迷聊到这么晚？"语气很淡，似乎不经意。

伟慧躲着丈夫的目光，轻声答："聊晚了呗。"声音缥缈无力。

家行等了一等，又问："那个什么李东元，这次算是回来了？"

伟慧模棱两可地"嗯"了一声，只想一个人安静片刻。

"他们，总算要结婚了吧？"家行又问。

伟慧疲倦地笑笑，算作回答。

她不想和家行多说这些。家行这么个人，怎可能理解若迷和东元之间的感情模式？再说，这又关他什么事？她现在根本不想说话，根本不想理他。她自己的一番阴暗情事已将她消耗得精疲力竭。

伟慧心事重重，转身去卫生间洗漱，没再同家行说一句话。

她的背影牵着家行好奇而怀疑的目光。

有一件事让伟慧暂时放下了廖德忠。

就在她晚归的第二天，她偶然间发现，家行的手机设置了密码。

她和家行在一起十多年，家行的手机从来都没有密码。哪怕是那次，他和夜总会小姐有染，他的手机也没有设过密码，一切都坦坦荡荡地供她审视检阅。可如今，他的手机忽设密码，却是为何？

伟慧没有直接问家行，却多了个心眼，有一次趁他玩手机不注意时，悄悄看了他输入的密码。是简单的六位数：911030。

却不是任何纪念日或者家里人的生日。这个密码是什么意思？密码所要保护的，又是手机里的什么秘密？

911030，看起来像个日子。谁的生日？谁是1991年出生的？

伟慧觉得非常失落、不安。她和家行在一起这么多年了，在很长一段时间里，彼此间毫无嫌隙。可如今，她有了自己的隐秘污点；而她的家行，也有了不愿示人的秘密。她忽然害怕去获知他的秘密。

然而那秘密，很快就不再是秘密。

好奇心具有不可估量的侦查力与摧毁力。

这天半夜，伟慧躺在床上辗转难眠。家行却早已熟睡。神使鬼差地，她按捺不住冲动，起身摸索到家行的手机，悄悄走进了卫生间。

用密码打开手机后，她看到家行和一个女人的聊天记录。她看着看着，握着手机的手就开始发抖，心被一股无形的力量狠狠揪住。

小小手机屏幕上，长达八十多页的聊天记录清楚地向她展示了家行的婚外情：那个女人叫陈雅雅，比家行小十一岁，外地人。他们交往已有一年，并且已经发生过肉体关系。

伟慧只觉得天旋地转，心头的痛楚在向她全身蔓延。一年了，家行掩藏得如此之好。不，或许他根本就没有掩藏，只是她疏忽了。她纠缠在繁琐的家政中，纠缠在感情的妄念中，忽视了丈夫的变化。一年了。一年够发生多少事？已经发生了多少事？她竟浑然不觉。

911030，这密码一定是那女人的生日了。没错，她正是1991年生的。她比她年轻整整十岁，或许可爱整整十倍。她的生日被家行视为珍宝、设为密码。看，十月三十日那天，家行给她发了生日祝福，还陪她吃了大餐，送了她礼物。伟慧看着聊天记录，越看越伤心。十月三十日，那天家行是找了什么借口出去的？她都不记得了。那天她自己又在做什么？她也不记得了。家行有多久没有带她和两个女儿出去吃过饭，有多久没有送过她礼物了？她更不记得了。

伟慧关掉手机，跌坐在地上。她用手掩住嘴，靠在冰凉的瓷砖上无声地大哭。一颗心像被什么东西狠狠撕扯着一样痛。

这一年里，她和家行究竟怎么了？同床异梦，互相背叛，互相伤害。可当年，他们是何等地相爱。

伟慧心里慌乱，只好忍住悲伤，先去跟若迷商量。

她对若迷说："就当是扯平了吧。我跟他谁都不欠谁了。我打算跟廖德忠断了，也劝家行跟那女人断，都回家来，好好过。"

若迷却说："你和你的情人断不断，是你自己的事。同样，家行的事你也应该让他自己去处理。不要拿自己的标准去要求别人。万一你断了，而他不肯断，你岂不是难以平衡？"

"可不然我该怎么办？难道任其发展？"

若迷轻叹一声，说："没有别的办法，唯有做好你自己，但求无愧于心。至于别人，你不能强求，只能静观其变了。"

此后，伟慧的心思全部用在了观察和揣测家行的言行上。

家行在家的时间并不多。即便他在家的时候，对伟慧也是冷淡礼貌，像是无话可说，灵魂游离在千里之外。可这样的状态也不是一天两天了，伟慧找不到理由突然开口质疑。

有些晚上，家行坐在沙发上，似乎是在看电视，手机却一直不离手。伟慧若坐在他旁边，哪怕什么都不说，他也觉得不自在，看一会儿就关了电视，起身去书房。少顷，伟慧若从书房前经过，见他人在电脑前坐下了，手机必定还是攥在手里。为何如此，显而易见。

家行的那种冷漠，像是故意的。可伟慧若上去问他："你怎么不理我？"他便会奇怪地反问："我何时不理你了？"伟慧若说："你一晚上都不和我说一句话。"他就说：

"你也没和我说话呀。"

伟慧情绪恶劣，一时想去揭穿他，拿出事实，与他对峙，要他认错；一时又想去坦白自己的过错，一五一十，掏心掏肺，然后与他拥在一起抱头痛哭，重新开始。可究竟没有勇气，也没有信心。

12

因为自身的经历，伟慧能够理解婚外偷情的动因。日复一日的寻常生活令双方都心生倦意。人被困在一种萎靡的惰性中，对平庸的人生感到不满，却无力改变。对旧的关系感到厌倦，却没有心力去往其中增添新的能量。只能逃避，丢开了事，另寻出口，去新的关系中找寻暂时的、虚幻的存在感。

这种身不由己的堕落，就像对麻醉剂的依赖，得到短暂的快感，之后却有漫长的内疚与痛苦。深陷其中的，不过都是可怜人。

因此，在面对丈夫的背叛与消极态度时，伟慧压下心中的悲伤，用理智告诉自己：得饶人处且饶人。

她想，也许家行玩玩就腻了，也许家行会良心发现，也许责任感会叫他回头的。伟慧在心中暗暗发誓，只要家行回头，她也将痛改前非，以百分百的热情和忠心来对待他，对待这份感情、这个家。

可不久之后，家行的信用卡对账单寄到家里，伟慧拆开看，发现消费数额很大。伟慧以往并不留意这些钱财事务，所有开销都是由家行负责核对、还款。而这一次，她却留了个心，一笔笔细查，很快发现家行近期的大笔开销均花在宾馆、饭馆，还有珠宝店。

伟慧哭了。因为她突然感觉到了，家行这一次的背叛有了质的不同，似乎带着破罐破摔的疯狂力道。他若要刻意隐瞒婚外情，自不会拿信用卡消费，还任由对账单寄到家中；他若对婚外情人没有认真的打算，也不会在其身上花费这诸多钱财。

伟慧清楚自己的心，知道自己绝不会抛弃丈夫和孩子，绝不会离开家庭。可对于丈夫，她没有把握，没有信心。她无法预料他会为婚外的女人走到哪一步。

只是玩一玩吗？也许。大部分男人在婚外都只是玩一玩。可人心难测，一切皆有可能。他不是已经在把孩子们的养育资源投往别处了吗？他有没有可能更进一步，抛弃她和两个女儿呢？伟慧害怕了。

和那次夜总会事件的时候一样，伟慧想去家行的单位反映情况，挽回局势。家行是公务员，最怕被指作风不正。现在唯有这一招能立刻制住他，叫他回头。

她与若迷商量，这样做是否可行。不出所料，若迷劝阻她，"切莫冲动。这样做不会解决任何问题，只会两败俱伤。"

若迷说："你想清楚，是要分，还是要合。若决定和他分开，就公事公办，留好他出轨的证据，争取财产和孩子的后续保障；可若要他回家，就不要将他逼入绝境，而应尝试沟通和解，尽释前嫌。"

伟慧何尝不懂这些，可她百般矛盾。她说："我不舍曾经的感情，我想要他回来，与他和好。可又觉得，我和他再也回不到从前了。"

若迷叹息，"婚姻便是如此，需要人有极大的忍耐与包容，放弃自己的脾性、自我，克服人性中的软弱，才有可能圆满。"

伟慧说："是，我太软弱。我感到自己无法释怀，虽然我在努力说服自己，但不行，我做不到。同样，他若知道我的事，恐怕也无法原谅我。我们都不是圣人。我们受制于内心的嫉妒与愤怒。"

若迷说："既是这样，那我劝你，和他协商离婚吧。自己知道放不下心结，还继续在一起彼此折磨，没有意思。"

伟慧愣着，呆了半晌，叹道："曾经感情那么好，在一起那么多年，有那么多共同的回忆、那么多互相了解的习惯，如何分得开？"

她说着，湿了眼眶，"还有，两个女儿怎么办？真的离婚，女儿们太可怜了。她们还这么小。"

"你们还是可以共同抚养孩子的。"若迷说。

"不，不会的。"伟慧出神地说，"如果是我提出离婚，他一定不会管我和孩子的。他是那么强势的人，家里的钱一直都是他管，他一定会惩罚我，不会在经济上照顾我的。"

"那也未必，周家行也不是没有良心的人。"

"良心？还真难说。"伟慧苦苦一笑，"你是没有看过他的信用卡账单。他给那个女人买了三万多的戒指。"

若迷沉默不语。伟慧与家行结婚时，婚戒不足万元。

"所以，我才想去他的单位告状，除了出一口气，也是想保障自己的权益。这种事情，唯有闹大，才能叫舆论来帮一把。"

"可是，这样就是撕破脸，同归于尽，并非上策。"

伟慧凄惨地笑起来，"对，就是撕破脸，就是同归于尽。我知道，这样做，跟从前那些市井泼妇一哭二闹三上吊没什么区别。可我没办法。命运把我拖到了这一步，我没办法。"

伟慧说着垂泪，"没有想到，我和家行，复旦毕业，当年被看作金童玉女，现在还是翻脸成仇，要同归于尽。可见，读那么多书有什么用？照样看不破红尘，不肯好聚好散，要置对方于死地。"

若迷握住伟慧的手，叹道："你也别太难过了。婚姻本来就只是一份经济契约，很多时候，还是一份不完善的经济契约。女性在婚内的付出无法转化为价值，利益得不到保障。那些市井妇人的做法很多也是被逼出来的。若一方变心，另一方能得到足够的补偿拿钱走人，也未必会有那么多女人愿意跟一个没良心的男人死磕。民间智慧，都有来由。你我本也是世俗中人，不必太过苛求自己。"

伟慧决定，再给家行一段时间，他若还不回头，她就把事情闹大，去找他的单位领导告发、求助。她心中虽然发狠，但理智毕竟还占着上风，不到万不得已，这一步她也不敢轻易地跨出去。

而这段时间，家行的表现却又逐渐好转，正常了起来。他态度平和了不少，家务也偶尔帮着做做了。他甚至还会带礼物回家：有天下班，他给小暖和小和一人买了一只泰迪熊带回来。两个女儿开心得不得了。伟慧略觉欣慰，家行终究还是个有心的父亲。女儿们尚年幼，一个和平的家、一份完整的父爱，对她们来说太重要了。她想，哪怕为了两个女儿，她也应该忍过这段时间，保全这场婚姻。

又一期的信用卡对账单寄到家中，伟慧看了，没有异样。家行的开销也恢复了常态。

就这样太太平平地过了两个月。伟慧猜想，家行的婚外情也许大事化小，小事化了，无疾而终了，就像她自己的一样。

毕竟，太多的婚外男女纠葛最终不过镜花水月。人还是要在现实中生活、生存的。

事情再起波澜，是因为伟慧丢了工作。

在之前一段时间里，伟慧由于家行的事，一直心神不宁，情绪抑郁，每天行尸走肉一般奔波于家和公司两点一线，很多时候出工不出力，工作成效不佳。公司领导已经对她很有意见，正考虑合同期满后是否与她续约。偏偏在这时候，伟慧家里又出了事。

公公有天在家找东西时，踩到一张木椅子上去翻看高处柜子里的陈年旧物。那张被反复翻修的木椅子到底一把高寿，被人踩上去后，终于支撑不住，散了架。公公结结实实地摔了一跤。

公公小腿骨折，失去行动能力，遵医嘱要卧床三个月。这位一家之主一向被人服侍惯了，卧病后更是作威作福，脾气大得不得了，要求多得不得了。婆婆处处忍让，全身心伺候公公，二十四小时寸步不离。两个孙女自然就只能交给伟慧自己管了。

伟慧每天早出晚归，下班回家后又要管孩子，还有一堆家务琐事等着她做，有时还要去公婆跟前搭把手，成天团团转，顾头不顾尾，连日缺乏睡眠，上班经常迟到。小暖小和正常上学的日子还好，可一旦她们谁感冒发烧，她就不得不请假带病孩去医院。家行的工作不好请假，家行对带娃看病的流程不熟悉，家行收入高、工作重要，耽误不得，所以这些事情只能由她伟慧来做。儿科医院一年三百六十五天人头济济，挂号打针拿药，什么都得排大长队。

一来二去，她的工作便落下了。领导批评她几句，她又和领导起了冲突，领导干脆叫她打辞职报告。

走就走。伟慧气性上来了，也不顾挽回什么，痛快地打了辞职报告。报告交上去，批下来，行政部催她办手续时，她才感到茫然了。

失去工作，意味着她重新变成一个家庭妇女。当然，家里需要她作为妻子、母亲和新妇而存在，一向重于需要她作为一个职业女性而存在。因此，丈夫和公婆并没有对她的失业有过多评议。

而若迷听闻此事后，却非常忧心。她对伟慧说："哪怕你请个保姆专门管孩子，你也还是去上班的好。另外，你公婆若身体有恙，也是可以请保姆照顾的，没必要非让你舍弃工作在家当苦力。"

伟慧犯愁，说请保姆太贵了，家人都不同意。

若迷叹气，"是，多少女性沦落在这样的命运里。她的男同学做经理，她做前台，因为前台工作轻松，方便她顾家，也因为公司认为她一旦生育就耽误工作因此没有培养价值。然后她怀孕了，发现自己的工资还没保姆多，请保姆不合算，于是她只好离职回家带孩子。"

伟慧无言以对。若迷说的这种现象，正是她的处境写照。"你工资还没保姆高，上什么班，请什么保姆。"这就是家行对她说的原话。

若迷继续说："不知有多少女性因为这些原因长期沉淀在职场最底层没有发展前景的工作中，或者干脆失去工作。可无论她们是否外出工作，她们回家都需承担包括生育在内的所有无酬家务劳作。"

而男人们，又有多少会懂得这种付出，一辈子善待发妻？伟慧无声地接上去，在心中悲凉地发问。

伟慧有预感，此刻她失业回家，对于她和家行的关系来说，是一个转折，不妙的转折。

不出所料，才回家几天，她便觉得心里烦闷，日子空虚。闲下来之后，又难免多想、多疑，又开始关注家行的一言一行。

而她越是这样，家行就越烦她；家行越烦她，她就越觉得什么都可疑。于是夫妻关系再次进入了一种恶性循环。

可她无力改变。她无法控制发生在她身上的事情，也无法控制她自己。生活的漩涡把她卷到了此处。

周末，家行说他不在家吃饭，出门去了。

家行走了没多久，伟慧也出去，跟公婆谎称约了女友吃饭。路上她给若迷打电话，要她出来帮忙一起捉奸。

自从辞职在家，伟慧又开始经常偷看家行的手机。就在前一天晚上，她得知家行约了那个姓陈的女人第二天吃午饭。

那是市中心一家吃土耳其菜的著名餐馆，很多人慕名而去。伟慧一直想让家行带自己和孩子去一次，却一直也没去成。一来家行总是很忙；二来那家馆子出了名的贵，伟慧一向节俭，自己也犹豫。可在这难得的休息日，家行竟然抛下妻子孩子，要带那个女人去开洋荤。

伟慧抑制不住窜上心头的怒火，发誓要当场捉奸。但她又有些怯场，便把若迷拉出来壮胆。

若迷一听情况，说她马上赶来，叫伟慧切莫冲动。

周末的餐厅座无虚席。伟慧和若迷在门口被告知需要等位。但隔着一定的距离，她们已经看到坐在远端窗边雅座的周家行和陈雅雅。只见两人神态亲密，说说笑笑，俨然是一对富有默契的情侣。

虽说心里知道有这么一个人存在，但亲眼目睹的那种心痛仍是叫伟慧猝不及防。她呆在那里，由于极度愤怒，一时失神。

若迷却很镇定，轻轻说笑道："瞧瞧周家行现在的品位。假睫毛、青眼皮、袒胸露乳，脸上的粉足有半斤，头发还烫成个大波浪，像不像八十年代的港台艳星？"

"你还有心思说笑。"伟慧快哭了。

"对不起对不起。我就是觉得，你实在不必同那样一个女人争。你比她美好太多。是周家行疯了。"

自己要比那个女人美好吗？伟慧不信。

她低头看看自己，穿着最普通的黑衬衫、牛仔裤。牛仔裤是生完小和后买的，当时身材还没完全恢复，所以买大了一号，现在穿着松松垮垮。脸上没有化妆，头发也没有染烫，就随便扎了个马尾。一双手因为做家务，粗粗糙糙，没戴任何饰物。

倒是那个女人，身材热辣丰满，穿着时髦的紧身衣，硕大的一对乳房露了小半在外面。白皙的胸前，一颗亮晶晶的水钻吊在项链上晃来晃去，吸引着男人的目光。她手上还戴着一枚看起来价格不菲的蓝宝石戒指，隔着那么远的距离都能看到那炫耀的光泽。

伟慧再看自己，手腕上只有一块很旧的 Swatch 手表，塑料表带，看上去很便宜。伟慧觉得自己整个人看上去都很便宜。

自卑感和愤怒一起袭击了她。她要冲上去和那对风花雪月中的男女拼命，却被若迷一把拉住了。

"等一等，不要冲动，此刻过去不明智。"若迷说着，拿出手机拍下那对男女亲密用餐的画面，"证据留好，其他从长计议。"

此时餐厅人头济济，家行和他的情人并没有发现伟慧和若迷。

若迷连拉带拽，拖着伟慧从餐厅里出来。

走到外面，发现下雨了，若迷在门口驻足拿伞。这一驻足，伟慧忽然就看到，家里那辆黑色雪弗兰停在餐馆门外的停车场里。

她呆住了。这是她陪嫁的车啊，是她和家行新婚时，她父母买给他们的。现在家行居然用这辆车载着他的情人出来约会。

急怒攻心之下，伟慧只身冲进雨里，对着那辆雪弗兰又踢又砸。所有的委屈和愤怒一泻而出，落在那辆钢筋铁骨的车上，却是没有丝毫效用。伟慧号啕大哭起来。

若迷丢下伞冲过来，一把抱住伟慧。

伟慧推开她，"你别管我，不要管我，让我砸。"

"你冷静一点，冷静一点。"

"我不冷静。我不要冷静。李若迷，我不是你。你要我怎样？像你一样泰山崩于前而色不变吗？抱歉，我做不到你这么冷酷。"

"好，你要是觉得冲我撒气心里好过一点，就冲我撒气好了。但我们换个地方好吗？别在这里让人看笑话，别做蠢事叫坏人得意。"

若迷的话让伟慧静了下来。是啊，如此没有本事，只会冲自己的朋友撒气。她再次捂着脸大哭起来。

空中乌云密布，一声惊雷，大雨倾盆而下。两人都被雨淋得浑身湿透。若迷捡起伞，扬手拦下一辆出租车，搂着伟慧上车离去。

13

你以为，生活不幸福，通过一次出轨、一场婚外情，就能找到幸福，那是妄想。婚外情，要么是一针麻醉剂，等药效过了，伤口仍然疼；要么是一潭沼泽，陷进去，就出不来了。

这是伟慧对婚外情的总结。但她又觉得，人性软弱，一旦事情临到自己，哪怕知道是麻醉剂、是沼泽，也会飞蛾扑火。

餐馆一事，家行似乎毫不知情。伟慧克制情绪，保持常态，悄悄留意，家行一切正常，甚至越来越愉快，越来越红光满面。

是啊，他在他情人那里得到了感情和肉体的滋养，他不红光满面谁红光满面？他当然注意不到他的妻子在做什么、想什么了。

夜里，伟慧躺在床上，又失眠了。若迷已把那张照片发给她，让她作为证据握在手里。可要打出这张牌，势必是为了离婚。究竟要不要离婚呢？不离婚该怎么过下去？离了婚她又该何去何从？两个女儿又该何去何从？伟慧看着熟睡中的姐妹俩，流下了眼泪。

一个女人，毕生最大的敌人不是男人，也不是其他女人，而是她自己。如何战胜自己的心，如何用理智约束自己的荒唐念头，如何长久而得体地爱别人，以及被爱，并且同时，如何在逆境中保有最初的善良、温柔与安宁。这些，才是女人一生的功课、一生的难题。

家行的气色是越来越好了，衣服也翻花样，今天一对新袖口，明天一条新领带。家行工作时是需要穿统一制服的，就上下班路上这点时间也值得他费心思地换衣服、打扮。伟慧看在眼里，不问也不闹。

家行在家的态度不冷不热、时好时坏，叫人捉摸不透，也无法批判。不过他所有的言行举止都在发出一个信号：老夫老妻的，别多事了，就这么井水不犯河水地过吧。

伟慧当然难过，心中积郁日盛。但苦于她自己也没有一个最终决定，这难过只能攒着不发作。攒到一定程度，她忍受不了了。这时谁第一个找她，便是她的枪靶子，又或者，是她的救命稻草。

这根救命稻草就是廖德忠。

用若迷的话来说，这个男人就是阴魂不散。至于伟慧，是好了伤疤忘了痛，一次次在同一个地方跌倒。

但无论如何，在她软弱无助的时候，她急需一个人、一段关系，来分散她的注意力，承接她的痛苦，给她新的活力和希望，哪怕这个人、这段关系，曾经令她失望，叫她流泪。

廖德忠也真是有种奇特的本事，无论上一次两人怎样不欢而散，隔开一段时间，就能像没事人一样重新联系她，重新恢复成一个沉着稳重和蔼可亲的老好大叔、精神导师。

他把心理战术打得很好。他和伟慧聊三句，伟慧就能从一张冷脸变成平静脸，聊五句，就能叫伟慧变成温和脸，聊到第十句，伟慧已经俯首投诚、掏心掏肺，开始控诉丈夫的不忠和自己的心痛。

廖德忠当然稳稳打出剩下的牌，几句梯己的安慰又不费事。

每隔三五个月发几句温柔的情话，便能维系这样一个召之即来的情人，这时间和经济成本低得不能再低。廖德忠不傻，知道伟慧的好处。她的小性子虽麻烦，但比起其他女人的麻烦，还是省事太多。更何况伟慧还是个名校高材生，干净、漂亮，还已婚已育，无需负责。

伟慧也知道，一旦和廖德忠恢复联络，无可避免会落入老套，见面、约会，希望、失望，循环往复。但她控制不住。

另外，她一想到周家行和陈雅雅，一想到他们俩像情侣一样在餐厅吃烛光晚餐，在床上共赴云雨，心里就生出报复的欲望。

拿自己的堕落，去报复别人的堕落，也许只能是个死循环。

但她顾不得了。

家行也许察觉到妻子情绪波动、行为反常，但他不问。

伟慧外出晚归，他不问；伟慧故意把手机也设上密码，甚至故意在他面前长时间看手机，他还是不问，仿佛没有看见。

伟慧多么希望家行能流露出一丝嫉妒、几分怀疑，甚至霸道些，管着她些，就像当年他们刚谈恋爱时那样。

如果他挑她的错，她便能鼓起勇气，将事情做个了断。她可以指控、揭露，可以拿出餐馆那张照片来质问他。可家行不给她机会。

他平平静静，就像暴风雨前的天空。

这平静，倒让伟慧不安了。

又到一个周末，廖德忠约伟慧出来见面。

恰逢这天家行单位组织聚餐，伟慧便提议让公婆休息一天，她把两个女儿送到自己父母家，然后梳洗打扮，去和廖德忠约会。

到了宾馆，廖德忠风尘仆仆的样子，说一早就加班开会，忙了一上午，出了一身汗，先去洗澡。他洗完了，让伟慧也去洗。伟慧便进去冲淋浴，刚把身体淋湿，廖德忠的手机响了。

廖德忠看到来电号码，探身进卫生间对伟慧做出一个"嘘"的手势，让伟慧把水龙头关了。伟慧便知道，是他妻子打来电话。

伟慧关了淋浴喷头，浑身湿淋淋地站在淋浴房，不敢发出任何声音。卫生间外，廖德忠在电话上和妻子交谈。伟慧听着他们谈论公司事务、家庭事务、老人、孩子。他们一通电话足足打了七八分钟。伟慧就一直湿着身体在淋浴间站着，等着，浑身发冷。直到廖德忠挂了电话，进来对她比划了一个OK的手势，她才重新打开热水龙头。

忽然间，一股屈辱感涌上心头，她哭了。她捧起热水扑打自己冰冷的面庞和身体。这种没有自尊、偷鸡摸狗、不能发出声音，只能缩在阴暗的角落里湿着身子等待的感觉，她一辈子都会记得。

最后一次了。她在心里暗暗起誓。这真的是最后一次出来做这种事了。从明天开始，她要做回她的贤妻良母。

完事之后，廖德忠请伟慧吃午饭。老廖这天心情特别好，带伟慧去了一家很贵的日式海鲜餐厅，人均消费一千。

他们刚坐下，餐厅里就涌进十多个人，看着像一个团体。接着，伟慧就看到了家行，还有家行的同事和领导。

真是狭路相逢。谁能料到家行单位聚餐也会来这里。

惊骇之余，伟慧本能地想即刻离开，却是根本来不及了。家行随着众人走了进来，离她只有几米的距离。她根本无处躲藏。

等家行无意间转过头来，看到靠窗这桌，看到这个戴着金表、身材微微发胖的男人正在好兴致地研究菜单时，他当然立刻就发现了男人对面坐着的是他面无人色的妻子、童伟慧。

家行毕竟是读过书的人，又在社会上做了这么些年的事，场面上的涵养维持得滴水不漏。他只重重地看了伟慧一眼，便转开脸再也不看那一桌，回过头来若无其事地应付领导和同事。

伟慧已吓得魂飞魄散，根本不知坐在对面的廖德忠在对她说些什么，笑些什么。廖德忠兴致勃勃地点出一桌好饭菜，生猛海鲜五光十色地摆上了桌。伟慧看着却觉得恶心，整个胃像个没有生命的口袋吊在那里，吃什么都像往里填石头。事实上，伟慧事后怎么也想不起来那顿两千多块钱的饭都吃了些什么。

　　当天下午，伟慧先回到家，家行不久后就回来了。

　　两人对餐馆的事心照不宣，谁也没有开口说话。

　　伟慧一直回避着家行的目光，轻手轻脚地忙着一些琐事。但她不用看家行也知道，家行并没有看她。

　　家行是打定主意不理睬她了，伟慧知道。想要破解这个局面，只有她自己主动找家行说话，主动认错。

　　她找了个时机，看家行进了书房，便跟进去，关上门。

　　家行看了她一眼。她一阵惶恐。

　　惶恐之下，她说了一句什么。她的知觉完全游离在外，话音落下她才发现自己刚才说的是——"你吃过了么？"

　　她简直想打自己。他们先前就是在餐厅里遇上的。何至于这样慌张，方寸大乱，将自己的魂不守舍和盘托出呈现给对方看？

　　家行朝她笑了一下，笑得很难看。那根本就不能算一个笑。

　　伟慧最怕家行的这种表情，这种明明心里气得要命，却还对人微笑的表情。

　　伟慧心中忐忑，想立刻再说一句话来打岔或者补救，于是便说："我去接小暖小和回家吧。"

　　家行没有搭腔，也没有说要一起去接。他兀自在书桌前坐下，给了伟慧一个背影。他的背影在说：这点事情，值得你特地跑到书房里来跟我说？还要关上门说？

　　伟慧越来越难堪，但不得不说下去："对了，下周五，小和幼儿园家长会，晚上七点。"她声音怯怯的。

　　家行的椅子这时转了一百八十度。他回过身来，看着伟慧，目光似两柄利剑。两个女儿一直由伟慧全权在管，开家长会这种事放在平时伟慧从不跟他说。

　　"有时间约男人，没时间去家长会了？"他冷冷地讽刺。

　　伟慧怔了一下，稳住一口气，避重就轻地回答："这次家长会是亲子活动。老师说，父母最好能一起参加。"

　　家行又那样阴冷地看了一眼伟慧，鼻子发出一声哼笑，椅子重新转了回去。

　　伟慧被这种态度刺伤了。她看着家行的背影，怔愣了几秒钟。房间里有了一阵悚人的安静。然后伟慧忽然失控，狠狠地喊起来："周家行，你到底想怎么样！"

家行料到伟慧会先沉不住气，侧转过来，微笑着，不冷不热地说："我想怎么样？你还有脸问我？"

伟慧哭了，说："结婚这么多年，我就这一件事对不起你。"

家行阴沉着脸，没有说话。妻子和那个男人到底是什么关系，他其实并没有把握。他的自尊和骄傲也不允许他一进门就对妻子发作，逼她交代。另一方面，他内心也想逃避，不愿面对妻子背叛的事实。

可没想到，这个没有城府的童伟慧，不打自招。他厌烦、羞恼、愤怒，简直想暴跳如雷。强烈的克制令他的脸微微抽搐变形。

可伟慧没有看到这一切。她只顾垂着头哭泣、自责、忏悔，以为这样能够获得丈夫的谅解。她说："也就这一次，被你看到。你知道我的，本质上我不是一个坏女人……"

"够了，不要说了。我不想听。"家行站起来。

顿了一顿，他又说："有一次或有十次，没有区别。有一个人或有十个人，也没有区别。区别在于有过，或者没有过。"

伟慧呆呆地看着家行，这个传统而霸道的男人，她的丈夫。这一刻他像一块石头，坚硬、冷厉。她知道他们再也回不到过去了。

内心一阵疯狂的失控，她扑跪在家行脚边，哭泣哀求："家行，你原谅我。原谅我好吗？给我一次机会，我发誓再也不见他了。"

家行没有动，没有表态，只是冷冷地睨着她。

伟慧见家行沉默，追击着说："我们毕竟还是夫妻，有这么多年的感情。你若原谅我，我也原谅你。我知道你的事，你和那个陈……"

伟慧刚说出一个陈字，家行竟突然爆发出一声"够了！"随即抬脚一踹，将伟慧当胸一脚踢出一米开外。

伟慧吓呆了。这样的暴力相待，从未有过。她捂着剧痛的胸口，看着家行冷酷的面孔，再也认不出他。

14

伟慧失魂落魄地走在街上。深秋,白昼短了。才四点钟,天就阴成了这样,整个城市灰蒙蒙的像裹了条破毯子。

伟慧的眼睛空洞洞地看着地面,她一边走一边想:今晚把女儿们接回家,是否就能缓和她与家行的关系?是否能平安度过这一夜?恐怕是不能的了。家行是不会原谅她的了。争吵、冷战,在所难免。那女儿们太可怜了。孩子是最怕父母吵架的。她自己小的时候,父母一吵架她就躲在房间里偷偷地哭。她曾发誓,将来绝不让自己的孩子看到父母吵架,可还是让她们经历了。她真不是个好母亲啊。

此刻她后悔至极,为何要再见廖德忠,为何要一再犯错,直至无法挽回。有些事情,真的无论如何碰不得。哪怕是相爱的两个人都不应去试探对方的底线。人性经不起试探。

她就这样恍恍惚惚地走着,整个人虚软无力,心神游荡,丝毫没有留意到危险的靠近。交通灯由绿变黄,她没有看到,一辆货柜车由远及近地驶来,她也没看到。她埋头往前走,待觉出不对时,对方已经鸣笛闪灯。她来不及反应,一抬头,车子已经在眼前了。

电光火石间,她感到自己被一股力量猛地一推,整个人重重地摔了出去,滚到路边。货柜车擦着她身后开了过去。

伟慧不知自己灵魂出窍了多久。是身旁渐渐聚起的人群让她意识到了刚才发生了什么。她听到有人说:"120怎么还不来?"又有人说:"这么多血,恐怕没救了。"她强撑着从地上站起来,拨开人群,看到那个推开她的人躺在地上,不省人事,身下一摊鲜血。

救护车来了之后,伟慧和那个因救她而受伤的人一起被送到了医院。伟慧没有大碍,只是些皮外伤,涂点药水包扎一下就好了。只是那个救她的人,昏迷不醒,送了抢救室。

救人者是个小伙子,二十来岁,像个大学生。旁人都在叹息,这么年轻英俊的男孩子，可惜了。

之后是一段兵荒马乱的日子。

小伙子头部受到撞击，脑子里有血块，在 ICU 昏迷了三天。这三天里，伟慧每天去医院，在病房外守候许久。若迷陪着她。

小伙子才二十二岁，叫林剑音，是大四学生，也是复旦的。

那几天，病房外的走廊里总是闹哄哄的，林剑音的亲属来过好几批，个个都哭天抢地。后来渐渐无人来了，只有林剑音的父亲天天来。

伟慧了解到，林剑音是单亲家庭长大的。他母亲早年就是遭遇车祸去世的，如今他又惨遭横祸。可怜的林父天天就坐在 ICU 外面无声地抹泪，五十岁的人看着有六七十岁。

伟慧看了心痛如绞，愧疚难当，又无言安慰。她对若迷说："都是我不好。若是这孩子醒不过来，我一辈子心里有阴影。"

若迷打趣她，"要是他醒来呢？你怎么报恩？以身相许？"

伟慧嗔她，"什么时候了，竟然还开得出玩笑。"

的确不是什么好时候，若迷明白。伟慧处在水深火热之中。家里的祸事还未解决，在外头又闯下祸事。

这些天里，伟慧一直没有见到家行的面。在医院守候的时间里，她给家行发去很多消息。一是承认自己的过错，请求原谅。二是坦言自己知道他和陈雅雅的事，并陈述了一些细节与实证。三是表达自己愿意重修旧好的意愿。言下之意，既然两人都犯了同样的错，就一起回头吧，看在多年的情分上，哪怕为了两个女儿，为了父母。

伟慧措辞谨慎，语调冷静，态度诚恳，有礼有节。她觉得家行看了这样的信息，应该会感动，至少会感怀，会见她一面，与她好好谈谈，共同度过这场家庭危机。

可家行没有。他拒绝沟通，不理会这些信息。他早出晚归，甚至夜不归宿，拒绝回应伟慧的一切交流。

伟慧每天回到家，都见不到家行。家行就是摆明了在回避她。同时，公婆的脸色也不好看。他们并不知详情，但总觉得，儿子和媳妇闹矛盾，一定是媳妇不懂事。

又过了几天，林剑音终于醒了。

伟慧心头大石落地，叫上若迷一起去看他。

她们买去很多补品礼物。伟慧还给林父塞了一个两万块的红包。林父表达感谢但拒不肯收。两边都是腼腆的老实人，把一个红包推来推去倒生出些滑稽与喜庆。

最后还是林剑音说："童姐姐，家父一辈子没有受过人钱财，你就不要为难他了吧。你的心意我们领了。但那一刻，我只是应激反应，做了应该做的事，没什么值得夸耀的。你也不必放在心上。"

伟慧望着年轻男子英俊诚恳的脸庞，心里有说不出的感动。

临走前，若迷把自己的电话号码写给林父，说："大脑受伤非同小可，不能掉以轻心，等血块和水肿都吸收了还需静养数月，切莫留下后遗症。"又说："伟慧最近太忙，这是我的联系方式，找到我等于找到她，万一后续还有什么情况，需要多少费用，我们一定负责到底。"

林父推辞，让若迷不必费心，他们自己能够应付。

若迷还是把写有号码的字条递到林父手上，说她也有相熟的医生认识脑外科专家，之后若有需要，请来电告知。

走出医院，若迷问伟慧："我留电话给他们，你没有意见吧？"

伟慧说："当然没有。如果后续还有事情，自然该由我负责。只是我最近的确自顾不暇，你能替我担待这些事，我感激不尽。"

若迷笑笑不语，若有所思，停了片刻，又说："你有没有觉得，这个林剑音长得有点像家行？"

伟慧马上说："哪里像了？"但她心里却格愣一下，若迷正好说中她心事。她回想着刚才在病房里，林剑音对她说话的样子。他头上有伤，还缠着纱布，但他说话时，眉眼神态确实像极了家行，是当年刚开始和伟慧谈恋爱的家行。

但她什么都没说出来。

这只是一种恍惚的感觉，一种巧合，根本不意味着什么。

若迷却微笑着，挽着伟慧的胳膊，边走边说："我觉得很像。"

伟慧低下头不再说话。

两人坐上出租车。车开了一会儿，若迷的手机上进来一条信息。若迷看了信息，又看伟慧，欲言又止的样子，神情中却有一种快活。

伟慧问："怎么了？是谁的消息？"

若迷就笑，笑容里大有文章。

"到底是什么啊？"

"给，自己拿去看。"

伟慧从若迷手中接过手机。一个陌生号码。

信息说：见到童姐姐的第一眼，我就知道，她是我命中注定的那个人。救下她，是我这辈子做得最好的一件事。这些话说出来，我怕她不接受，因为通过短短的接触，我已明白她是怎样的人。我只希望可以慢慢来，哪怕只与她做朋友，我也知足。李姐姐是敏锐的人，留下电话给我，我万分感激。发来这段话没有别的意思，就是谢谢李姐姐的好意，以及说出我的心里话。

"胡闹。"伟慧把手机还给若迷，一脸不可思议。

若迷笑，"人家说什么了？人家只不过说想和你做朋友。"

"胡闹，胡闹。"伟慧重复着，又说："从现在起，再也别提这件事、这个人了。反正我探望也探望过了，礼也送过了，他现在人也醒了，我也放心了。以后……也不用再有什么瓜葛了。"

若迷就在一旁笑，"先前还说万一人家有什么后遗症，你要负责到底的呢，怎么转眼就变卦了？"

"生理后遗症，我负责。心理后遗症，跟我无关。我也管不了，也没资格管。"伟慧这么气哼哼地说话，脸上的神情却是相反的意思，分明掺着一种惊喜和爽朗。

若迷说："你啊，从小就这样，别人示好，你就避之唯恐不速。"

伟慧听到这句，怔怔呆住，许久，叹了口气，说："是，唯一的例外，是家行。我唯一的家行。"

家行，家行，她唯一的家行。

她唯一的家行，和她决裂了。

伟慧已经十多天没有和家行说过话了。他电话短信都不接不回，对家中事务不闻不问，经常夜不归宿，回来也在书房锁了门睡。

伟慧无力再争取什么，只感到深深疲倦，心力憔悴。

她对若迷说："真羡慕有些老夫老妻，人生一路坎坎坷坷都挺过来了，满头白发了还能相敬如宾。"

若迷说："世上哪有绝对的幸福和不幸？相敬如宾又何尝不是一种表演？需要涵

养、忍耐、克制，把所有难看的面孔、难听的话，都藏起来，咽下去。一辈子下来，也就成了习惯。"

伟慧叹气，"是，求仁得仁。能忍得，自然有回报。"

若迷见伟慧这般痛苦，劝她不如离婚。她说，既然家行已经知道了那件事，照他的脾气和观念多半是不会忍的。就算忍了，往后日子也有得苦了，他隔三差五翻旧账，两人的感情也难以维系。不如离婚算了，落得一身轻松，大家都解脱。

伟慧犹犹豫豫，仍不甘心。不到万不得已，她不愿离婚。

女人必须有婚姻。这一观念在她心中根深蒂固。

她说："离了婚我就没有家了，从此就是离婚女人了。不，我不离婚。离婚是一种耻辱。我知道你不屑，若迷，但我不能。我承认我被固有观念所影响，我就是放不下，我不愿意做离婚女人。"

若迷很平静，握住伟慧的手，说道："我们从小被教育婚姻的必要性、为人妻为人母的光荣，以及离婚的羞耻。可是，如果一个男人不再爱你、对你不好，如果你在他身边已经无法获得愉悦，你为什么还要因为一种观念而强行忍受痛苦呢？如果一种意识形态教育凌驾于人性本能之上，强行覆盖人的基本感知，那它一定存在问题。"

"可是，我和他曾经是相爱的。"伟慧说，"也许我们还能和好如初，哪怕爱情不再，亲情仍是有的。我们仍然可以一起生活。"

"那你就要做好心理准备，这辈子都被他牵头皮，隔三差五被他旧事重提，以后你在他们家更要忍气吞声。"若迷说。

伟慧怔怔想了一会儿，流下泪来，"是，我固然有错，可他何尝不是犯错在先？他先与夜总会小姐有染，后来又有别的女人。同样性质的事件，我都容忍他了，为何他就不能容忍我？"

"现在讲这些没有什么意义。"若迷说，"男女在贞洁问题上的双重标准又不是一天两天了。从前还有'吃人的礼教'呢。"

伟慧还是忍不住伤心地哭。

若迷拉她，"好了，别哭了，都没观众，哭有什么用。来，我们去吃点东西。明天的事情明天再想，总会有路可走。"

已是凌晨时分，若迷拉着伟慧到24小时营业的便利店吃东西。

秋风凛冽。清冷的街边，伟慧瑟缩，不由得拉紧衣领。

若迷买了热腾腾的奶茶和章鱼丸子递给伟慧。伟慧接过来，怔怔地愣住，却不吃。若迷问她怎么了。伟慧恍惚地一笑，说："我想到了大二那年，期中考试前，和周家行在自习室通宵温课，黎明时觉得饿了，家行去便利店买早餐，买的就是这种章鱼丸子。那时觉得读书好苦好苦，但有家行陪我，又好暖好甜。那时的我从没想过，自己这辈子还有可能过别样的生活，没有家行的生活。"

她又说："还记得吗？那时的空气就是今天这样的感觉，连天光的颜色、周围的温度、空气的质感，全都是一样的。只是，人变了。时间真快，一晃十多年过去了。物是人非。天边还是同一抹月亮，脚下还是同一片土地。但我们怎么都变了呢？我变得一无所有了。"

伟慧轻轻地说着，声音里有一种温柔的惨痛，眼中是苍凉的寂寞与感伤，一张脸比月光更白。

若迷说："怎么会一无所有？你有了丰富的人生经验，你有两个可爱的女儿，你还有我。最重要的，你有健康、未来，还有希望。"

伟慧苦笑，"我还有什么希望？"

若迷说："你找回了自己，就找回了希望。"

"可我的希望是，和家行重新在一起。"

若迷叹气，"伟慧，希望不在别处，而在你自己身上。想要怎样的生活，就为自己去创造。至于别人，你无法干涉，也无法控制。请记得，永远，永远，不要对别人抱有太高的期待。"

15

婚姻究竟是什么？伟慧也在心中问自己。

曾经她以为，婚姻是爱情的必然结果，是为了让相爱的两个人一对一地在一起，彼此忠贞，永远相守。

或者说得严苛一些，婚姻被人们用来保证彼此之间的情感和肉体是专属的，永远不能将其给予别的人。

人们设想婚姻是美好的、浪漫的、充满爱的。

可到了现实中，婚姻却变成了一种监督和惩罚手段。如果一方违背了当初的承诺，爱上了别的人，另一方就可以向法院提起诉讼，对其进行经济制裁，更有甚者，用暴力对待曾经相爱的人。

如此看来，婚姻的实质和人们对它的初衷，是相反的。

但无论如何，伟慧知道自己是需要婚姻和家庭的人。因为她需要安全感。婚姻和家庭，就是她抵挡这严酷世间的坚硬外壳。要她放弃婚姻和家庭，就等于让她做一只丢掉外壳的蜗牛。她害怕。

再者，她知道自己对家行还有感情，还有依赖。或者说，她在心里对他还是忠贞的，是爱他的。她只是一时糊涂，误入歧途。时至今日，家行仍是她心中唯一的男人。

但这些话，她没有勇气说。因为家行不会信，或许也不会在乎。

这一天，伟慧的手机上忽然进来一通陌生来电。她素来不喜欢接陌生来电，便没作理会。可对方锲而不舍，又打第二次。

也许是认识的人。伟慧接起来。对方竟是家行的情人，那个"九零后"小女人，陈雅雅。

陈雅雅毫不心虚，自报家门，主动亮出身份，并约伟慧见面。

有什么可见的呢？上次在餐馆，伟慧已经偷偷地见过她了。她对她没有好奇。但想了片刻，她还是答应了见面。唯一的理由是：她想劝她放弃，放弃第三者的身份，停止破坏别人的家庭。她不希望失去家行，不希望他们十多年的感情就这样付诸东流。最主要的，她不希望她的一双女儿就此失去父亲。

两女子约在一家僻静的咖啡馆见面。相对坐下的那一刻，彼此间的敌意已在她们的互相打量中快速传递了几个来回。

若仔细看，陈雅雅是远没有伟慧好看的。伟慧五官清秀，气质大方。而陈雅雅出身西南小城，只身来上海闯荡，到底带着一股志在必得的杀气，眼角眉梢难免藏不住恶形恶状。只是她涂脂抹粉，打扮妖娆，加之她又比伟慧年轻了十岁，终归看上去明艳亮丽些。

更主要的，从男性视角来看，陈雅雅身材火爆，胸前一对圆壮结实的肉球充满了性吸引力。而此刻，伟慧看着陈雅雅半露在外面耀武扬威的一双乳房，只觉得厌恶。有一瞬间，她觉得自己面对的是一头热烘烘、满身骚气的母牛。她知道许多男人肉欲蓬勃，吃这一套，却没料到，年少时清雅高冷的周家行如今也落了俗套。

伟慧准备了一肚子的话，但她还未来得及开口，已被陈雅雅抢得先机。陈雅雅开门见山地宣布："我怀孕了，怀了周家行的孩子。"

这句话像一声闷雷，响在伟慧的头顶，叫她眩晕。她一时辨不出对方真假，但已失掉神色间的闲定。

陈雅雅见自己占到上风，颇得意，紧接着说："不是意外，就是故意怀的。你懂的，情到浓时，谁也控制不住。"她别有深意地一笑，半裸的乳房微微颤动着一甩，跟着得意。

伟慧只觉得自己被对手放了冷枪，中弹了却不能当着对手的面倒下。她强撑着，将发抖的手藏在桌子下面，紧紧握成拳头。

有史以来第一次，童伟慧不想任人欺负了。她忍住胸口的疼痛和喉咙的颤抖，深吸一口气，摆出冷笑，说道："去年校友会的小学妹，前年夜总会的陪酒女，年年有女人来说自己怀了周家行的孩子。今年轮到你。你又是哪儿来的？隔壁按摩院的女技师？"

砰地一声，咖啡四溅。陈雅雅年轻气盛，又是不肯吃亏的个性，在伟慧的言语刺激下，气急将咖啡杯重重地顿在桌上。

"少在那儿拿姿作态地诓我。告诉你，这个孩子我生定了。你这个老公我抢定了。谁叫你自己肚子不争气，一生生两个女儿。"她指着自己并不显眼的肚子，"我这儿怀的，可是个儿子。我知道周家想要儿子，吃了配方的。"女人说着得意地笑，脸上的肉横起来，"现在让周家行来选，他要选你不选我，我陈雅雅名字倒着写。"

伟慧太震惊了，各种疯狂杂乱的念头在脑海中掠过。

一时间，她倒并没有多恨眼前这个女人，只是恨家行，恨家行糊涂而不负责，让外面的女人怀了孩子；恨家行背信弃义到这地步，任别的女人欺到她头上来；更恨家行把她当傻瓜骗，今天若不是这个女人自己说出来，也许等到他们的孩子生下来，女人抱着儿子要登堂入室了，她还被蒙在鼓里，处处被动。

"你也别难过了。我告诉你这些，是叫你知难而退。早点离开已经不爱你的男人，你还能找个第二春，拖下去对你只有不利……"

"够了。"伟慧打断她，"不用多说了。这个男人你要你就捡去。只不过……"她说到这里顿了顿，"一个抛弃发妻和亲生女儿的男人，你觉得他会是个好丈夫和好父亲吗？"

伟慧说完就起身，欲离去。跟这种女人见面本就是个笑话。

陈雅雅个性强，好缠斗，又不怕出丑，跟在伟慧后面叫嚣："于你他不是好丈夫，未必于我就不是。他待你不好是因为不爱你了，他待我好是因为爱我。你也别觉得自己受了多大委屈，婚姻本来就不是保险箱。能者上位，大家公平竞争。我做人也够意思了，上次还买了正版泰迪熊让家行带给你的两个女儿呢，三百多一个呢……"

伟慧提着气直走，忍耐着，头也不回。身后传来的每一个字都像一把锋利的刀，在她的心头一下一下地割。

直到出了咖啡馆的门，她才克制不住，任泪水夺眶而出。

回家的一路，伟慧一边抹泪，一边冷笑。

肚子不争气。选你还选我。还真是封建遗毒死灰复燃啊。真以为是皇帝选妃吗？后宫戏看多了，都把自己当娘娘。

进了家门，伟慧第一件事就是把小暖小和的两只泰迪熊找出来，狠狠地扔进垃圾筒。两个女儿被妈妈的举动吓坏了，"哇"地哭起来，要去垃圾筒里抢救心爱的玩具。

伟慧一阵歇斯底里上来，与女儿们抢夺玩具熊，不让她们捡。女儿们哭着说："这是爸爸买的，我们喜欢的。"伟慧一边和女儿们抢一边说："你们真以为是爸爸买的吗？这是狐狸精买的，是脏东西！"

婆婆这时冲出来护着孙女们，拉开伟慧，"发什么疯？有什么事情不能好好说？这样吓孩子做什么？"

伟慧正要向婆婆控诉，就在这当口，家行回来了。

此刻不是他的下班时间，显然他是听到什么消息提前赶回来了。看到家里这场闹剧，他不惊讶，也不问，目光与伟慧碰到一起，似乎还有躲闪，显然是愧疚或心虚。他应该已经得知妻子和情人见了面。也许就是陈雅雅自己去通报的。看来陈雅雅怀孕的事也是真的了。

伟慧再也克制不住，眼泪汹涌而出。她扑到家行面前举起手就要打他。家行一下握住了她的手腕，同时扶住了她。

伟慧被家行这样一握、一扶，失去了那股挥手击打的动力，整个人像是失掉了重心，双腿发软，虚弱地站着。她颤声问道："你已经知道了吧？我今天去见了谁，你已经知道了吧？"

家行一声不吭地看着她。

"她怀孕了，你也知道了吧？"伟慧的声音透着悲哀、心死。

家行仍不作声，片刻后，叹了口气，垂下了眼睛。

伟慧浑身发抖，脚底打飘，找不到支点。忍无可忍之下，她再次扑上去，用力推了家行一把，"你有良心吗你？你对得起我吗？"

家行被推得晃了一晃，但还是沉默、一言不发、一声不吭。这时她要骂他，他会任她骂；她要打他，他也会任她打。

他对得起她吗？当然对不起。但他之所以将事情隐瞒至今，就是因为他的良心还未泯灭，他还不想这个家散。

婆婆像是明白一切，这时讪讪说道："慧慧，有话好好说，大家有商有量，不要动手。我们家行也不是不讲道德的人。"

看来公婆已经知道消息了。伟慧心里一阵发冷。全都知道了，早就知道了，就独独蒙着她一个呢。道德？现在来讲道德？让别的女人怀了孩子还出来讲道德？是，法律管不到的地方大家才要拼命地讲良心、讲道德，因为没有人愿意吃亏。可但凡需要讲良心、讲道德的时候，必然有人已经吃亏，必然这亏是吃定了，无可弥补了。

伟慧什么都不想再说了，转身把自己关进卧室，锁上了门。

她靠着门，慢慢地蹲了下来。她看着眼前的房间，看着每一寸窗帘、每一块地板，视线一次次被泪水模糊。这个家，这个房间，这个灌满她心血和希望的地方，或许很快就要换一个女主人了。

门的隔音不好，屋外的动静断断续续地传进她的耳朵。婆婆正在安抚两个女孩，照顾她们吃饭。家行一直没有来敲门，他在和他父亲商量着什么。双方都压低了声音，可她还是听到了家行的两句话。

一句："是儿子。就算不是儿子她也不肯打掉的，都四个月了。"

另一句："一个女人就烦死了，谁要搞三妻四妾！"

伟慧的直觉告诉她，公婆已默许家行的情人生下孩子。

16

伟慧只笑自己天真，竟还曾想，家行若肯回头，与那女人断绝往来，她就与他重新开始。如今看来，都是奢望。她虽有洗心革面、从头再来的心，但有些事，终究力所不逮。

夜深人静时分，她失眠，睁着眼睛发呆。她就是想不明白，家行怎么就能对那样一个女人动心了、认真了，还让对方有了孩子？

一个初中毕业就只身到大城市来打工的女人，一个涂着艳唇、穿着短裙、挺着一对半裸的乳房在酒吧和餐厅里卖啤酒的女人，怎么就抢走了她青梅竹马的家行？

也许家行是一时糊涂，酒后被人利用？也许他只是图个新鲜，就像孩子贪玩闯了祸？也许那个女人只是在某一刻恰好提供了他所需要的东西，比如温柔、体恤、崇拜、仰慕，又比如年轻的身体、激烈的性爱，而那些东西，她童伟慧作为相伴十年的妻子已经无法提供？

她不愿追问下去，闭上眼睛，任泪水决堤。

无论什么原因，事实就是事实。他们交往一年多了，对方已经怀了孩子了。这些都是不可改变的事实。一切都已尘埃落定。

不被爱了就是不被爱了。不要猜测，不要分析，不要失去理性。不要被自己不甘的情绪所控制，不要非拉着男人演一场负心汉的丑戏，她想。从前看电影《青蛇》，那青白二蛇在金山寺大战法海，要夺回许仙，只因白素贞一句话——"我要我的孩子有父亲"。是，不过是天下女人最卑微切肤的一个心愿。可现在，她要她的孩子有父亲，另一个女人的孩子便没有父亲；让另一个女人的孩子有父亲，她的孩子便没有父亲。男人的一点点贪心，最终酿出两个女人的悲剧。

罢了。让孩子有父亲，怎样的一个父亲呢？这一丝虚妄的执念，放弃也不过如此吧。放过别人，即是放过自己了。

第二天一早，伟慧睁着一夜未眠的通红双眼，把家行叫进卧室。她让女儿们去客厅玩耍，然后关上门，永别一样地看着家行。

她就那样看着他，看了许久，然后用一种听上去极度平静冷漠的语调，对他正式提出离婚。

家行坐在床边，双手交握在一起，有些颓唐。他低着头，犹豫了一下，说："真的非离不可吗？"

伟慧看着他。什么意思？回心转意了吗？

一阵沉默后，家行又问了一遍："你真的想好了，一定要离？"

"难道……她同意堕胎，与你分手了吗？"伟慧问。

家行抬头看了伟慧一眼，张口欲言，又止，重新低下头去。

"还是你想说，你要维持与我的家，同时在外面再开辟一个与她的家？你想两头兼顾，都不放手？"

家行还是低着头不说话，也并不否认。

伟慧看着丈夫，心底骤然生出一股绝望的寒意，"周家行，你是什么王公贵族，啊？要娶几房太太呢。你做梦！"

家行被刺激，也吼起来："离婚离婚，你现在揪着我的错，就叫着要离婚。你自己的烂事你敢拿出来说吗？真离婚，你以为你能赚？"

伟慧呆了一瞬。家行的话像迎面扑来的一阵冰风，把她的心、她的神、她的表情，都冻住了。她简直不敢相信他能说出这些话。

片刻后，她的唇角慢慢扬起一个冷冷的角度。她轻轻回答道："周家行，枉你认识我这么多年。我是怎样的人，你竟不清楚。你以为我和你一样吗，此刻还在盘算什么赚不赚。"

家行不接话，扭过头去。

伟慧深吸一口气，道："你不必担心，离婚你肯定赚。我不会争财产，我只要我的两个孩子。小暖和小和，以后跟着我。"

"不行。"家行立刻回答，"孩子一人一个。"

"你说什么？"

"我说孩子一人一个。小暖归我，小和归你。"

"你休想！"伟慧盛怒之下，颤声道，"我九死一生，怀胎分娩。两个孩子都是我生的、我养的，必须跟着我。"

"孩子是你生的，但也是我养的，是我爸妈养的。孩子姓周，是周家人，你不能带走。给你一个已是照顾你感情了。"

"你……"伟慧气得双腿发软。

"再说两个你带得了吗？你现在有收入吗？你怎么养孩子？"

"无论如何，我生的孩子，绝不会给别人。"

家行沉默了一下，然后低声说："那就打官司吧。"

伟慧怔在那里。她倒不是怕打官司，只是，这三个字从她爱过的男人口中说出来，还是太残酷了。曾经以为会相濡以沫一辈子的两个人，最终竟要变成对簿公堂的甲方乙方。

伟慧泪流满面，咬着嘴唇，浑身发抖。她心中的委屈和愤怒令她发起狠来，"好啊，打官司就打官司。告诉你周家行，就是闹到最高法院，法官也不会支持你。你和别的女人非婚生子，你是事实重婚。小暖和小和都是我亲生女儿，不跟着我难道跟着后妈？你们一家都重男轻女，你们不是都喜欢儿子吗？那个女人不是已经给你怀了儿子吗？怎么又来稀罕我的两个女儿？"

家行沉默着，似乎无言以对。但一阵寂静后，他突然猛烈地挥手一扫，将床头柜上的物品统统扫落在地，发出哗啦一阵碎响。

伟慧心如死灰，冷冷地看着一切。

家行的气还没有撒够，又随手抓起电视遥控器往对面墙一扔，遥控器啪地砸碎在液晶电视的屏幕上。

"周家行，你有本事就把这个家统统砸了。"

"你以为我不敢吗？"他说着又抄起矮柜上的水晶球摆件往地上狠狠一砸。一声巨响，玻璃碎片溅了满地，木地板被砸出一个坑。

两个女儿在门外哭了起来。

婆婆不停地敲门，"哎呀，别吵了，别吵了。小孩都被你们吓坏了。你们开门，有什么事开门好好说，不要砸东西，东西都是钱买的。"

两人都没有理会。

伟慧看着地板上被砸出的坑，心痛难忍。她眼前掠过十年前的画面，家行挽着她的手在建材市场挑选地板。他们都说要买环保的、结实的、耐划的，因为地板要用很久，要耐得起岁月的摧残。可是，岁月还没有摧残掉他们的地板，就已经摧残了他们的感情。

她说："你厉害，周家行，砸自己的家。砸呀，继续砸。把电视砸了，空调也砸了。书房还有电脑，要不要我搬来给你砸？"

"这些东西都是我买的，我想砸就砸，你管不着。"

"我管不着？夫妻共同财产，你砸的东西有我一半。"

"你也知道有你一半？那孩子还有我一半呢。"

这句话把伟慧堵住了。她握紧拳头，手还是克制不住地发抖。她心凉透了，声音颤抖地说："周家行，你变心就变心，但不要吃相太难看，把人往绝路上赶。逼死我你也别想活！"

说完她转身打开卧室的门。门外，小暖和小和正眼泪汪汪地站在那里，恐惧而无助地看着她。她一阵疯狂的心酸，什么都不管了，一手一个牵起两个女儿就往外走。

婆婆在身后喊："哎，你带她们去哪儿啊？回来……"

伟慧理都不理，牵着女儿们直走。

婆婆催家行："你快去追。"

伟慧站定了回头，看住家行，"我回娘家住几天，你别追过来。"

见家行还要靠近，她又说："别逼我。逼疯了我，我什么事都做得出来。我留不住我的孩子，那个贱人也别想留住她的孩子！"

说到最后这两句，伟慧发现自己已是泪流满面，声嘶力竭，半疯半傻的状态。她是怎么一步步变成这样一个疯婆子的？她在想，家行也在想。家行被她的话、她的样子吓住了，停在那里，一动不动，一言不发。他毕竟还惦记着小情人和她肚子里的孩子。

伟慧转过身去，牵着两个惊魂未定的女儿，慢慢走去。

身后这个残破的家，令她痛苦的家，她再也不想看一眼。

伟慧带着两个女儿暂居娘家。

回家的车上，她恢复了一些理智，擦干了眼泪。不能在周家再待下去了，她想。这场婚姻正在把她推向疯狂与恶毒的深渊。

两个女孩被大人们的争吵吓坏了。小暖目光忧郁，上车后一直望着窗外，一言不发；年幼的小和则依偎在母亲身边，拉着她的手。出租车一路开着，小和忽然开口问伟慧："妈妈，声音是什么颜色的？"

伟慧恍惚，低头看着女儿，"声音哪有颜色。"

小和摇头，"声音有颜色，是白色的。"

小女孩转头看向窗外，窗缝里有呼呼的风声。伟慧想，小和说的一定是这风声。接着她又想，声音的确是可以有颜色的。

舒缓平静的音乐是蓝色的。争吵辱骂的声音是红色的。甜言蜜语是粉色的。愉悦的交谈是绿色的。

小孩子的世界多么单纯明澈，多么天真无邪。可大人呢？

所有的大人都曾是小孩。我们又是怎样一点一点变成现在这样心思复杂、面目可憎、永远争斗不休的大人的？

伟慧闭上了眼睛，紧紧搂住女儿。

回到家，她对父母简单讲了事情的经过，表示了要离婚的心意。

父亲给她撑腰，"不开心就离掉，回家来爸爸养你。"

倒是母亲在犹豫，埋怨丈夫道："你说一句回来倒是轻松，可慧慧以后怎么办？我们都老了，将来都走在她前面。她一个人孤苦伶仃拖着两个女儿，她怎么办，以后谁照顾她……"母亲哭起来。

伟慧心中纷乱。她的娘家虽不算大富大贵，但尚有笃实的经济基础。如此母亲仍觉得她离婚便是无依无靠，可怜死了。不堪设想，那些出身贫寒、没有任何财产的女性，她们的婚姻又将被放在何等重要的位置，牵制着她们人生中的一项项选择和决定。

夜里，伟慧躺在自己少女时代的床上，又忍不住哭了。十多年的感情，彼此都有很多美好回忆。可现在，竟真的要离婚了。

离婚就离婚吧，还弄得如此恶形恶状。

夫妻做不成，连路人也做不成，这辈子都只能做仇人。

家行也想了一夜。

第二天一早，伟慧接到他的电话，他同意协议离婚。

他声音疲倦、消沉，但很平静，似乎是考虑成熟，下定了决心，又透着心灰意冷和无可奈何。他说："就顺了你的意，两个女儿由你抚养，我和爸妈定期探视。家里的存款，对半分。至于房子，首付是我父母出的，还贷也是以我为主，所以，房子我想留下，会给你二十万作为补偿。你看如何？"

二十万，只刚好是她这些年参与还贷的付出，也许还不到。更别说这么多年的银行利息，以及房价在这些年离谱的涨幅。他们这套房子现在市值不下三百万。但这些计较，只是一瞬的念头。此刻她无力去想，去分析，也不想去在乎。罩住她心神的是另外的事。她在乎的是另外的事：家行真的同意离婚了。这下真的要和家行离婚了。

家行以为伟慧在计较财产分配，于是补充说道："房子还欠着那么多贷款，以后都靠我自己一个人慢慢还了。我现在也确实有困难，只能先这样了。将来经济好转的话，再设法补偿你。行吗？"

伟慧没有说话，用力克制着不哭出来。

家行有些不快了，说："你有什么意见你说啊。哦，对了，是为车子吗？车子是你的陪嫁没错，但你不会开啊，给你也没用。你要实在计较，我就把车卖了，钱我们平分，好吧？但实话讲，二手车卖不出个三五万的，卖了我还得买新的，实在没……"

"车我不要。"伟慧简洁而快速地打断了他。她不想听家行继续啰嗦钱财的事，也不想让他察觉出她哭了。

家行有些讪讪，顿了顿，又说："你别觉得是我占了你便宜啊，结婚时我妈还给你买了首饰呢，也值好几万吧？"

伟慧没说话。感情没了，家也没了，要首饰有什么用？

家行有些烦了，"你倒是说话啊。你昨天说，只有一个条件，就是要两个女儿。现在女儿都给你了，你还有什么不满意呢？要讲到离婚是谁的错，我可不是唯一的过错方啊，你和那个男人……"

"好了，我没有不满意。就按你的意思办吧。"伟慧快速拦截了家行的话。

家行愣了一下，有点尴尬。在分家这件事上，伟慧吃亏是显而易见的，继续揭她的短只显得自己卑琐。

静了片刻，他又说："以后你要是有困难，就跟我说，小暖小和都是我嫡亲女儿，我再怎么样，也不会亏待她们的。"

伟慧泪如雨下。她蒙住话筒，不让家行听到她哽咽的声音。

这一刻，什么都不重要了。存款、房子、车子、首饰，谁吃亏谁占便宜，她都不想管，也不在乎了。她什么都不想争了。她只是听着家行的声音，心里难过，不停地流泪。那一年，她遇到家行，爱上了他，就是觉得他的嗓音好听，尤其打电话的时候，隔着电话线，更富磁性与魅力。如今，还是这副好听的嗓音，还是隔着电话线，他却在与她谈离婚，多么令人肝肠寸断。

谈话结束，伟慧甚至不知道家行是什么时候挂断了电话。她两眼空空地发了一阵呆，过了许久才慢慢把电话听筒放回去。

她眼前的画面是十三年前，校园里的樱花开得正好。她和家行是公认的一对璧人。他们手挽手漫步在樱花树下。一阵微风吹来，花瓣纷纷飘落在她的肩上、头发上。家行伸过手去，从她的发梢上拾起淡粉色的花瓣。两人相视而笑。十三年过去了。

他们终于去办了离婚手续。签字的时候，伟慧脸色木木的，毫无表情，似乎很平静。她是故意不把灵魂带去。

签完字，放下笔，这一段事情就算结束了。

这一段事情，你叫它爱情也好、婚姻也好、生活也好，反正就是结束了。十三年，十三年的快乐与痛苦到最终什么都不是了。人一生的快乐与痛苦到最终也什么都不是。

17

伟慧办完离婚手续后，第一个去见的人是若迷。

她在若迷怀里大哭。

等她哭停了，若迷说："不过离了婚而已，天还没塌。"又说："你哭成这样，是不是在说，像我这种从来没结过婚的人该去死了？"

这话让伟慧噗地笑了出来，但笑容转瞬即逝。她怔怔地发愣。究竟还是离婚了，她不敢相信，从此她和周家行是没有关系的人了。

若迷给伟慧倒来一杯热茶，说："塞翁失马，焉知非福。好好振作起来，往后日子还长着呢。"

伟慧怔愣着，没接茶杯，也没接话。

若迷把茶杯送到伟慧手上，抚住她的手，说："失去了婚姻，你只是不再跟某个男人一起生活，而不是失去了生活。"

伟慧叹息一声，摇摇头，眼神迷茫。她说："我就是反反复复，一时想通，一时又害怕。我内心有个概念根深蒂固——只要有个家，就比什么都好，哪怕周家行和我不再相爱了，哪怕他外面有女人，都无所谓。只要婚姻还在，家还在，日子就还能过。"

若迷说："有这种观念也很正常。女人谈恋爱了或者结婚了，所有人都会大张旗鼓地祝福她，参与庆祝。这就传递了一种观念——爱情和婚姻是女人生命中的头等大事。"

她说："我们都在这样的观念下成长，受其影响是难免的。但长远来说，这对培养女性的独立心态很不利。"

她说："很多人把女性的价值跟爱情和婚姻联系起来。正是这种风气导致女性不敢离婚以及离婚后难以恢复正常的心态。"

道理是道理。伟慧放下茶杯，重重叹了口气。若迷一向是独立女性。却没想到，现在她自己也被逼着走上这条路。

活到三十多岁，伟慧从没吃过缺钱的苦头。但此刻，与丈夫离了婚，她自己带着两个孩子，又暂时没有工作，心里忽然就没了底。

尽管她还略有积蓄，娘家也还靠得住，但她自知身为离异女人、两女之母，从此身上的责任就重了，一切都靠她自己了。

伟慧的父母自然欢迎她住回娘家去。但二老仍在教书，无法长期带孩子，而伟慧终归要出去工作，另请住家保姆就略显拥挤。

若迷建议伟慧不如跟她住，她反正在家工作，可以一并照看四个孩子。伟慧问，如何住得下？若迷说她打算换租一套别墅，房子已看好，位于近郊涉外社区，有六间房，还有一片小花园。

别墅每月租金万余元。伟慧问若迷如何应付开销。若迷说她一年写一个剧本就能维持现在的生活水平，何况现在她一年能写三个。

伟慧仍是直呼不懂，"拿这些钱缴房贷，能在市中心买一套三居室公寓了。三十年后，房子真正属于你。"

若迷笑道："大多数人奋斗一生，梦想不过是在上海的市中心买一套三居室公寓，分三十年付清房款，房产证上写自己的名字。"

她说："你看，我从来没跟银行借过钱，从来没买过房子，但我一直有温暖的家。"

伟慧一想，若迷说的倒是实话。租房住又有何不好？现在连她自己都要带着两个女儿来投奔若迷这个温暖的家了。

她又想起家行曾对她说过的——"李若迷是个离经叛道的人，你跟她做朋友没什么好处。"也许在家行看来，妻子和那种出身良好、温良贤淑的大家闺秀做朋友，才会有好处。

但无论如何，现在在照顾伟慧和她孩子的，不是什么大家闺秀，而是这个离经叛道的李若迷。

伟慧离婚后一直精神欠佳，搬进别墅后也不见明显好转。若迷全力担当，照顾她和孩子们的生活。房子大，又都是女人和孩子，前前后后怕顾不周全，便养了一条金毛大狗看家。大狗体型高壮健硕，表情却呆萌憨厚，若迷给它取名叫"萌大统领"。

房子里热闹起来。若迷是大当家，兼任保姆、管家、厨子和园丁。别的不说，六个人加一条狗，一天三顿饭，就够她忙的了。除了写作时间，她成天泡在厨房。

当然也可以请个阿姨来做饭。只是孩子们都年幼，而伟慧经过这一阵折腾，瘦得不成形，若迷有心亲自给他们做营养料理。

她说，心若安静，烹煮打扫也是乐趣。

这天若迷又早起去买菜，回来煲鸡汤。路上经过花市，带回大束的白百合和红玫瑰，插在一起，养在清水里。无论在怎样艰难复杂的处境中，她都注意保持审美，对生活细节和微小事物持有欣赏之心。

午后，阳光透过落地玻璃，暖暖地洒进厨房。百合与玫瑰盛开得正好。鸡汤的香味满屋萦绕。年幼的孩子们跑来跑去，嬉戏玩耍，等着开饭。十一岁的悦农哥哥牵着萌大统领出去打酱油、买水果。

伟慧感慨："这样的氛围真叫人觉得温馨。"

她又说："自从我住进这个房子，炉灶上就二十四小时炖着煲着食物热汤，满屋花香、欢声笑语。只是这背后，都是你在花费心思、付出劳动。若迷，你太辛苦了，真的不必为我这样。"

若迷笑，故意说："你以为是煲给你吃的吗？是煲给你两个女儿吃的。看她们最近瘦得。孩子在长身体，不能耽误营养。"

伟慧心怀感激，喝着若迷端来的鸡汤，眼眶又湿润了。

她说："小暖小和能得到你这样的照顾，是她们的福气。我就是可怜她们，这么小就没有完整的家了。"

若迷笑嗔："好好的怎么又歧视起了单亲家庭？我也是单亲家庭出来的，也没有变成问题少女嘛。"

伟慧叹了口气，说："是，她们有你，有我，想必不会吃太多苦。只是，我看到过一句话，是以一个孩子的口吻写的，叫做——最好的家，就是爸爸爱妈妈。爸爸爱妈妈，我还是跳不出这种渴望。"

若迷说："无可否认，爸爸爱妈妈，的确是很好的家，但这只是很好的家里的一种。幸福的家不应是单一的概念，而是多元化的。不要小看单亲家庭。单亲家庭也可以很幸福。"

她又说："只有妈妈或只有爸爸，也可以是个很好的家。远远好于已经不相爱的一对男女为了面子或利益硬生生地捆绑在一起组成的家。在那样的家里，孩子们学到的将是虚伪、压抑和愤怒。"

每天都忙忙碌碌的，晚上安顿孩子们都睡下了，若迷才能在书桌前坐下，打开电脑开始工作。

这天夜里，伟慧看着若迷在书桌前清瘦的背影，忽然湿了眼眶。她热了一杯牛奶端给她。若迷从电脑前抬起头，看到伟慧，一时懵懵懂懂，打了个大大的哈欠。

伟慧笑道："看你，困成这样，哈欠打得像河马，还不去睡。"

若迷说："下月交稿，二十集电视剧，还差三集。"

伟慧说："明天开始，我做饭带娃，你专心写作。"

若迷说："你手艺没我好，还是省省吧。有空读读书。"

她塞给伟慧一沓书。伟慧一看，有《老子》、《荒漠甘泉》、《解体概要》，还有《时间简史》和《论罗马、死亡、爱》，宗教、哲学、科学，都有了，清一色劳心费神的营养读物。

伟慧佯装头痛，"我不识那么多字。有艳情小说没有？"

若迷哈哈大笑，说："好，好，我回头买一点。"

就这样过了一个多月。伟慧读读书，做做饭，陪陪孩子，心情平复了不少。只是她有时会反复，忽然间又满心凄凉，偷偷抹泪。

若迷问她，她就哀叹，女人离了婚就贬值了，不可能再找到好人嫁了。男人就不同了，三十多岁，照样找二十岁的年轻女孩子结婚。

若迷无奈，望天，说："你怎么又想着要结婚？为何总想要男人陪你？你有朋友，有孩子，以后还会有工作和社交。"

伟慧被这样一说，自己也笑了，"是啊，我怎么又掉回去了呢？为什么一定要有婚姻、有男人才能活下去呢？"

"还有啊。"若迷说，"离婚后女人贬值，男人不贬值，这种想法切莫留着了。因为这等于将女人物化为'容颜'和'子宫'这两种有限的价值。每个女人都是独特的人，就像每个男人一样，她自身的价值不随结婚与否、离异与否、生育与否而改变。"

伟慧点头，觉得心中开朗不少。

她打算重新找一份工作，找回自己的价值，开始新生活。

18

若迷一直想把原来家里那架钢琴搬来，闲时教孩子们弹琴，伟慧也可以弹。但生活忙忙碌碌，琐事缠身，一直也没有闲时。

伟慧近来时常说起以前的事，时常说"想当年"。若迷笑她，"经常念旧，就说明你老了。"伟慧喟叹："是老了罢。"

若迷看着伟慧感怀的样子，不作声了。曾经的伟慧，童年时、少年时，多么单纯天真，多么意气风发。她又想到，人也只有在孩提时代，才有可能同时单纯天真并意气风发。长大后，天真必然吃不开。

若迷的剧本写完了。伟慧是第一个读者。她花两天时间一口气读完，大呼好看。她说："原以为你写那么多作品，终会变成工匠、手艺人，每一部作品都如流水线般完成。这次读了才知道，你真是用心在写，除了技法，还有感情。故事扣我心弦、令我动容。"她又感慨："我羡慕你的工作，可以运用智慧，创造另一世界。与之相比，我以往从事的工作，收发邮件、制作表格、核对账目，不知有甚意义。"

若迷笑，"说到意义，在这世上，人的一切作为，又有甚意义呢？天地有大美，众生有轮回。岁月如流水，万物自葳蕤。精心做好的东西会腐坏，会消失，会离散。

世间一切，都在变化，都会过去。我们无非是做好当下的事情，度过当下的时间。深究意义，没有意义。"

若迷终于交了稿子，领到了新一期稿酬。欢喜之下，她给伟慧的一双女儿买来一对小金手镯，一为吉祥，一为如意。

伟慧看着，竟然哭了。

若迷笑道："没得哭哭啼啼，这样脆弱成什么话。"

伟慧抹泪感慨："总觉得自己生了两个女儿，四处遭人嫌弃，连她们的亲爹都不关心她们，你却待她们这么好。"

若迷说："小小心意，何足挂齿。快别哭了。要知道，给孩子最好的礼物，是一个健康愉快的妈妈。"

是，要做健康愉快的妈妈。伟慧握紧拳头。

若迷终于有时间去把从前家里那架钢琴搬来。雇了专业的工人搬琴，又请调音师来校准琴音。

伟慧感叹，许久不曾弹奏了。自从结婚生子，日日忙于工作，回家后洗衣煮饭、照料幼儿，感觉一双手已不会弹琴。

若迷把伟慧拉到钢琴前坐下。

伟慧说："真的忘光了，待我练练再说，何必在孩子面前献丑。"

若迷说："手指一摸到琴键，所有的记忆都会回来。相信我。"

伟慧试着弹奏最简单的《献给爱丽丝》，一开始小心翼翼摸索，不一会儿就进入状态，很快如儿时演奏那般流畅，竟丝毫不生疏。

一曲奏完，她看着自己的双手，几乎哽咽。曾经那个优雅自信快乐的童伟慧又回来了。

从此房间里天天有琴声。若迷见伟慧恢复活力，心怀大宽，此后便经常与她切磋琴艺，顺便教孩子们。

两人都感慨，她们曾亲历八十年代末钢琴热，当时上海"十万琴童"轰动一时。无数孩子放了学，饭还没扒两口，就被家长按在了琴凳上。有些家长期望孩子成为莫扎特、肖邦，也有些家长纯粹不肯让孩子落后于人，没有条件创造条件也要给孩子买钢琴。而现在，她们教孩子们弹琴，只为让他们快乐。要不要弹，全凭自愿。

伟慧幼功好，一曲《月光奏鸣曲》弹得滚瓜烂熟。若迷却只喜欢在琴键上随兴敲打几组音阶。她说自己是永远毕不了业的大龄琴童。

四个孩子里，年龄稍大的悦农和小暖比较好学，特别是小暖，热爱弹奏，在琴凳上一坐就是两小时。伟慧是他们最好的老师。

伟慧倾注许多时间和精力到孩子们身上，似乎已经忘记离婚带来的伤痛。然而某一刻，她又会忽然感慨："孩子们现在陪着我们，可终有一天，他们也会离开家，离开我们，去拥有自己的生活。"

"所以才要珍惜每一天、每一刻，用力感受。要知道，分分秒秒都是上天的馈赠。过去了，就不会再来。"若迷说。

伟慧又叹息："年少时分，和家行在一起时，怎么就没这么想？总觉得和相爱的人会永远在一起，一辈子长得没有边际。却没想到，时间过得这样快，爱情也会有尽头，一切都会烟消云散。"

她又说："或许，我和家行之间的关系，并不是真正的爱情。我们都只是为了找一个伴，无论是读书时，还是结婚后，我们只是觉得对方适合一起生活罢了，对方只是我们用来抵抗这俗世种种压力的一个工具而已，只是一个逃避的港湾而已。而你和东元，你们才是真正的情侣，你们的关系才能叫作爱情。"

若迷微笑道："也不必如此悲观。你和家行还是有过很长一段好时光的，莫因结局不如意而全盘否定了过程。"

"有一句话，我现在倒觉得真对。"伟慧说，"爱情在人生中并不多见，很多我们以为是爱情的关系其实并不是。"

"人活一辈子，难免会有些不美好的回忆。"若迷说，"但人生若没有遭遇过荆棘，或没有走过弯路，又是多么无趣。"

"是。"伟慧微笑，"即便没有遇到真正的爱情，或是没能和所爱的人相守度过一生，我们依然要活在当下，活好每一天。因为总还有需要我们的人，总还有值得我们爱的人，在我们身边。"

"正是。"若迷也笑。伟慧的心的确康复了。

这天，一家六口坐在一起吃着晚餐，忽然看到电视上正在播报的新闻：国家为了挽救低生育率和人口老龄化趋势，即日起开放"全面二胎"政策。也就是说，任何家庭都可以生育两名子女了。

看到这个消息，伟慧和若迷都愣了一下，随即互相看了一眼。

她们都是独生子女。她们的母亲在生育了她们之后，都曾吃过打胎、上环的苦。而她们自己，在初为人母的时候，生育政策也是悬在头顶的宝剑。却没想到，独生子女政策这就彻底终结了。

新闻很快切换到别的话题。伟慧却怔了许久还回不过神来。

想当年，她和家行为生二胎所罚的款、吵的架、做过的挣扎与斗争，如今看来就像一场荒诞的梦。

更荒诞的是：她和若迷每人生育了两个孩子。她们两个女人，一共为国家贡献了四个孩子，其中却有三个孩子都是交了罚款才被允许生下的。这在国家需要生育率来挽救人口老龄化的大环境下，简直令人啼笑皆非。

还是若迷先开口，拉回伟慧的思绪。她说："真没有想到，我们这代人，竟成了中国历史上唯一一代独生子女。"

是啊，只生一个孩子的政策，始于七十年代末、八十年代初，持续了三十余年，正好是一代人。

伟慧叹了口气，也觉得无限感伤，"我们八零后，也许不是蒙受最多苦难的一代人，但一定是，最孤独的一代人。"

"不过幸好，我们还有朋友，情同手足的朋友。"若迷微笑着，拉了拉伟慧的手。

19

欧阳锐回国了。他悄悄找到若迷，要看镜中。这件事他期待了很久，盼望了很久，但现实严苛，他身边每天围着几十号人，每天需处理上千件事，还有对他"自有办法"的豪门妻子。他身不由己。

若迷却把一切都当作平常。她从不主动与欧阳联系。欧阳找来，她也是淡淡应对，既不惊讶，也不激动，不流露丝毫情绪，只当是一个老朋友回乡，请他来家里喝茶。

然而看到儿子的第一眼，欧阳锐哭了。

他眼睛红红地看了儿子许久，才怯怯地伸手去抱他。

可镜中认生，不要他，吵着要回到妈妈怀里。他无奈，僵持了一会儿，只好把孩子交还给若迷。

片刻后，他收敛情绪，拿出随身携带的一只小皮箱，递给若迷。

若迷明白了，微笑道："弄这种阵仗干什么，又不是拍电视剧。"

"收起来吧。"欧阳简单而正经地说，不理若迷的玩笑。

"真的不用。我的孩子，我自己抚养。"若迷仍微笑着。

"我以后，应该不会有太多机会见到他了。"欧阳说着，按一下眼角，同时把皮箱推到若迷面前，"拿着吧。"

若迷看着皮箱，知道里面全是现金。

她微笑着，有了片刻的静默。然后她说："这笔钱，我不会用。当作一笔基金，替你存着，如有需要，随时来取。"

欧阳无奈地笑了一下，"你啊，真是一点没变。"

若迷说："你也没有变。"停顿了一会儿，又说："怎么样？工作好吗？生活好吗？快乐吗？"

"都很好，都很好。"他疲倦地笑，"你知道的，标准化的好。"

"我知道，我知道。"若迷微笑着，慢慢地说，像是一种哄慰。她能够想象欧阳现在的生活。与不爱但正确的人结婚，其实也简单。只是照他的脾气，他会觉得窝囊。但这窝囊，是多么容易被富足而精彩的现实生活所消融啊。他会好的，她知道。

"你就安心地去过你标准化的好日子。不会有人知道这个孩子的存在。我不会连累你的生活。也希望……"她说到这里停了一下，"你也不会连累我的生活。"

欧阳欲说什么，若迷抢着说："你若真在意我，希望我开心，就让我和镜中过平静的生活。你也和你太太去过属于你们的生活。你们会生数名儿女，富足安稳，人人羡慕。你也许会很快忘了我。"

"是，我会说服自己。我会过得忙碌而愉快。但内心深处，总还是有些遗憾。我不会忘了你，李若迷。你是我摘不到的月亮。"

若迷笑，"胡乱抒情，哪有那么夸张。"又说："月亮虽美，却没有实际功用。地球没有月亮也会转，也有一年四季、白昼黑夜。"

"但就没有潮起潮落了。"欧阳接上去。

若迷会心一笑，不再说话。

欧阳费尽心思摆脱一切人，偷溜出来见若迷，自然难以久留。他们很快告别。

欧阳婚后与妻子定居洛杉矶，经营新的公司。他说他一定会再回来看望若迷母子。但隔着一个太平洋，又各自过着不相干的生活，彼此都知道，此生再聚的机会用一只手就可以数得出。

没过几日，若迷收到一张从玻利维亚寄来的照片，照片上是苏克雷市政厅。若迷翻了翻信封，里面只有一张照片，没有只言片语。信封上的字迹是东元的。若迷抚摸着照片，静静微笑。

无声胜有声。尽在无言中。毕竟，还是东元最懂得她。

说来也巧。她生命中最重要的两个男人，她两个孩子的父亲，最终都去了大洋彼岸，地球的另一端。

她忽然想起自己在很小的时候曾读过的一句诗：只要两个人都活着，哪怕没有在一起，爱也会一直存在。

20

那一边，周家行和陈雅雅终于注册结婚。

不久，陈雅雅生下儿子。周父周母兴高采烈地给孙子取名、摆满月酒。陈氏凭儿子登堂入室，终于获得周太名号。

伟慧把这些事情告诉若迷的时候，眼圈发红。

若迷说："别羡慕，她也不过是他们家的生育工具，是她儿子有地位，她有什么地位？话说回来，那种家庭里的地位，要来也无用。"

"可毕竟，现在周家行身边的女人是她。她得到了婚姻，得到了陪伴，得到了周家行的爱。"

"得到了婚姻，得到了陪伴？伟慧，你失忆了吗？当初你和周家行在婚姻里的时候，他陪你的时间多，还是你寂寞的时间多？"

伟慧无言以对。

"婚姻还不就是那样。他出去跟哥们打牌、踢球、喝酒。而她，留在家里，围着公婆孩子转；就算有一份工作，休息日还得在家履行职责，淘米，煲粥，撕包菜，削薯皮，在厨房一泡一下午。"

"可是不结婚，这些也得亲手做。"

"那是不同的。在别人的授意和监视下做，出于义务不得不做，与自发地快乐地做，感受完全不同。"

又过了些日子，周家行的父亲六十大寿，准备在酒店设宴招待亲友。家行联络伟慧，要求两个女儿也出席祖父寿宴。

伟慧不肯，说："不是有孙子了吗？怎还惦记两个讨嫌的孙女？"

家行自知这件事定会令伟慧不痛快，好言道："父亲六十大寿，也就此一回，还请你不计前嫌，顾全大体。"

"笑话，我早已不是你周家媳妇，你有何权利来给我上课？你有这功夫不如去教教你的现任妻子如何顾全大体、三从四德。"

家行被激怒，大声道："童伟慧，你别敬酒不吃吃罚酒。说到底，孩子有我一半，我有探视权。我要见孩子是法律给我的权利，用不着来求你开恩。"

"没说不让你见啊，要见你一个人来见。"

"无论如何，小暖和小和都姓周，周家大事必须在场。"

"什么算周家大事？你再婚算不算周家大事？你的小妍头终于给你生了宝贝儿子算不算周家大事？周家行，我郑重告诉你，我与你已经离婚，周家大事与我一概无关。两个女儿姓周也好，姓童也好，她们现在由我监护，我说不去就不去。"

家行盛怒，吼道："童伟慧，你这是变相报复！"

伟慧冷冷听着，不为所动。

家行又说："离婚时已称了你的意，两个孩子都归你了。你还想怎样？你以为我没有办法吗？以为我在法院没有熟人吗？我要是存心和你抢，你以为你能带走她们吗？再告诉你一遍，小暖小和都姓周，她们是周家人！你要再蛮不讲理，当心我重新起诉申请抚养权！"

伟慧也怒了，握紧电话道："小暖和小和是我的孩子，是我拼了半条命生她们下来，含辛茹苦把她们带大的。你要敢抢我孩子我就跟你拼了，周家行，别以为我做不出。我根本也不在乎死活。"

电话里有了一阵沉默。家行溃败下来。他静了片刻，颓然道："伟慧，你以前不是这样的，你现在怎么变成了这样？"

他又说："算了，说这些做什么。好，我承认，是我不好，我态度不好，我对不起你。我们都消消气，冷静一下，就事论事，好吗？伟慧，看在我们相识多年的份上，请你理解我的苦处。"

伟慧不作声。家行的态度进一步软化，他央求道："你知道爸爸的脾气，你别让我难做了好不好？算我求你。他老人家六十大寿，也就这一回。看在以前都是一家人的份上，别这么不通情理，好不好？小暖小和以前都是爷爷奶奶带的。你就看在他们帮你带过孩子的份上，让她们去一下吧，好吗？不过是吃顿饭的事，你又没损失。"

毕竟是曾经爱过、唯一爱过的男人，伟慧最终还是心软了，她说："容我想想，也得女儿们自己乐意才行，让我问问她们。"

小孩子并不完全懂得成人世界的种种痛苦和无奈。所以，当周家行来接小暖小和去赴爷爷寿宴的时候，两个女孩是非常高兴的。

她们只是问："吃酒席，妈妈怎么不一道去？"

家行支支吾吾，伟慧看他一眼，对女儿们说："妈妈有事情，不能去。你们去吃饭要乖，听爸爸的话，吃完早些回家。"

回来的时候，两个女孩却满脸不高兴。小暖告诉伟慧："吃饭一点都不好玩。爸爸旁边坐着一个坏阿姨，坏阿姨抱着个小毛头。爷爷奶奶喜欢小毛头，都不睬我们。坏阿姨还要我们叫她妈妈。"

伟慧气得给周家行打电话。

家行说："你听小孩子胡说什么。"

伟慧说："小孩子才不会胡说。"

两人在电话里争执起来。

家行那边，背景嘈杂，有婴儿的哭闹声，接着又有个尖锐的女声嚷嚷道："我现在是正房太太，让两个小丫头叫我一声妈，有错吗？委屈个啥，有本事自己生个带把儿的。"

伟慧气疯了，对着电话大声说："周家行，你管好你老婆。"

这句话她是用上海话说的。她从来不在外地人或者听不懂上海话的人面前说上海话，但这一刻她实在想不出用什么来反击对方，只能用扔掉教养的办法来对付没有教养的人。

电话里，家行正要说一句什么，却被陈雅雅抢先了："哦哟，火气还蛮大。以为我听不懂上海话吗？告诉你，我跟我儿子现在都是上海户口了，户口就落在你以前住的这个房子里。你都是被周家扫地出门的人了，口气还这么硬，还周家行周家行的，我老公的名字是你随便叫的吗？"

家行似乎发脾气了，要把陈雅雅从电话旁边轰走。两人在那边吵闹推搡起来。

伟慧简直要气炸了。这对夫妻的丑态，她再也不想多奉陪一秒。

"周家行，好好跟你的老婆儿子过吧，以后别想再见我女儿！"她说完这句，用力挂下电话。

周围一下子静了。伟慧呆了一瞬，忍不住哭了起来。

若迷递给她纸巾。她哭着对若迷说："我这辈子注定被他折磨，离了婚还没有安生，还要受他的气，被他们家的人欺负。这是我的命。"

若迷摇头，倒一杯热茶给她，说："放不下的，才是命。"

21

自从婚外情暴露之后，伟慧再也没有见过廖德忠。

她删除了廖德忠的一切联络方式，连手机号码都拉进了黑名单。

不是做给任何人看，以表改过之心；也不是挑衅老廖，叫他后悔；而是真正发自内心地不想再与此人有任何瓜葛。

时至离婚之后，再回头来看，伟慧觉得自己和廖德忠的几番纠缠简直就是一场噩梦。梦醒时分，她的婚姻和生活都被毁灭了。

不过，那家日式海鲜餐厅并不是伟慧和老廖之间的最终句点。他们的最后一面，发生在三四年后。那时伟慧已有了一个男朋友，对方比她年轻许多。那天是周末，伟慧与男友在一家咖啡馆闲坐。午后人多，闹哄哄的，他们喝完咖啡正准备离去，忽闻不远处发生争执。望过去，只见一个十六七岁高中生模样的女孩正站在一张小桌边指着其中一个女人大骂："臭不要脸的，勾引我爸爸。"又转向女人对面的男人，"你这样对得起我妈吗？你配当爸爸吗？"伟慧看到，女孩当众所指责的爸爸，正是当年带给她噩梦的廖德忠。伟慧一阵心悸，那种感觉就好像猛然间看到了恶心的虫子。三四年不见，廖德忠老了不少，头发中掺杂了银丝，面容也更沧桑了。唯一不变的，是坐在他对面陪他共饮咖啡的女子，仍旧那么年轻、漂亮、温柔，并且仍旧不是他的妻子。女儿的捉奸引来围观。然而伟慧一秒钟也不想多看。她拉起男友，起身离去。而就在她起身的那一刻，廖德忠似乎朝她看过来。仅仅是含糊的一瞥，他们的目光有了一刹那的交会。可就连这一刹那的交会，伟慧也感到厌恶。她只想快些从这个场面里脱身，并且永远不会再见到他。她不确定那一刹那间，老廖是否认出了她。

如伟慧所愿，从那以后她再也没见过老廖。她和他的故事，从咖啡馆开始，在咖啡馆结束。她从故事里出来后，蜕了一层皮，换了人间。而他，循环往复地在他的游戏里沉沦，或许一辈子都不会改变。

回到当下这一刻，伟慧刚与家行离了婚，成了单身母亲。

伟慧以前从来没有想过，她可以过单身母亲的生活。她的本性趋于保守。她从小受的教育告诉她，一个人必须上班、结婚，按部就班地去过一个稳定的人生。她相信，稳定的人生没有风浪。

而后来，她明白，没有所谓稳定的人生，只有稳定的内心。而心的稳固和坚定，是在风浪中练就的。

伟慧重新找了份工作，在一家出版社做文字编辑兼项目统筹。工作是一个师姐介绍的，薪资不高，但适合伟慧的兴趣和专长。

这天，她因工作需要，回复旦见一位老师，做采访。她一踏进校园，过去的记忆瞬间就扑面而来，令她无限感怀。

做完采访，她在校园内四处走走，看看曾经熟悉的宿舍、小卖部和教学楼。走着走着，她情不自禁地来到了那几棵樱花树下。

今时今日，花树开得仍好，仍有一对对情侣在树下散步，有年轻男孩头戴耳机从小径上跑过，有年轻女孩坐在长椅上读外文书。

伟慧一阵恍惚，神思飘远。她觉得那个坐在长椅上的女孩就是当年的自己。她猜女孩读的是英文版的《简·爱》或者《呼啸山庄》，也可能是《大卫·科波菲尔》。曾经多少次，她和家行并肩从这条路上走过，她手上捧着从图书馆借来的书，或是家行买给她的奶茶。

路还是这条路，人却不是原来的人。

树还是这几株树，花却是不同的花。

人事俱非，此情不再。逝水如斯，逝水如斯。

此刻，恰一阵清风吹来，樱花花瓣零星飘落到她的肩上、发上。地上的花瓣被掠过的风带起，旋舞打转。

她忽然觉得，和家行的十年婚姻，就像一场大梦。梦醒之后，什么都没有留下。可又不是。梦境都是不知如何开始，又不知如何结束的。而她却能清楚地记得自己和家行是如何开始、如何结束的，甚至连许多微小的细节都历历在目，仿佛昨日。

记忆，印证生活的残酷，以及人生的不可逆。

然斗转星移，草木荣枯，都不过宇宙荒洪的一瞬间，却又有何事何人值得长久地挂怀与纪念？

许多往事，某日驻足回望，不过一笑了之。

也只能，一笑了之。

伟慧在花树下失神站立许久。偶然间，她回过神来，余光感觉到不远处有个人，站定了正在看她。她转过头去，望见那张陌生又熟悉的脸。有一瞬间，她恍惚着，差点失口叫出——"家行"。

然而那并不是家行，却是那个神似家行，曾救过她命的大学生——林剑音。他康复了。

林剑音冲伟慧一笑，走过来，说："真巧，在这里遇见你。"

伟慧忽然脸红了，一时失语。

林剑音走到伟慧面前，俯首看着她的脸，笑道："看你，在风里站久了，脸都被吹红了。"

正是初春，风还带着几丝寒意。伟慧垂下眼眸，把手放进大衣口袋里。不知为何，在这个比她年轻十岁的男孩面前，她倒觉得自己比对方更腼腆、慌乱、缺少城府。也许因为他沉着、他高大。这是她第一次看到他站在自己面前。她以前不知他有这么高。

"来学校，是看望以前的老师吗？"他问。

"哦，是工作上有些事情，采访一个老师。"伟慧说。

　　　　　　　　　　　　　　　　　　　　　若夜迷阵

"嗯，还不知道你是做什么工作的呢。"

"现在在一家出版社做编辑。"

两人边走边聊，闲闲说着话。林剑音提出请伟慧在学校里吃饭。

伟慧感到一瞬的恍惚。面前这个二十二岁的男生，眉宇间的神采真的很像当年的家行，比家行少了几分热烈飞扬，却多了几分谦逊优雅，像古时书生，有种温厚内敛的气质。兴许是他在车祸之后还未完全恢复元气，因此显得身形单薄，面色清癯，眼神却沉静而多情。

伟慧犹豫了一下，答应了，她也怀念校园里的食物。

两人就去学生食堂。伟慧触景生情，十多年前她与家行在这里吃过无数顿饭，都还像在昨天。林剑音看伟慧失神，也不问什么，买了饭菜领伟慧坐下，又替她拿来餐具和纸巾，递到她面前。

吃饭的时候，林剑音并不说话，似有食不语的家教。伟慧也不说话，观察着他。只见他身姿端正，一心一意地吃饭，不留盘中餐。

这样平和安静、行止优雅的一个人，正是谦谦君子，温润如玉。伟慧看着，心间一阵触动。想当年她热爱中文，饱读古今诗书，心中最理想的爱人，正是这样一个人。只可惜，时间错了。

她又想，就是这样文雅的一个人，在那一天，却有那般勇气，在重型货车驶来的瞬间，舍身救她。

他们面对面安静地吃完一顿饭。

放下筷子，伟慧抬起头，见林剑音看着她，眼神镇定深邃。

伟慧不看他的眼睛，目光落到他的手上。他的手放在桌上，轻轻握着茶杯，杯中茶缓缓冒着几丝热气。他的手型十分好看，手指修长有力，指甲修剪得整洁干净，像极了家行的手。

这时她听到他说："你也许已经知道，我爱你。这样说有些冒昧，我知道。但这是我的真实感受，我不想忽略，也不想回避。"

他的声音沉稳厚重，有种磁性，在他清秀的面庞下衬出一股平稳有力的男性气势。他说出这番表白的话，神情中却没有丝毫的猥琐扭捏，看上去胸怀坦荡、内心磊落。

伟慧呆呆的，没有反应，心里划过的念头只有一个：面前这个男人，比她小了整整十岁。

如果没有这十年的距离，该多好。她或许可以去爱这个男人，去接受他隐藏在镇定神情之后的盛大热情。

离开食堂，林剑音送伟慧到校外坐车。

两人一路慢慢走着，都没有再说话。

天空忽然飘起雨丝，伟慧没有带伞。林剑音却有伞，拿出来与她一起撑。两人走在一把伞下，靠得很近，身体和身体却没有碰到。

他们没有说话，没有接触，一把伞下的张力却极大。

两人都穿着长过膝盖的薄呢大衣。伟慧的大衣是粉色，林剑音的是深灰。伟慧的个子刚好到他的耳朵。从背影上看，是一对佳人。

到了车站，他们驻足等车。

雨大起来，林剑音说："这把伞你拿去吧。"

伟慧说："那你怎么办……"

林剑音一笑，阻截了伟慧的话。他的笑在说：即便不是我爱你，我也不会把伞从一个女人身边拿走。

伟慧低下头，说了声"谢谢"。

她知道自己什么都不能表示，什么都不能流露。她当然也是喜欢他的，可她不能说出来。即便是感谢，也只能点到为止。

然而他却一直看着她，有一种执着的专注。

伟慧躲着他的目光。但她即便不看他，也体会得到他的磊落与清朗。雨越下越大。他们在同一把伞下。爱就是这样发生的。

他们等了又等，车却迟迟不来。

你也许已经知道，我爱你。她回想着他的话，心里万籁俱寂。只有隐隐的一丝喜悦，若有若无地在很远的地方浮动。

但凡被生活千锤百炼过的人，看什么也只是平常，知道一切不过如此，或终究是枉然。

此时车若来了，他们也便就此分别。她知道自己不会再见他。心里又生出一丝不舍、一丝伤感。千言万语，如鲠在喉。

若夜迷阵

他把一切看在眼里，什么都明白。

很多时候，不说，才是更深邃的表白。

然而很久的一片沉默之后，他忽然深吸一口气，轻快吐出，换了气象。他用轻松的口吻说起别的。

他说他最近在练习长跑，发现跑步使人身心振作、神清气爽。

他问伟慧可有兴趣一起练习，又说下月有一项马拉松赛事，赛道就设在青浦，市民皆可报名参加，问伟慧要不要一起来，权当娱乐。

伟慧先前沉浸在伤感之中，被这样一打岔，倒一下子松快了，问道："马拉松是多少公里？"

林剑音说："四十二公里。"

伟慧失笑，"这么长的距离，我不行的。"

"那就报半程，二十一公里，我陪你跑。"

"我连半程的半程都跑不了。我跑五公里就跑不动了。"

林剑音微微一笑，说："那我就陪你散步，走到终点也可以领一块奖牌。是人生的一次经历，会非常有意思的，相信我。"

伟慧看着他真挚的目光、明朗的笑容，内心感动，却只是微笑，低下头，不再说话。

曾经沧海难为水。

岁月渐长，就会在许多时刻，微笑着沉默下来。

但某一刻，心里还是会有一丝疼痛。是不舍？是不甘？抑或拾起了不该拾起的希望？

坐在回去的车上，伟慧闭上眼睛，抬手捂住了脸。

什么时候心里不会痒也不会痛了，才是真的老了吧，她想。

22

若迷对伟慧说："他邀请你跑步，你为何不与他同去？心态年轻一点未尝不好。运动有益健康。"

伟慧嗔道："要去你去。"

若迷笑着，"你扯我干嘛？人家约的可是你。"

伟慧说："你和他志趣相投啊。你那时候参加校运会，跑得比男生还快，还拿了五千米冠军，当时可把我惊呆了。"

若迷说："你不知道了吧？我当时就是跑给你看的。看看你那弱柳扶风的样子，真要好好改变。"

伟慧叹气，"这是一个人的气质，怕是改不了了。"又说："我只是想不明白，他究竟喜欢我什么。我是个离异妇女。"

若迷说："他没有用世俗的、油腻的、荤腥的价值观在择偶。他忠于自己的直觉。你是一个善良而美好的人，伟慧，这还不够吗？"

"可是我毕竟三十多岁，韶华已逝。"

"听这口气，多么可怕。三十多岁正是最曼妙的年纪，好吗？"

"好吧，就算尚且曼妙，可我毕竟是两个孩子的母亲。"

"有两个孩子，就不配再谈恋爱，不配再拥有伴侣了吗？上了岁数、有了孩子的女人，就不配再拥有性与爱了吗？"

"嘿，说什么呢你。"伟慧红着脸嗔道。

"我说的是，女人的性，从来就被强调为生殖职能，却不被作为情欲而承认。所以人们才会认为，有了孩子的女人再去寻找性或爱或感情，是不知耻的。"若迷说。

伟慧想了片刻，叹了口气，平静而小声地说："在感情上，我是吃过亏、受过伤的人，好不容易获得解脱，不想再陷入新的纠葛。"

"你不愿开始新的感情，恰说明你内心并无解脱。"

"可是，我还是对他的感情存有疑虑。他这么年轻，这么遥远。这感情太过虚幻，令我不信。"

"有些情感，看似令人难以理解，但其中蕴含的美和尊严犹如云和大海，不需要被说明。这种大方端然，其实难得。"

伟慧听若迷这样说，点了点头，叹道："这些其实我也明白。可我就是害怕。我怕再次爱上一个人，再次失去自我。"

"只要自我足够强大，就不会轻易失去。"若迷说，"你要相信自己，伟慧，你的自我够美好、够强大。所以，不要害怕。"

"可是，他毕竟比我小这么多岁。"伟慧苦笑，"这听上去像个笑话。我并不是什么时尚名媛，可以对这种先锋做法驾轻就熟。"

若迷说："听听你的语气，堪比晚清腐儒。我问你，如果有个比你大十岁的男人说喜欢你，想和你在一起，你怎么说？"

伟慧想了想，说："如果我也喜欢他，也许会考虑。"

若迷说："看，这就好了。你还是被那些世俗礼教洗脑了。两人结婚，就非得男大女小，不能女大男小？"

伟慧说："女大男小，也不能差太多吧？想想别人怎么看你。"

若迷说："整天介意别人的目光，怎么活得开心？"

伟慧说："你这辈子活得开心吗？"

若迷笑笑，"开不开心另说，我只是拒绝演出别人为我设定的人生样板戏。"

她说："人不应禁锢自己内心深处的渴望，只要这渴望指向的是真、善、美，于人无害。不应轻易地放弃它，仅仅因为大多数的别人放弃了它。个体的生命体验毕竟只与个人有关。"

伟慧望向远处，叹气。许久，她说："好吧，我承认，我喜欢林剑音，我渴望了解他。但我有压力，我有顾虑。"

若迷笑着说："别有压力，没有人逼你立刻做出选择。"

顿了顿，她又说："真正好的感情，也不拘于形式。有些人，彼此深爱，却相安无事地过了一辈子，也未尝不美。"

伟慧也笑了，问若迷："你是在说你自己吧？你和东元这样相安无事一辈子，又是另一种惊世骇俗了。"

若迷说："我和东元可没有相安无事一辈子啊。我们生了一个孩子呢，这可是最世俗的关系。"

"是是是，物极必反。最世俗，便也最超然。最平凡，也就最不凡。反之亦然。"

若迷微笑，"就像，大隐隐于市。"

伟慧说："那我问你，你这辈子最爱的男人，是哪个？"

若迷说："都爱。"

"每一个都爱？"

"每一个都爱。"

"爱的程度，还是会有不同吧？我猜你最爱的还是东元。"

若迷笑了。她说："爱与爱情，是不同的。爱是广泛的、持久的、温柔的。而爱情，是荷尔蒙的冲动，是激情，是性欲，它稍纵即逝。造物主为了人类繁衍，创造了爱情。人类为了延续爱情，又为之增添了许多附加物，如责任，如义务，如金钱，如地位，如婚姻。而所有这些附属价值，被人们看作爱的标的物，形成了一种世俗。"

她说："我一直试图将自己对他人的爱，或者爱情，变得纯粹，抛开那些标的物。我愿意简单明了地接近本质。我清楚我的所求。"

"可你所爱的人，他们最终都没有和你在一起。他们在你身边的时间，如同昙花一现。"伟慧说。

"又何必追求永远在一起呢？有什么会永远在一起？有什么会永存？他们出现过，就已足够美好。宇宙本身有一种平衡机制，岂可事事如你所愿？我懂得尊重这些规律，并且感恩。"

她又说："春有百花秋有月，夏有凉风冬有雪。没有不好的时光，没有不好的人。我们生命里遇见的每一个人、每一件事，都是为我们量身定做的功课。我们要感谢它们的出现。正是它们给了我们如此丰富的感受。正是它们，教会了我们何为爱。"

"若无这样的相遇，我们就无法看清自身与他人的局限以及那些不曾被揭示的阴影，我们也无法真正地认识自己，看到自己的匮乏和奢望、恐惧和依赖，更不会看见那些被隐藏得很深的嫉妒与傲慢。"

"而没有了这些体验与认识，我们也就无法完善自己，让自己变得更强大，让灵魂变得更成熟、更丰富，你说对吗？"

伟慧说："我真羡慕你，对世界、对生命、对男女情爱理解得这么通透，却还能饱含激情地生活、恋爱。"

若迷说："我也经历过痛苦与迷茫，只是不常与人说罢了。人最终需要独自面对自己，经历过一些事，忍耐过一些时候，内心慢慢打磨与沉淀，才能最终达到一个安宁通透的平和状态。"

"这是在世的修行，你说过。"

"是的，最好的修行不是在山上。"

"而是在关系中。"伟慧接上去。

真的彻悟，便会达到一种境界：过尽千帆，还保持心底的纯真；历经沧桑，还具有爱人的能力。

尾声

多年以后了。有天下午，两名中年女子坐在迷阵咖啡馆的火车座上喝咖啡。这地方从前叫朵拉咖啡馆，最近刚换了新主人，改了新名字。火车座也换了新的椅套，是经典的蓝白格，淡雅的复古风。

如今，这样安静、古旧、低调、空旷的咖啡馆，越来越少了。

这些年，这座城市变了很多。苏州河不臭了，但天也不蓝了。越来越多的高楼、高科技、高端品牌覆盖了天空、地面。人们越来越行色匆匆，不分昼夜地穿梭在机械化的玻璃丛林中。他们依赖电器、依赖网络，一双双手仿佛长在手机上了。他们走进咖啡馆往往不先问有什么喝的，而是先问这里有无 Wi-Fi[①]，哪边可以充电。

此时，店堂内没有别人，只有这两名女子相对而坐。不远处的吧台上，一只小收音机开着，轻轻放着一首慢悠悠的古典情歌。

穿米色雪纺连衣裙的女子望着窗外的阳光，忽然有所感怀。她取过一张咖啡馆的餐巾纸，取出一支圆珠笔，在纸上写下两行字：

> 时光流逝多少年，
> 花落人散量分别。

对面那个穿黑色真丝衬衫的女子看了，笑道："总还会有新的花盛开，也许没有；也总会有新的人到来，也许没有。但那又如何？"

写字的女子放下笔，也笑，"是，有或者没有，都是一样。"

两人正闲聊着，咖啡馆的门忽然"叮当"响了一下。有一男一女两位客人推门进来，是一对打扮入时的年轻小情侣，看上去只有十八或者二十岁。

"这地方情调真不错。"女孩说。她挽着男友到吧台点咖啡。

---

① Wi-Fi：英语，"无线网络"。

穿黑色衬衫的女子起身去吧台招呼他们。她是店主。

"二位喝点什么？"她微笑着问。

"我要黑浓咖啡，给她一杯摩卡。"男孩说，"再来一块巧克力布朗尼，或是……巧克力慕斯？"他转头问女友。

"布朗尼吧。"女孩甜蜜地说。

女店主笑着应承，转身去吧台后面忙了。

小情侣到一旁的雅座坐下。等咖啡的时候，女孩手撑着头，四下打量咖啡馆内的装饰。她忽然看到，吧台旁边的墙上，挂着一副木质相框，里面镶嵌着一张明信片。明信片是背面朝外放的，看不到正面的图片，只能看到背面中间一行手书的字，是一句歌词：

越过山丘，才发现无人等候。

字迹张狂，苍劲有力，自有一股气势，一看就出自男性之手。

明信片的右下角写着收信地址，正是这家咖啡馆。除此以外，并没有别的文字，寄件人也没有留下姓名。卡片的右上角贴着一张美国邮票，邮戳显示卡片寄自美国纽约。

女孩对男孩说："李悦农，你看。这是张有故事的明信片。"

男孩望向墙上那副相框。

女孩说："这张明信片一定对店主有着特殊意义，所以她才把它用相框裱起来，挂在店里。"

男孩说："我猜也是。"

"那你猜，这个寄卡片的人，和店主是什么关系？"

男孩看着相框，微微一笑，说："他们是最好的朋友。"

"越过山丘，才发现无人等候。"女孩慢慢地把那句话念了一遍，又念了一遍，细细琢磨着，"我猜啊，他们一定是一生的爱人。这背后一定有一段美好而不为人知的往事。"

男孩笑而不语。

这时，女店主把饮品和食物端来，放在他们面前。除了他们点的咖啡和蛋糕，又

若夜迷阵

加多了两碟新鲜的坚果，说她请客。

女店主放下东西离去。女孩望着她的背影，说："真是个漂亮而有气质的姐姐。"

"姐姐？"男孩笑着反问。

"是啊，她看上去也就三十出头，最多三十五六，应该没有四十岁吧？"女孩猜测着，"只不过，她的眼神很特别，有种……沧桑感，甚至是神秘感。我相信她一定是个有故事的人。"

男孩笑道："好了，先吃吧。关于这家咖啡店的故事，以后我慢慢告诉你。"

女孩兴奋而好奇，"你知道这家店的故事？你认识那个店主咯？"

男孩说："先留点悬念，行吗？日子还长着呢。"

离他们不远处，那个穿米色连衣裙的女子一直默默地、微笑地看着他们。同时，她也在心中默念着那句话。

越过山丘，才发现无人等候。

她转过脸，望向窗外虚无的远方，眼眶湿润地微笑了。一切情爱的迷阵，答案就在这一句话里了。

图书在版编目（CIP）数据

若夜迷阵／未名苏苏著．—上海：上海文化出版社，2016.8
ISBN 978－7－5535－0602－9

Ⅰ.①若… Ⅱ.①未… Ⅲ.①长篇小说—中国—当代
Ⅳ.①I247.5

中国版本图书馆 CIP 数据核字（2016）第 167979 号

策　　划　王　培
责任编辑　李玲玉　何智明
装帧设计　汤　靖
封面摄影　朱宏杰
责任监制　陈　平　刘　学

书　　名　若夜迷阵
作　　者　未名苏苏　著

出　　版　上海世纪出版集团
　　　　　上海文化出版社
地　　址　上海市绍兴路 7 号
邮政编码　200020
发　　行　上海世纪出版股份有限公司发行中心
印　　刷　上海天地海设计印刷公司
开　　本　710×1000　1/16
印　　张　16.75
版　　次　2016 年 8 月第 1 版　2016 年 8 月第 1 次印刷
国际书号　ISBN 978－7－5535－0602－9/I.172
定　　价　30.00 元

敬告读者　本书如有质量问题请联系印刷厂质量科
电　　话　021－64366274